蜉 fu 蝣 you

冷山就木
著

长江出版社
CHANGJIANGPRESS

这样下去很快就会有人发现他跟林鹤顺路，不是顺一小段路，是直接回同一个家。

再之后就会有人知道花着穷光蛋的钱的沈安，是比林鹤还要悲惨的货真价实的穷光蛋。

沈安，你得和我上一个大学。

真要叫林鹤来形容，沈安其实有点像树上还未学会飞就被掏了鸟窝跌下树的雏鸟。

目录

CONTENTS

Mayfly

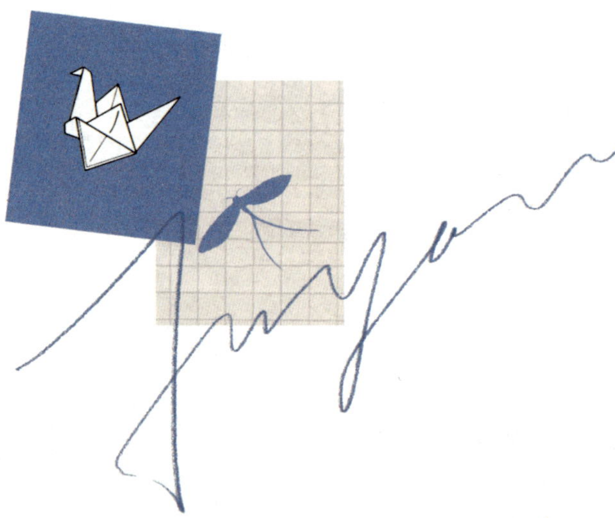

第一章

A市一中高二年级A班的沈安已经一周没来上课了。教室里倒数第三排的位置空荡荡的，上面的书本无序地摆放着，桌子的抽屉里还放着半瓶牛奶，看起来已经变质了，好在瓶盖子拧得紧，一点味道没散出来。

班里以前有几个跟他关系好的同学这时候目光扫过那空荡荡的课桌时，也大都是不自然地刻意掠过。

平时跟他走得最近的顾钦然给他发了好多条消息，也打了很多电话，但是沈安都没有回复。

电视台上沈安父亲因贪污受贿被抓进去的新闻已经循环播放了好几次，从刚播出的那天起原本趾高气扬的沈小少爷就消失不见了。

他书桌上未合上的英语书还停留在那天最后一节课讲的第十二页，他在上面画满了涂鸦。

重点中学的重点班级，原本就是吊车尾走关系送进来的沈安突然间没来上课，也不过是惹人唏嘘几声，沦为一些同学课间议论的话题。然后在上课铃声响起的那一刻，所有人又投入到课堂中，连任课老师都没有给那个空荡荡的座位一个多余的眼神，那个以前带头调皮捣蛋，仗着家里的关系在学校里任意妄为的学生，如今出了这事干脆直接消失了。

班主任象征性地打了一个电话，那边无人接听之后，也没再试图联系过沈安。

沈安在网吧的豪华包间里把键盘拍得啪啪响，对着耳麦毫不客气地唾骂着自己的队友，声音大得几乎将游戏的音效声都盖了过去。

当他熬得眼睛通红，打完这一局，包间的门被敲响了。但是他戴着耳麦并未听到，直到过了一会儿他的屏幕上直接显示了时间到了询问是否续费的弹窗。

沈安点击了“继续”，可是又卡在了那个弹窗的页面，他又反复点击了几下，发现还是不行。

他有些烦躁不安，缺觉少眠，让他的情绪更加不稳。

他一把扯下耳麦抛到了桌面上，然后起身去了前台。

前台染着黄毛看着年龄跟他相仿的男生嘴里叼着根烟，他咧开嘴不太善意地笑笑：“哟，沈少爷啊，在咱们这小店待了几天了，卡里都扣没钱了啊。”

“什么？！我不是充了五百块吗！这么快就没了？”沈安有些不敢相信地质问道。

“那可不是嘛，沈少爷您那儿是咱们这儿的VIP豪华包间，价格可是那些小包的两倍了，更何况您这都待了几天了，我们还附赠了您三个小时呢。”小黄毛把烟用手夹着，吐出来一团烟雾，看着沈安那张即使熬红了眼，憔悴了不少但依旧漂亮的脸蛋儿，故意朝沈安的方向又吐了团烟雾。

沈安被这烟味熏到，厌恶地瞥了他一眼，然后伸手去裤兜里摸手机：“卡里没钱了我再充就是了，还要刚才那台机。”

小黄毛听见他这话笑嘻嘻地应声说：“好说好说，再充五百还是？”

沈安用手机扫了两次，换了三四张卡，全部都显示余额不足。

他最后抿抿嘴，抬眼望着前台正要给他卡里续费的黄毛：“支持信用卡吗？”

“信用卡？不支持。”小黄毛停下了动作，“沈少爷这不会是连五百块都拿不出来了吧？”

沈安脸上忽地浮现出一种难以掩饰的窘迫，又很快地强压下去，色厉内荏地开口道：“说什么呢你！我不想玩了而已！把那张卡也给我退了！你们这儿机子根本不行！”

到底是以前骄纵成性的富家小少爷，就是落魄至此还是满脸嚣张跋扈的样子。

小黄毛眼神扫过沈安那张白嫩的脸，沈安的眼睛里带着一些未休息好而生出的红血丝，眼圈也有些泛红。

他鼻子挺翘，下面的嘴唇不知道是不是由于有些干渴的缘故，不再红润，黄毛回忆着，反正没有他刚来的时候气色好，显出几分疲惫感。他的眼神逐渐有些飘忽不定，最终落到了沈安眨眼时左眼皮上的一颗小红痣上，那颗小红痣只有在沈安垂下来眼皮的时候才能看到。沈安睁开眼时，那颗红痣就会被叠进他的双眼皮里，消失不见。

沈安看他迟迟不动作，有些不耐烦地又叫道：“干吗呀！说了让你退卡啊！”

黄毛突然回神，然后从收银台的抽屉里拿出来十块钱，递给沈安：“卡里就剩十块了，沈少爷什么时候想来再来啊。”他脸上挂着笑又补充道，“下回来没钱哥也能请你。”

“嘁，你是谁哥啊！少往自己脸上贴金了，我还用你请！”沈安劈手夺过那十块钱，颇有些虚张声势的模样，一边怕被小看了似的反讽着他，一边把钱揣在兜里走了。

放在以前，这十块钱，沈安根本不稀罕退，可是现在他身上已经没钱了。

胃里空荡荡的有些难受，沈安沿着街边往前走，路灯把他的影子拉得很长，他抬手把自己连帽衫上的帽子戴上了，身上也有一股未散去的烟味，都是那个黄毛故意往他身上吹的，他有些反感地吸了吸鼻子。

不知不觉他竟然走到了他家的位置，拐过这个街角，就是他们家带庭院的独栋别墅，他听到了几声重物撞击铁栏杆的声音，金属相撞发出刺耳声响，还有些不堪入耳的谩骂声。

他一下顿住了脚步，然后扒着墙角探头探脑地望向他家的方向。

那里聚集着一群彪形大汉，正在踹他们家被贴了封条的大门，还拿那种棒球棍似的铁棒往上砸。

那一声声重响笼罩着沈安，仿佛他们不是在踹门而是在踹沈安，那铁棒也似乎要将沈安砸得稀碎。

沈安惊慌失措地猛地往后一退，抬手捂住了嘴，眼里全是恐惧。

他转过身去，拔腿就跑。

他一路跑了好久，直到累得直不起腰来，身上的汗将他的衣服打湿，混合着这几天在那网吧沾染上的味道，他现在周身的气味绝对称不上好闻。

他气喘吁吁，抬手抹了一下脑门儿溢出来的汗水。

怎么办？

他没有地方去，他刚才被吓坏了，夜晚这么黑，他毫无方向地乱跑，现在根本分辨不出来自己到底在哪儿。

他此时此刻筋疲力尽，肚子又饿，出过汗之后的身子被冷风一吹又微微有些发冷。

他把帽子往下扯了扯，环臂抱住自己，一边沿着墙根走，一边拿出手机想要弄清楚自己的位置。

结果他刚掏出手机，原本只剩下百分之二的电量突然变成了百分之一，他只来得及点了两下，手机屏幕就黑了。

一种难以言喻的绝望感侵袭了他的内心，他继续沿着墙壁走，发现越往前边越黑，路灯都不剩几盏，还有些胡乱摆放的垃圾桶，猛然间窜出来的一只野猫将他吓了一大跳。

他浑身抖得厉害，抱着自己不知道到底是应该返回去还是继续往前走，但是他已经不记得刚才怎么拐进来的，再返回去也不知能不能摸回去呢。

就在他踌躇着内心越发惶恐不安的时候突然听到了脚步声还有自行车车轮滚动的声响。

他立在那里，看到空无一人的窄道上，一位身姿挺拔的少年推着破旧的自行车往这边走来。

来人是他们班的班长，林鹤。

品学兼优，常年位列年级第一，奖学金助学金一直都是落入他的囊中，他样样都好，就是太穷了。

少年冷漠的面孔上浮现出一瞬的惊讶。

他面不改色地继续推着自行车往前走，被洗得褪成浅蓝色甚至有些发白的校服裤包裹着他修长的双腿。

沈安看着他目不斜视像是完全没看到自己似的往前走，到底被这段路走来的孤独恐惧吓破了胆，他战战兢兢地开口叫住林鹤："班长！"

林鹤不知道是没听见还是故意没理睬他，脚步并未停下。

沈安控制不住地追了上去："班长！林鹤！林鹤！"

林鹤的脚步这才顿住，看见沈安喘着粗气跑过来伸手扒在了自己的破自行车上，眼睛望着林鹤，声音放低了些："班长，你家住这儿附近吗？我能不能去你家借住一晚……"

他的声音越来越低，望着林鹤，像是怕他不同意，又说道："你就当帮助帮助同学嘛，班长……"

林鹤的眼神从他有些微微发红的脸上，移到那攥着生锈了的自行车车杠的白嫩得有些刺眼的手指上。

他伸手扣住了沈安的手腕，把他的手扯了下来。

沈安被迫松了手，眼巴巴看着林鹤向前走，继续跟着他，嘴里继续嘟囔着："行不行啊，你跟我说句话呀，咱们小时候不还是好朋友吗？我只是借住一晚……"

就这样，林鹤也没说允许，也没阻止他跟着自己，不过十分钟的时间，他们来到了林鹤家门口，林鹤把车子停在窗户边，伸手从兜里拿出钥匙打开了门。

沈安站在门口久久未有动作，他望着一眼就可尽收眼底的房间，尽管对于林鹤的贫困有心理准备，也不由得吃惊感叹。

这也太小太破了吧！

他是头一次见到这种房子，瓦数有些低的日光灯，一张不算大的床，看起来硬得要命，床的旁边摆着一张桌子，上面的漆已经掉得七七八八，桌面斑驳。

桌子的左边放着一口锅，还有煤气灶。

卧室跟厨房竟然是在一个屋内的！

全部加起来还不如他一个带阳台的卧室大！

而这看起来好像就是林鹤日常生活的居所了。

林鹤进了屋里，没有邀请他进来，但也没有关上门。

他把书包放下来，抬眼看到站在那里踌躇不前的沈安，不由似笑非笑地开口："怎么了？沈少爷，下不去脚？"

沈安打量了一眼林鹤的脸色，不由摆摆手："没有没有……"他抬起来脚步进屋，看到屋里的板凳只有那书桌前唯一的一个，而林鹤的身体就挡在那凳子前面。

并且他看起来并没有要邀请自己坐下的意思。

沈安颇有些局促不安地站在那里，他打量了一下这个房间里唯一的一张床，这要怎么睡？

这么窄的床，翻身不会掉下去吗？

"去把门关上。"林鹤突然开口说道。

"哦。"沈安听着一愣，然后就真的走过去关上了门。

长这么大，同龄人间用使唤的语气跟他说话的人屈指可数。

但是今非昔比，人在屋檐下不得不低头，这点道理沈安还是懂的，除非他真的想在这样刮着冷风的夜晚被林鹤轰出去，否则他就只能收敛一些他的少爷脾气，尽量不要招惹到林鹤。

林鹤其实不喜欢他，他能感觉得出来。

在沈安走神儿的片刻，林鹤已经掏出书本坐在了那张残旧的破课桌前，按开了台灯，目光专注地看着眼前的书本，不时用手中的笔勾画两下。

过了好一会儿，沈安实在是有些累，慢吞吞走到床边坐下了。

屋里很安静，他几次想跟林鹤进行一些客套的寒暄，对着那张专心致志没有丝毫表情的脸张了张嘴，到底最后没说出来什么。

他这几日严重缺觉，关了门，房间又小，他这么坐一会儿就逐渐有些睁不开眼了。

然后他的肚子里非常突兀地传来了一声响。

他确实又饿又困。

沈安抿了抿嘴，然后目光扫过林鹤的那些锅碗瓢盆——摆放得倒是整齐干净。

“班长，有没有吃的啊？我有点饿。”沈安声音放低了点，望着林鹤问道。

林鹤拿着笔的动作停顿了一下，然后扭头看向沈安。

沈安的眼皮半耷拉着，像是真的很困没什么精神的样子，但在饥饿的迫使下又强撑着，那左眼皮上的小红痣显现了出来，带着血丝的眼睛望着林鹤的时候颇有几分可怜巴巴的样子。

“家里只剩下一些面条了。”

沈安一听来了精神，急忙说道：“面条也行，面条也行，班长给我下碗面条吃吧。”

从高中开始到现在沈安叫班长的次数都没有这一会儿多，好像他多叫几声班长，就能提醒林鹤他是他的同学，班长应该帮助同学似的。

林鹤看他那样子也知道他是十指不沾阳春水的人，他把书收了起来，起身去打开了煤气灶。

林鹤把一小把挂面放进了煮沸的开水中，放了两片青菜叶盖上了锅盖。

结果转过身去看见沈安半个身子趴在桌上，手肘压在他刚合上的书本上，正眼巴巴地望着自己，像只饿急了跟主人讨食的小狗因畏惧主人而不敢妄动的模样。

林鹤一时间有些摸不准自己的心情，但他又临时决定给沈安的清汤挂面里加了个鸡蛋。

饭端过来的时候，热气腾腾的面汤的热气扑在沈安脸上。

他看着只有两片青菜叶还有一个鸡蛋的面条有些不满意地撇了撇嘴，但是看了看林鹤站在那里正在刷锅的背影，最后什么都没说埋头吃了起来。

可能是真的饿了，面条吃起来竟然比想象中好吃一些，一碗面不过眨眼的工夫就被沈安席卷下肚。

等吃完了饭，沈安就只剩下了倦意。

还未等开口，就看到林鹤去那边古董似的大衣柜里又抱出一床被褥。

林鹤在地上铺开一张凉席，然后把被褥铺了上去，又去柜子里扯出来一张薄毛毯，看起来也很破旧的模样。

沈安心里闪过一丝不祥的预感，还未等他面色踌躇地开口，林鹤就先说道："你就睡这里，如果觉得冷可以再去柜子里拿一条厚一点的毯子。"

"不是吧，睡地下啊，你让我睡地下？！"沈安有些不敢相信，他此时才意识到他刚进门时担心那窄床两个人睡挤，甚至怕翻身掉下来的思虑是多么多余。

他刚才还嫌林鹤的床硬，现在眨巴着眼看着地下铺好的床铺，眉头都皱到了一起，什么床能硬过地板啊。

林鹤听到他这么说脸色依旧冷漠："那要不然呢？你以为我睡地下吗？"

"你！"沈安有些气恼，但又说不出什么有底气的话反驳林鹤，这毕竟是林鹤的房子。

“睡地下就睡地下！”沈安最后扯下了外套，又闻到了那股难闻的烟味。

“洗手间在哪儿？”他迟疑地问道，“有热水吗？”

林鹤下巴扬了扬，示意在左边的窄门那里：“有热水。”

沈安内心松了一口气，去卫生间洗了个热水澡。

林鹤听着卫生间传来的水声，然后目光移到地上沈安刚刚脱掉的外套上，然后他起身过去弯腰捡了起来，抖了抖放到了板凳上。

沈安这时候有求于林鹤，提起他们以前是好朋友，其实那久远到可以追溯到他们小学三年级的时候了。

那时候林鹤还拥有着一个幸福美满的家庭，他享受到的宠爱并不比别的孩子少，虽然不是特别富裕，但在这座城市里也算得上是中产。沈安跟他坐同桌，因为住在一个小区，他们还经常一起回家。那时候林鹤性子还没有这么闷，虽看着比同龄人多那么些小大人似的感觉，但跟沈安打闹起来你追我赶的时候，笑得也十分活泼开朗。

而在那一年的年末，林鹤的父母外出游玩的时候出了意外，那一年他才八岁，被小姨牵着参加他父母的葬礼。他望着灵堂上父母的黑白照片，尚不能反应过来到底是怎么一回事，他的双眼直愣愣地盯着照片，旁边有很多人在哭，有人回来抱他，安慰他，他都觉得像是隔了一层戳不穿的膜，感受不到似的。

那个年纪的他，初次接触这种生离死别，茫然无措与一种形容不出的恐惧将他彻底包裹。他在后来很长一段时间里，经常在后半夜醒来叫妈妈，却再也得不到任何回应。

他才开始后知后觉地明白死亡真正的含义。

八岁的林鹤坐在深夜的大床上，哭得压抑而委屈，他小声地叫爸爸妈妈，叫到窗户都微微透出光亮，却都没有人再来拥抱他，哄他入眠。

在父母去世后，林鹤的生活可以说是发生了天翻地覆的变化。

他被亲戚推来推去，各说各的理由，一个赛一个地哭穷。最后，林鹤还是被年迈的爷爷带走了。

奶奶去世得早，爷爷在林鹤的爸爸去世后，更是显苍老了几分。

爷孙俩在那间旧城区的老屋里，开始生活。

而同一年，沈父的仕途开始走上坡路，他们家从以前的那个小区里搬了出来，搬入了城郊环境幽静的别墅区。

沈安跟林鹤坐同桌的时候还并未发觉到身边的玩伴那些情绪上细微的变化，还跟林鹤像以前那样相处，热情地邀请他去他家的大别墅里玩，说是他爸刚给他在后院建了一个小型游乐场。

林鹤拒绝了，趴在桌子上做老师新教的算术题。

沈安被林鹤拒绝之后虽失落了一会儿，但是他这样的小少爷，性格开朗又大方，赌气似的叫了班里将近一半的同学周末去他家玩，他很快就在一群前呼后拥的同学中重新找回了自信，经常在林鹤面前炫耀他们家那天准备的餐点多么好吃。

林鹤沉默着，他想起来那天爷爷煮的那半碗白米粥，还有有些发硬的馒头。

慢慢地，沈安在班里结交了一群新的玩伴，这些人比林鹤更能玩能闹，还会吹捧他。

他跟林鹤之间的交流开始变少，一下课就跑去学校里的小卖部买一大堆零食，或者直接过去给他那帮好朋友们结账。

他是在四年级的下学期才开始发现林鹤的衣服都有些小，天气已经渐冷，他的手腕跟脚脖子还都露在外面，那些衣服都是他以前的衣服，而八九岁的孩子，一年一个变化，那些明显小了很多的衣服套在林鹤身上，紧绷绷的，有些尴尬的滑稽感。

沈安那个时候开始跟林鹤分享早餐，他把他的牛奶三明治带过来给林鹤吃。

沈安原本跟林鹤关系都开始有些疏远了，当林鹤看着堆在自己抽屉洞里的牛奶还有三明治的时候，不由觉得心头一暖，当沈安再次请求抄他作业的时候，到底是松了口。

林鹤跟着爷爷吃得简单，他这样的半大孩子，正是长身体的时候，肚子饿的时候对于沈安递过来的吃的，到底是有些抵不住诱惑，再加上沈安有求于他的眼神，和嘴里不停念叨的“好鹤鹤，好班长，咱们不是最好的朋友吗，好朋友分享东西不是很正常的吗，你以前给我的我可都收了呢”之类的话，林鹤最后真的被说服了，也觉得在沈安心里他确实真的挺重要的，自己不应该这么冷漠地对他。

虽然沈安有些以自我为中心，不太会照顾别人心情，但是他自己不吃早餐却把早餐偷偷塞给自己，这是不是说明尽管他身边现在出现了这么多新朋友，但自己在他心里依然是最重要的？

林鹤一直这么以为，在逐渐孤僻的心中，始终坚持为沈安留了一个位置，班里人人皆知，班长的作业除了沈安能借来，谁也别想多看一眼。

直到那一天，林鹤迟到了——他床头闹钟的电池没电了，早上没有响。

他是八点半赶到的学校，班里已经传来琅琅读书声，早自习都已经快要结束。

他想静悄悄地从后门进来，结果门刚开了一条缝，他看见沈安把他的牛奶跟三明治扔进了垃圾桶。

坐在最后一排的同学看他把这些扔了问道：“怎么不吃呢？这么扔了太可惜了吧。”

沈安笑了笑回答道：“我不喜欢喝牛奶，三明治里也只吃火腿。”他紧接着又抱怨着：“都说了不喜欢，我妈还非要给我带，不带还不行，天天在我耳朵边念叨要补充营养，什么正长身体，我烦都烦死了，只能天天带着了。”

那同学惊讶道：“你天天带着，怎么就今天都扔了啊？”

沈安换了副不太耐烦的语气：“都怪林鹤今天没来，让我又从前排跑到这里来扔，平常只要放他抽屉里就好了，反正他会解决的。”

“哈哈哈，他每天吃你剩下的啊。”

“什么叫我剩下的，我只把火腿挑出来了，其他不是都没动嘛，再说他天天看着跟吃不饱似的，我这是对他的关爱！关爱你懂吗！”

“什么关爱啊！不还是自己不想吃又懒得跑过来扔！”

沈安被戳破似的气急败坏地踢了那同学一脚，那同学夸张地叫着痛，喊着“沈大少爷打人啦”。

林鹤站在后门那里许久未动，他脑海里恍惚地回忆起来，那些三明治里好像真的都没有火腿。

他已经吃馒头太久了，真的记不起三明治里到底应该有什么了。

八岁的那一年仿佛把他整个人都切割成了两半，那个年幼的、会扑到父母怀里撒娇、会跟沈安在街上打闹的林鹤彻彻底底被遗留班级的后门外。

他在那里发了很久的呆，直到班主任走过来，把手搭在了他的肩膀上，叫了一声他的名字。

迟到的林鹤没有挨骂，班主任了解一些他的情况，对林鹤这样品学兼优的好苗子总有一些优待，还掺杂着一些自己的同情。

坐到座位上的林鹤和平常看起来没有什么变化，沈安看见他来赶紧凑了过去，嘴里念叨着：“你可算来了，我今天作业都不打算交了呢，后面好多题不会，怕交上去挨骂，还好你来了，快让我看看啊。”

“不给。”林鹤抿紧了嘴唇，手里将笔攥得很紧。

“什么？！”沈安的脸上还有些未褪去的婴儿肥，两颊急得都有些泛红，“快点啊，一会儿老师该收了！我可不能让他再给我爸打电话了，你知不知道我已经被扣了多少零花钱了！”他伸手去拽林鹤刚掏出来的作业本。

林鹤一把按住了作业本，嘴里不留情面地回道：“不给就是不给，你不会自己写吗！每天就知道抄！”

沈安被他这样的语气弄得下不来台，他颇有些恼羞成怒：“不就是今天没给你拿吃的吗，至于吗？要不是因为你成绩好，我压根儿就不想跟你再坐一块儿，你以为除了你的作业我借不了别人的吗，上次学委过来要给我讲题，我都没理他呢！”

“你爱借谁的借谁的，反正我不给你抄了！”林鹤声音也开始不受控制地拔高，“学委要给你讲题你就过去跟他坐好了，反正我除了借你抄作业帮你处理垃圾也没有什么别的利用价值了。”

沈安眼眶都红了，他看着林鹤嘴里也开始放狠话：“那你自己知道就好，要不是看你可怜，你以为我愿意继续跟你玩吗！”

“那你走啊！”林鹤伸手一把推开了沈安的桌子，原本两张严丝合缝对在一起的桌子中间敞开了一条大缝。

沈安不服气似的也过去推了他的桌子一把，少爷脾气上来一点儿没收劲，直接把林鹤的桌子推翻了过去，里面的书、书包全都掉了出来。

林鹤猛地起身，盯着沈安：“捡起来！”

沈安不仅没捡，还过去踩了两脚：“这么破的书包，还背呢！”

下一刻林鹤就直接扯住他的衣领，揍了他一拳，两个人彻底撕破脸，倒在地上打了起来。

这时候他们的动静终于惊动了班里的其他同学，大家开始过来拉架。

半大的男孩打架，到底下手有些不分轻重，沈安脸上被揍了一拳，情绪褪去，后知后觉开始觉得疼。

班主任把他们批评了一通，将他们调开了。

沈安被家里接了回去，坐在回家的车上，哭得鼻涕一把泪一把的，委屈得要命。

林鹤换了位置，同桌换成了一个文静的小女孩。

沈安跟班里的学委坐在了一起，座位没出前三排。

班里的同学说沈安其实根本不是真心跟林鹤玩，就是图班长成绩好，想抄人家作业来着。

有同学发出质疑，那位同学斩钉截铁地说他说的是真的，他俩吵架的时候他就在旁边，都听到了。

还是有人不信，林鹤的那位新同桌——那位有些腼腆的姑娘，一般不太参与班级里的八卦讨论，这时候突然从作业本中抬起头来说道："沈安脸上那么大一块瘀青，他家里这么宠他，怎么没过来找班长的麻烦呢？"

这个问题让刚刚那几个热烈讨论的同学瞬间变得鸦雀无声。

从那以后林鹤跟沈安就变得形同陌路，两个人在一个班级，抬头不见低头见的，林鹤每次路过他都熟视无睹，沈安则特别不屑似的从鼻腔里发出一声低哼。

林鹤在班级里越来越沉默寡言，时间长了，班里的半大孩子们也渐渐也从林鹤的衣装还有破旧生锈的文具盒上窥得了一二。

大家都知道了，林鹤家里很穷，而且他没有爸爸妈妈。

尽管林鹤在班级里越发沉默，十岁的孩子，背影单薄得要命，但他依旧在班里存在感十足，他还一直是班长，成绩一直名列前茅，经常在全体师生面前发言、演讲，在家长会上分享学习经验。

只是他始终独来独往，沈安不在他身边之后，也再没有人在他身边停驻，也可以说，他在拒绝任何人的接近。

作为班长，他铁面无私不近人情，这样的人，哪怕成绩再优秀，在班里也是不讨喜的，久而久之，林鹤在班里如果没有老师提问他，他甚至可能一天都不说一句话。

林鹤跟沈安到小学毕业都没再说过话，到了初中，沈安去了一所私立贵族中学，林鹤继续在当地的一所公立学校里读初中。

林鹤中考的时候拿了市里状元，省排名都进了前十，高中直接免了学费，进高中第一天就在全校迎新会上演讲。

少年穿着蓝白相间的校服，站在露天的高台上对着话筒语调不急不缓地念着手中的演讲稿。

他脸色平静，不卑不亢，背挺得笔直，像是已经习惯这种场合，也理应在如此的位置。

而到了这个时候，他们这一届的学生已经鲜少有没听说过他的。

班级里的班长由班主任直接指定，林鹤连走个过场的投票都没经历。

而沈安只险险过了这所重点高中的录取线，他的分数能够在普通班级待着就不错了，但是沈父已经对沈安能够过线甚感欣慰，总觉得沈安也不是那么不学无术，这不也凭实力考了进来，他做父亲的这时候不推他一把什么时候推？

沈父连招呼都没打，直接把沈安送入了A班，沈安原本正兴奋地以为要跟自己那些狐朋狗友分到一个班级的时候，发现自己的名字被移到了A班。

学校公告栏上A班的第一个名字就是林鹤。

沈安当时看见，眉头就是一皱，再往下看，自己的名字挤在最后的一个小角落里，活像是硬挤上似的，他当场不可置信地喃喃着："搞错了……这一定是搞错了……"

不管他回去怎么哭闹耍浑，沈父都一副岿然不动的模样坐在沙发上翻着报纸，听而不闻。

沈安最终进入了A班，以沈父给他的零花钱翻倍为条件。

沈安在这个班里不再像以前那样前呼后拥如鱼得水了。

他这些年被养出的少爷脾气就越发严重，但是A班里也并不少那种家境富裕同时成绩优异的学生。

对沈安这样明摆着走后门进来的学生，他们心里总是有些看不起的。

好在沈安还在这个班级里遇见了跟他同样被硬塞进来的顾钦然，才让他不至于在这个班级里这么孤独。

但沈安大多时候在下课的时候都会跑到楼下去找他以前的那些初中的朋友玩，跟A班那些满脑子全是学习，连下课都在讨论数学方程公式的同学完全没法相处。

沈安这次家里出事，这么久不来上课，班里同学都以为他要被赶出去了。他们猜测如果沈安被调去普通班，班主任也会松口气，要知道班里的平均分每次都被沈安以一己之力拉下去不少。

林鹤在床上躺了许久，翻了个身，看见月光从窗外洒进来，照在沈安身上，他的一条大腿伸在被子外面，一条胳膊搂着薄被睡得正熟。

看起来真的挺疲惫的。

估计要不是这个原因，沈大少爷睡这么硬的地上，应该会翻来覆去地睡不着吧。

林鹤这么想着，嘲讽似的勾了勾嘴角。

第二天沈安被闹钟吵醒的时候头昏脑涨的，那串催命似的铃声像鞭炮似的在他脑子里炸开。

他痛苦地起身，头发杂乱地支棱着，看见林鹤床头的闹钟上显示才五点半。

他咬牙切齿地在心里骂了句——神经病。

七点半上学，五点半就起，路上走两个小时吗！

林鹤坐起身来，开始穿衣服，然后去那窄小的卫生间里洗漱。

他看起来一点也没有刚醒那种睡眼蒙眬的感觉，精神得一点儿不像刚从睡梦中被闹铃吵醒的模样。

林鹤洗漱完出来的时候看见沈安竟然又缩进被子里闷着脑袋睡了。

他眼神淡淡地从那团地上的凸起上掠过去，然后就拿着几本书走了。

林鹤中午没有回来，在学校刷饭卡，他五块钱就可以解决一顿饭。

沈安一觉睡到下午两点多才醒来，他半坐起身子，眨巴眨巴眼，开始去扒拉一些吃的。

他蹲在地上眼巴巴地望着那一篮子生鸡蛋，学着林鹤昨晚的样子拧开煤气灶，打了两下，硬是没打着火，却闻到了一股煤气味，吓得他不敢再打了。

于是他只能裹着被子，缩在那里，望着狭小破旧的房子，抿着嘴，最后默默红了眼睛。

其实这些事情的发生并不是毫无征兆的，比如父亲的电话在最近三个月经常打不通，自己跟他要钱，以前可以直接到账的，最近却被他经常忘记，就是打过来金额也比以前少了很多，他还在那里吐槽老头子越来越抠搜了。

直到沈安爸爸最后发给沈安一条短信，让他别回家，他才后知后觉地察觉到事情的不对。

得到消息的时候，他正跟他那群朋友在打台球，手机在兜里响的时候他都没有顾得上拿出来看。

他出来的时候正好碰见一辆呼啸而去的警车。

天色已晚，他的心不知道为什么突突直跳，他拒绝了那群人叫他去玩的邀请，打了一辆出租车，刚拿出手机看到那条短信，出租车已经驶入他家的那条街道。

红蓝交错的警灯照在他们家别墅的铁栅栏上，出租车停在路口，司机神色有些蒙，打量着沈安瞬间苍白的脸色，问道："是这儿吗？还是要穿过这条街啊？"

沈安一时间听不到了所有声音，他目光紧盯着他们家的大门，看到原本一直告诉他说出差在外的父亲佝偻着背，像是苍老了十岁，戴着手铐被从家里带出来。

在沈父抬起头，像是往路口望了一眼的时候，沈安猛地捂住嘴，身子往后座椅上一倒。

他张开嘴，像是喘不过来气，说话声音都在发抖，手冰凉得不像话，像是被眼前的一幕彻底击垮。

只是这么回忆着，沈安就控制不住地缩起身子，先是很压抑地哽咽，后来变成委屈至极惶恐无措地号啕大哭。

这一周，他一直游荡在外，先是住宾馆，没钱了开始在网吧包夜打游戏，麻痹自己，不去思考今后。

他其实这些年来一直对父亲心怀怨恨，气他有钱了之后开始在外面养小三，把母亲气得病倒，最后跟母亲离婚，非要把那不比沈安大几岁的小三接进家门。

虽然最后没能成功——沈安从中没少出力折腾那小三，最后终于把人磨得没敢进门。

沈父心里对他有愧，在沙发上唉声叹气到半夜，这事到底没再提，可是沈安的母亲却再也不愿意回来了。

因着对他的愧疚，沈父对沈安的要求几乎有求必应，除了在学习上有些自己的坚持，不让沈安太过出格之外，其他的要个什么东西，沈父都会给他弄来。

他这些年骄纵任性得过分，如今从云端跌落，连个缓冲都没有，一下就摔得他六神无主、七零八碎。

他性子有时候也要强，不想在人前哭，在网吧打游戏还故意装作没事人似的在那里愤慨地骂队友，像是他爸出事这件事对他的生活没什么影响似的。

可其实他现在兜里只剩下十块钱，连个落脚的地方都没有，他那些亲戚从他爸出事之后他也去找过，结果他们在他家发迹的时候一个个往他面前凑，出事了一个电话都打不通。

如果昨天不是遇见了林鹤，他甚至有可能要流落街头。

他缩在地上把棉铺盖都哭湿了，然后蹑手蹑脚爬上了林鹤的床，钻进了林鹤的被窝里哭着睡着了。

林鹤晚自习放学后回到家里已经十点钟了，他打开门，看见他床上走时叠好的被子被摊开了。

浴室的门口漫出来一些水，一股洗衣粉的味道弥漫在狭小的屋内。

林鹤脸色变得有些不好，他把手里的书放下，然后走到了浴室，看见沈安双手正伸在盆里洗衣服。

沈少爷可能真的没自己洗过洗衣服。

也不知道是倒了多少洗衣粉，泡沫溢满盆，他的手腕一片通红，身上套着一件林鹤以前的旧衣服，穿在他身上有些大，他把袖口卷了起来，还是被水湿了大半。

“你在干什么？”林鹤几乎找不到下脚的地方，浴室里满是泡沫，他弯下腰去拎起洗衣粉袋子，发现那个袋子基本都空了。

明明这是一包刚拆封没两天的洗衣粉。

沈安也累得满头是汗。他只是没有衣服穿，他穿来的那身衣服已经穿了好几天，他醒来就想要是出门，还得穿这件，味道那么难闻，就想着洗洗。

他确实没自己洗过衣服，也不知道倒多少洗衣粉合适，觉得多了总比少了好，多了洗得更干净。

结果在这洗了这么久了，衣服一揉还能出来泡沫。

他猛然抬头看见林鹤回来了，瞧了瞧眼前自己弄的这些泡沫，不由得有些底气不足：“我……我洗衣服啊……”他看着林鹤的脸色，声音越来越小，“谁让……谁让你这里连个洗衣机也没有……”

林鹤脸色黑得像是锅底，他抬起长腿，脚下几乎找不到一处可以下脚的空地，他走到沈安身边，踢了踢他屁股下面坐着的小板凳，语气不太好：“起开，不会洗就别洗。”

沈安从板凳上起身，脸色分外憋屈，起身站到一边去，狭窄的浴室里站着两个十八岁的大男孩，更显得狭小。

沈安悻悻地退了出去，看见林鹤沉着脸把他那件衣服从大红色塑料盆里提出来，然后把那盆满是泡沫的水倒掉了。

沈安出去坐在书桌前，看着林鹤拿回来的几本书，随便翻了翻，就看到了满目的工整笔记。

他听到了林鹤在浴室里揉搓衣服的声音。

他竟然在帮自己洗衣服……

林鹤出来的时候就看到坐在自己床上的沈安，身上套着自己的一套旧衣服，颜色有些陈旧，沈安露出来的一截手腕更显得白皙，手指像是因为在水里泡了很久，还在发红。

衣服很宽松，沈安有些撑不起来，裤子松松垮垮地挂在他腰上。

他看见林鹤拿着他的湿衣服出来，找了衣架把衣服挂在院子里，眼皮抬了抬，又微微垂了下去。

等到林鹤进屋，才听到他有些别扭地说了声：“谢谢。”

林鹤没有回应他这句话，沈安紧接着又说道：“班长，你能不能再给我下一碗昨晚的面条啊？我好饿。”

林鹤动作一顿，扭头问他：“你该不会是一天都没吃饭吧？”

沈安赶紧点了点头，肚子也分外配合地叫了一声。

林鹤说不出是什么心情，只觉得是不太高兴，他走到煤气灶前，往锅里添了一碗水，然后把挂面放进去，然后打了一个鸡蛋进去。

他转过身，看着沈安坐在自己床上又是那副眼巴巴望着自己的模样。

他眉头皱起，最后还是问道：“为什么不去上学？”

沈安提及此时，像是触到了一个他极为不愿谈起的话题，他撇着嘴：“没什么用，反正我也听不懂课。”

“你不去，怎么可能听得懂？”

“我就不是学习的那块料，再说我也没钱了，你看我现在连吃顿饭都难……”说到此处，沈安一咬牙盯着林鹤的背影道：“林鹤，你还有钱吧？你能不能先借我点？我以后还给你。”

找林鹤借钱的人，沈安可谓是头一个。

可沈安都以一个这样的姿态出现在林鹤面前了，所以干脆破罐子破摔，也不在乎那些面子里子的了。

“以后？是多久以后？你有能力还吗？”林鹤语气起伏并不明显，但是沈安还是能够感觉到他情绪的不佳，“你昨天还说只借住一晚，所以你一会儿会走吗？”

沈安一滞，一种难以形容的窘迫与羞耻感包裹着他，他声音艰难：“我再……再借住几天，我不上学了，我去找工作，你把钱借给我，我会还你的。”至少他得先有些饭钱吧，他就是去找工作，也得先吃饱不是。

“不上学了？不上学了你能干什么！”林鹤冷笑一声，拿起来昨天那个沈安用过的碗，“你连一个碗都刷不干净，要学历没学历，你出去能干什么，有人要你吗？”

沈安昨晚生平第一次刷碗，遭到了林鹤的无情嘲讽。

“可是……可是上学我也学不会啊，我也没钱，我又不像你有这么多奖学金可以拿，我饭都吃不起了，我怎么上学啊？”沈安提及此，对未来充满了惶恐，他不知道自己到底应该干什么、可以干什么，他同龄的人都在上学，他如果不上学了能去干什么呢，他什么也不会。

林鹤把那碗面条盛出来，放到了桌上，沈安立马要伸手过去接，结果林鹤又把碗往回收了收。

沈安愣了愣，看了林鹤一眼。

林鹤也看着他。

他就跟只被娇养惯了的宠物似的，突然被丢出家门，猝不及防地变成一只流浪的小可怜。

如果自己现在不给他饭吃，又或者把他赶出去，他会怎么样呢？

他会哭吧。自己一个人走在这么乱的旧城区小巷会被坏人带走吗？

他身无分文，连个住的地方也没有，没人管他。

如果自己把他推出去，他会遭遇什么呢？会找到工作吗？他年龄这么小，人家收他吗？会被人骗吗？会被欺负吧。

他其实自己都不知道自己那副要哭不哭，死犟着的表情有多好欺负。

就在林鹤心里闪过这些念头的时候，沈安望着冒着热气的面条有些忍不住地叫了一声：“林鹤……”语气里有说不出的讨好的感觉。

你瞧，再是骄矜金贵的小少爷，失去了保护的屏障，一点生存能力都没有，到底是心里的惶恐不安还有饥饿战胜了那完全已经强撑不住的面子，那些小性子也都战战兢兢地收了起来。

林鹤再次将目光移向沈安，发现他有些不安地看着自己，这会儿糟糕的坏脾气都收敛起来，显出几分可怜的意味。

他心里已经有几分动摇了，脸上却依旧不泄露一丝情绪："明天去上课。"

"可是……"沈安眼里开始浮现出抗拒的神色，他真的不知道该怎么面对班里的环境，他爸被捕的新闻播放了那么多次，现在该尽人皆知了。

"吃饭可以刷我的饭卡，你也可以在这里住。"林鹤平淡地说出这些，把碗朝沈安推了过去，但是手却并没有松开。像是如果沈安下一秒拒绝，他就会立马收回一样。

沈安紧抿着嘴唇，神色挣扎，情绪翻涌了好一会儿，才带着浓浓的鼻音嘟囔似的回答："知道了。"

吃完饭林鹤出去了一趟，沈安在屋里左右倒腾着他那部手机，扒拉了一下林鹤书桌的抽屉，也找不到能充电的充电器。

林鹤回来的时候，沈安就躺在地下的铺盖上，翻来覆去的。

林鹤把手里的菜放到一边，沈安看见他把菜一袋一袋提出来，菜叶看起来不是很新鲜，又想起了林鹤这破地方连个冰箱都没有。

林鹤走过来，递给沈安一个塑料杯子，还有新的牙刷、毛巾之类的生活洗漱用品。

沈安接过来，看着那廉价的塑料杯，有点别扭地说了声："谢谢。"

林鹤抬起来眼看沈安，他看起来眼睛有些肿，不知道是不是哭成这样的，他的视线又落到后面的书桌上，还有后面的床铺上。

抽屉被拉开没合上，被窝乱糟糟的，林鹤走之前明明叠过被子。

林鹤脸上有肉眼可见的不愉快："你乱翻我东西？"

沈安顺着他的视线望去，看见那没合上露着一条大缝隙的抽屉解释道：“我只是想找一下充电器，我的手机从昨天晚上已经关机到现在了。”

“那你动我的被子做什么？”

沈安迟疑着不回答，喉头被什么哽住一样，他总不能跟林鹤说他今天在这屋里哭了半天，把自己的床铺哭湿了，所以爬到他被窝里睡了。

林鹤看他答不上来，语气有些冷：“以后不要乱动我的东西，自己弄乱了不知道收拾就学学怎么管住自己的手脚。”

这话说得着实有些难听，沈安脸上一阵红，紧接着又有些泛白，又怕不近人情的林鹤真的把他赶出去，憋了许久，到底是没敢吭声。

屋里变得很安静，只有林鹤的笔尖在纸上摩擦的“沙沙”声，沈安背过身缩在地铺的毛毯下面。

林鹤把大灯关掉了，只留他书桌上一盏台灯，沈安不知何时，渐渐合上眼皮睡着了。

林鹤在关上台灯前往他那儿望了一眼，沈安翻个身，毛毯仅盖到他的腰处，上半截儿身子都露着，他身上是自己的一件旧衣服，一点都没有自己是个讨人嫌的生人的自觉，就这么自作主张拿出来穿了，难道他以为自己跟他的关系还是从前小时候没绝交之前吗？

林鹤关上灯，睡姿端正地躺在被窝里，对着老旧的房顶闭上眼睛，过了一会儿，吐出来一口气，又复睁眼，闭上。

又过了十来分钟，林鹤想，他若是真的冻病了，又要在这病恹恹地耍赖，到时候麻烦的还是自己。

他终于找到了理由：生病的沈安会变得更麻烦。

于是他从床上起身，走到沈安那里，把那毛毯扯上来，给沈安结结实实掖好了，才又躺到床上睡下。

第二天早上闹钟响起来的时候，沈安皱着眉掀起眼皮看了一眼桌面上的闹钟。

才五点钟，甚至比昨天还要早了半个小时。

沈安把毯子往上一扯，捂住脑袋，心里小声骂林鹤有病，然后继续闭上眼，还要再睡。

迷迷糊糊间，听到林鹤出门的声音，关上门之后，过了一阵，沈安刚跌入梦乡，林鹤就又回来了。

一股很香的包子味，还有汤的味道。

沈安吸了吸鼻子，咽了口口水，以为自己又饿得在做梦。

他睡不下去了，慢慢睁开眼，困意悄悄退去。

他撑着身体坐起来，望着正在慢条斯理吃早餐的林鹤，视线落到他手上的大白包子上，也不知道是什么馅的，好不好吃。

沈安忍不住了，问了句："还有吗，班长？"

林鹤掀起眼皮看他："还剩两个，你不起来吃，我就带走了。"

沈安没多犹豫，很快地起床去洗漱，然后伸手去拿桌上袋子里的大包子。

两人吃完饭，时间也不过才六点钟，沈安去拿院子里林鹤昨天给自己洗的衣服换上。

林鹤这时候已经拿上几本书要出发了，出门前看了沈安一眼，沈安还在那瞅着闹钟，嘴里嘟嘟囔囔的："这么早去……干什么呀……"

林鹤没再管他，推着自行车出门，蹬上去走了。

沈安过了十来分钟后出门，连林鹤的影子都看不到了。

那天来的时候夜里黑，风也大，他情绪也不好，只顾着没头苍蝇一样乱闯。

现在白天了，走到这里，老旧的房屋群，小胡同七拐八转的，还挺绕人，不跟着林鹤一起走，光是走出去都费了不少的劲。

等沈安走到学校，才知道原来林鹤家竟然离学校这么远，他七点多钟才到了学校，走出一身汗来，累得腿酸。

但是比起来上学要面对的事情，这些又算得了什么呢。

沈安很是踌躇地在班级后门磨蹭了一会儿，才在充满着琅琅读书声的早读时间里，轻轻推开门，慢慢走到了自己原先的位置上。

沈安看着自己桌面上英语课本掀开的那一页，上面还有自己上课走神儿时无聊画的涂鸦。

他翻了几页，又收起来，把语文书拿了出来。

早自习一下课，沈安哪怕再不声不响，也引起了极大的注意。

他把自己抽屉里那瓶变质已久的牛奶拿出来扔到垃圾桶里，顾钦然一路跟在自己屁股后面，欲言又止，眼神迫切。

沈安一副受不了的样子，推了他一把。

“你干吗呀！”

顾钦然憋了半天，冒出来一句：“你怎么样啊，你没事吧？”

“瞧瞧这话说的，我好胳膊好腿的，我能有什么事啊。”沈安摆出颇为无所谓的语气，一路走回自己的课桌处。

顾钦然看他那样子，还是不太放心：“那你现在住在哪里啊？我给你发信息你也不回，打电话你也不接，我……我最后还去你家找你了，结果……”

结果发现沈安家里的独栋大别墅被贴了封条了。

沈安脸色一下子变得很难看，他很不示弱地道：“我最近不在家里住，我在我姑妈家！”

他讲完这句话，正好看见林鹤从顾钦然身后走过去，连一个眼神都没给自己。

沈安神色自若地坐在座位上，装模作样地问顾钦然：“第一节什么课来着？”

沈安到底没能好好上得了第一节课，上课铃响后不到三分钟，班主任张老师就把沈安叫了出去。

不知道是聊了些什么，但是估计不会是什么好事情。

因为沈安回来的时候面色灰败，身姿僵硬，过了半晌儿才像是找到了自己的手脚，左瞄右望，看看别的同学的课本翻到了第几页，把自己的书本也翻到那里。

周围的同学有小声议论的。

“班主任找他干吗啊？”

“你说找他干吗，别的不说，他这不请假不打招呼地旷课多少天了，以前就不遵守班级纪律，仗着他爹，成绩差成那样还能在咱们班赖着……”

“这次咱们班主任肯定要跟他算总账了……”

这些议论的声响从四面八方几乎要将沈安淹没，他低着头，不听不看，脑子里乱成一团。

前面讲台上的老师用尺子敲了一下桌面，喊了一声：“安静！”

课堂上才安静下来，老师继续讲课，同学们的注意力重新集中到黑板上去。

班主任张老师找沈安谈话的时候其实措辞也很委婉，像是已经很顾及沈安的心情，但是哪怕再委婉的措辞，都没办法掩盖住她要表达的这件事会对沈安造成的伤害。

沈安本身的成绩太差，从进入这所高中起，就根本不怎么听课，逃课那是家常便饭，顾钦然虽然也跟他一起玩，但是顾钦然的父亲要比沈安父亲严厉得多，因此顾钦然的成绩哪怕一直在中下游，但也不至于差得太难看，而且在A班的中下游，拿到全校排名里甚至都可以称得上是不差。

张老师说，沈安在A班确实是有些吃力，A班的课程进度快，尖子生的接受和理解能力都很强，如果觉得可以，她可以把沈安调到别的班级，别的班级课程进度慢一点。

沈安这个时候脸色已经十分苍白了，他抬起头来望着张老师，问她是准备把他调到哪个班。

张老师思索了一下，看着沈安的神色，心里划过一丝不忍，但是还是回答了。

她告诉沈安，准备把沈安调到十班去。

这所高中里，既然有顶尖的A班，也会有平均分很差的班级，但是对沈安而言，这并非最重要的事。

他抗拒去十班的最大的原因是他曾经在十班得罪过人。

他怎么样也不能去十班，他言辞中都已经透露出了一丝惊慌，问张老师："可不可以不去十班？"

而张老师目光有些不满地落到沈安身上，觉得沈安竟然在这个时候还在挑三拣四，但是以他之前的种种表现以及成绩表的分数来看，他根本是不具有挑选的权利的。

愿意接受他的老师，也是张老师几番游说人家才点头。

张老师以为他又是性子上来了，觉得被从A班赶出去面子难看，于是又说："十班的学生虽然普遍基础差一点，但是老师也是我们学校里的经验资历深厚的，而且因为同学都基础差，知识点也会讲得比咱们班详细得多，不会像我们班一样，很多东西都一句带过了……"

张老师还在跟他解释着，十班才是他最应该待的地方，但是沈安却什么也听不进去了。

他最后失魂落魄地从办公室出来，回到自己的座位上。

强撑了许久，才忍住没让眼泪掉下来。

第二章

沈安中午的时候很没有胃口，午饭是顾钦然给他买回来的。

沈安蔫不唧地趴在课桌上，他的同桌一下课就不待在座位上了，拿着练习本去问学委题。

沈安的事情只是课余间的一个三言两语就可讨论结束的事情，对于他们来说继续议论他还不如解决一道数学题来得有意义。

所以沈安以前就跟他们玩不到一起去，每个人都好像很清楚自己的目标，清楚地知道自己想要做什么，而沈安还一直停留在一个半大小孩儿没玩够的时期，并且甚至他都有想好如果到时候考不上好大学，也可以让他爸送他去国外读书。他身边的朋友也有很多这样的，花钱出去镀一层金，听他们几个说，去国外之后玩得更疯了。

而现在沈安什么都没了，他一点儿选择的余地都没有，不知道未来要怎么办，不知道明天要怎么过下去。

在某个瞬间，他也想咬牙抬起来头听一听课，但是黑板上纷繁复杂的知识点，他根本看不懂，也听不明白老师的嘴一张一合到底在说些什么。

他苦熬了一整天，下了晚自习放学的时候沈安走出学校，看见林鹤在车棚那里推自行车。

沈安快步赶了过去，林鹤那里离学校这么远，他可不想要自己再走回去。

他左右瞄了一下，发现周围的同学都已经快走得差不多了，凑到林鹤那里去，跟林鹤讲："你带着我行不行啊？这里离家也太远了吧。"

林鹤看他一眼，没有说话，沉默地推着自行车走。

沈安就跟眼巴巴跟在后面，叫着："班长……班长……"

等到了一条小路上，林鹤才停下脚步，长腿迈上自行车，沈安看他一眼，林鹤偏偏头回望着他："上来吧。"

"哦。"沈安听他终于答应，有点呆愣地回了，赶紧坐上了林鹤的后车座。

林鹤的破自行车发出一声不堪重负的"吱嘎"声，但是好在没出什么状况，林鹤车骑得很稳，他话又很少，昏暗的路灯下，除了车子发出一些噪声之外，一切都很安静。

夜风微凉，沈安低着脑袋在后座上坐着。

街道上的路还好，但是距离离林鹤家越近，路就变得越差。

在一块凹凸不平的道路上，沈安被颠簸得有些坐不稳，伸手拽住了林鹤后背的衣服。

结果刚搭上手，林鹤就突然出声："别碰我。"

他冷漠的话语落在安静的空气里，一下把沈安刺痛，本来这一天就委屈难过得要死，他回了句："不碰就不碰！"

他眼圈渐渐红了，手从林鹤衣服上拿下来，攥紧了车后座生锈的金属杠。

等两人到家，林鹤开门进屋，看见沈安慢吞吞地走进来，打开灯一看，他脸上还湿漉漉的。

林鹤眉心微微皱起，不知道为什么这样小的事就可以把沈安惹哭，娇气得要死、麻烦的东西。

沈安逃避一样跑去卫生间洗漱，收拾好了自己，看见林鹤在桌边开着台灯在学习。他学习的时候很安静，时间都慢下来。

沈安看见屋里的大灯都已经关了，这才进门多久，真是够节省的。

他又望向林鹤，看见冷白的台灯光下，林鹤的眼睫毛都可以看得清晰。

林鹤那深邃的眉骨到线条优美的下颌线，几乎可以称为是极其英俊，成绩又拔尖，如果性格没那么孤僻，又那么贫困，不知道全校要有多少女生要凑到他跟前。

屋里很安静，林鹤看起来根本不太愿意和他交流。

沈安在被窝里翻来覆去睡不着，他又想起今天班主任张老师说过的那些话，也算是提前跟自己打了声招呼，具体还不知道什么时候就要把他调到十班去。

他又想起自己的爹，费了劲把儿子推进A班，逢年过节没事还在外面吹嘘自己儿子在重点高中的尖子班里。如今他爹进去了，他也要被一脚踹回原形了。

沈安几乎能够想象出自己展现在外人面前的形象——一个品行不端的爹教养出来的烂泥扶不上墙的儿子。

他又有那么一瞬间，有些庆幸A班里的同学的冷漠，这样没这么多人关心他，也没人特别露骨满怀恶意地嘲笑他。

可是这是在A班，如果他去十班，还会一样吗？

不说别的，以前欺负过沈安，又被沈安叫人教训了一番的李绪恩会轻易放过他吗？

那时候李绪恩的爹还带着李绪恩来给自己低头道过歉，沈安回忆起那天在金碧辉煌的酒店大厅，他们的聚会刚到一半，李绪恩来道歉的时候的眼神，装满了要吃人一般的恨意与屈辱。

沈安没想到事情会闹成这样，内心有些发怵，摆摆手让他们赶紧走了。

他现在如果真的去了十班，可不得让那李绪恩剥掉一层皮。

他越想越是害怕，进了被窝半小时了，手脚还是冰凉，没半点儿热乎气。

他又听到耳侧林鹤的笔尖在纸面上摩擦的声音，他猛地一咬牙，从被窝里坐起来扒拉着林鹤桌边，露出一双眼睛，林鹤在桌子对面停下来笔，对上沈安的视线。

沈安有种慌不择路的仓皇感，语速又急又快："班长，你是咱们班主任眼前的红人啊，你去帮我求求情吧，她说……她说她要把我调到十班去，我真的不能去那里……"

林鹤的笔又继续在草稿纸上划了起来，语气颇为漫不经心："那不是挺好，十班的情况确实比较适合你一点，你的基础实在是太差了。"他讲这个话，其实是有点真心实意在里面。

沈安也察觉了，林鹤对于班主任这个决定并不意外，也不觉得有什么不好。

沈安一下子慌了，他也不扒着桌子边了，从桌边起来，半蹲在地上，抬起眼，摇晃着林鹤："好班长……好林鹤……我求求你了，我以后什么都听你的，你让我上东我就不敢往西，你说什么就是什么，你帮帮我，我以后会报答你的，我以后也好好学习，不拖咱们班后腿……"

他这跟小学的时候要抄林鹤作业的时候的姿态一模一样，没有半点儿长进。

但是那个时候林鹤确实心软让他抄了。

沈安的手很凉，透过单薄的衣裤，林鹤被冰了一下，沈安还在那里眼巴巴望着自己。

沈安这样的人哪怕真的被踢出门，在外面无处可去，也不能说他像一只流浪的小狗。流浪狗有的都很坚强，会自己翻垃圾桶找食物。

但是沈安不会，他没有任何生存能力，他的牙齿四肢都是软的，拿什么跟别人撕咬呢。

一条很漂亮的宠物小狗，被丢弃之后，如果遇不到一个好的主人，会遭遇些什么呢，会很惨吧。

那么，如果自己不接手的话，会有别人接手吗？

林鹤仔细地打量着沈安，现在沈安在自己的屋里，穿着自己的衣服，把那件自己的旧衣服当睡衣穿。

而且如果自己不给他做饭，他还在屋里饿一天，碗都刷不干净。

真的是很娇气很麻烦。

但是在许久的沉默中，林鹤却听到了自己的声音，他问沈安，是不是真的以后什么都听他的。

沈安小鸡啄米一样地点头。

林鹤才不信，但是林鹤还是回答了好。

沈安听到林鹤声音不高不低的回答，霎时间松了一口气。

但是紧接着林鹤就突然说道："那就开始吧。"

沈安愣了一下："什么？什么开始？"

林鹤皱眉，座位往旁边挪了挪，示意沈安坐下："开始学习啊，你不是说以后不拖班里后腿了吗？"

"现在啊？"

林鹤声音冷了下来："等明年吗！"

沈安正是有求于林鹤的时候，也不敢推三阻四的，麻利地起身坐到了林鹤旁边，有点儿底气不足地说："我的书都在学校里，忘记拿回来了。"

还忘记拿回来了，他压根儿也没想着带回来吧。

林鹤抽出一张数学卷子，拍到沈安面前："你先写写我看看。"他只知道沈安的成绩差，但是具体差到什么地步，他是没留意过的，应该说大多数人的成绩他都不怎么留意。

林鹤递给沈安一支笔，坐在他旁边继续写题。

时间过去二十分钟，沈安小动作很多，桌子没有学校里的宽敞，他动不动就碰到林鹤的胳膊肘，林鹤往自己这边挪了几次，最后视线落在沈安的试卷上，发现沈安的卷子竟然第一题还是空白。

饶是林鹤对他成绩不好有过心理准备，也没想到他的成绩能差到如此地步。

“这一题，高一的都能做出来。”

沈安咬着嘴，有些脸热，还在那儿声音很小地狡辩：“我以前高一的时候也会，我也不知道怎么回事，就忘记了，我以前真的会解……”

林鹤吐出一口气，把那张试卷又抽了回来，然后把数学书给他：“你先看看课本，先把课本上的题目例题看懂。”

“哦。”沈安接住他的书本，林鹤的书本很新，很整洁，翻开几页，里面有些随手列的式子，除此之外什么都没有，不像是沈安的书本，笔记没见过，乱七八糟的涂鸦倒是一大片。

这一晚，沈安看完了例题，林鹤找出单元小结，让他做题目，十道题对了三道。

剩下的七题林鹤看着他一题一题改对了，沈安以为这就结束了，结果林鹤又随手给他出了十题。

沈安这时候眼皮都已经开始有些打架，困意上涌。

林鹤一巴掌拍在桌面上，皱眉道：“刚做过的题目，只是换个数字，就又不会写了！”

沈安骤然回神，被林鹤吓了一跳，看着林鹤板着脸，眼睛又赶紧往题目上瞄。

沈安觉得今天这时间已经远远超过林鹤往常要休息的时间点了，这绝对不是自己的错觉。

沈安苦着脸做题，林鹤讲题的时候一开始太简洁，他根本听不懂，要讲两三遍，后来林鹤就慢慢理解了沈安的水平，尽量讲得详细。

沈安本来就跟不上课程进度，前段时间又旷课，脑子放空长时间不学习，如今被大班长按住恶补，身心俱疲。

林鹤的学习辅导刚开始就已经让沈安很有些吃不消了，但其实林鹤看到沈安的水平，很不理解他怎么会落下这么多。

时间到了十二点整，林鹤看沈安的脑袋已经点点晃晃，于是他说："先去睡觉吧。"

沈安如蒙大赦，撑着桌子站起来，爬到自己的地铺，钻进被窝，连十秒都不到就睡着了。

林鹤早上载着沈安去上学，沈安在后面嘴里叼着一个大包子。早上起得晚了，没赶得及在家里吃完早餐，又怕林鹤不带他，要他再自己走这么远去上学。

车子停在距离学校一条街的地方停下来了，这段路沈安自己走着去，双方好像都不太想让旁人知道他们好像关系很近的样子。

林鹤不知是何原因，而沈安则是虚荣心作祟，怕认识他的人撞见，他毕竟还跟顾钦然说过他现在在自己姑妈家住。他以前跟他说过自己姑妈多么有钱，就是常年往国外飞，不太见得着踪影。

林鹤在上午的大课间进了班主任的办公室，很礼貌地敲了两下门，喊了声报告。

在走廊上嘴里叼着一根顾钦然刚给他买的烤肠的沈安，不动声色地用余光扫了一眼林鹤进办公室的背影，手心里出了一把汗，嘴里烤肠都有些不是味了。

也不知道林鹤到底能不能成啊。

他又觉得林鹤真的很好，嘴硬心软得很，虽然人看着冷硬，但是答应帮他就真的去帮他了。林鹤帮了他那么多，到底还是念及他们以前从小在一起玩的情谊，虽然闹了一点小小的矛盾，那点儿事在沈安这儿沈安都已经记不清了，他说以后会报答林鹤也是很真心的话，毕竟他现在吃住在林鹤家，林鹤还给他免费补课。

这样品学兼优的人，怪不得班主任开学的时候想都没想就选他做班长了。

林鹤站在办公室里，正对着坐在办公桌前的张老师。

张老师看着面前这个身姿挺拔、穿着蓝白校服的清俊少年，扶了扶眼镜，问道："你找我有事？"

林鹤视线对上张老师，目光冷静："是的。"

他开口道："听沈安说您要把他调到十班去。"

这样的事无论如何也轮不到林鹤这样的学生来评论插手，但是作为年级第一，林鹤总在老师面前享受一些优待。

张老师还算耐心地回答了："确实是有这个打算。"她其实也是有些奇怪，因为印象里沈安和林鹤并没有什么交集，应该说林鹤跟班级里的任何人都没有什么过多的交集。

林鹤也没有说什么客套话，他确定了一下后就直接开门见山了："如果说沈安以后的成绩不会再拉班里的分数，他能不能继续留在我们班里？"

张老师失笑，她回答："我也不想让我们班任何一位同学离开，但是你来看看他的成绩。"她拉出来一张表格，让林鹤看。

林鹤看到那张成绩排名，从最后一行看，然后视线停留在顾钦然的成绩上。

也同样是很差的成绩，但是他却可以留在A班，林鹤再次开口："这次期中考试，沈安的成绩如果达到顾钦然的这个排名，那么他可以继续留下吗？"

顾钦然这个名次可以留下，那就没道理要赶沈安走，明面上应该是这样的。

张老师想了想说："但是沈安的成绩比这顾钦然也差了很多，期中考试对于沈安来说时间太短了。去十班其实未必就不是一个更好的选择，沈安从进班开始，因为基础本就不好，听课一直都很吃力……"

林鹤沉默着听她说完这些迂回的话，又很执着地把话题扯回来："在期中考试的时候如果沈安的成绩能达到顾钦然的名次，可以让他继续留下吗？"

张老师听到林鹤又继续说："他的成绩我以后会帮他。"

瞧瞧，他们班这性格孤僻的大班长竟然主动提出要帮助同学补习了。

答应林鹤，张老师并没有任何损失，沈安的成绩如果能提上来不拉班级后腿，也算是为她解决了一件烦心事。

况且她这大班长轻易没找她开过口，她原本以为林鹤在班里没有朋友的，一向爱独处、沉默寡言的，都没见他跟班里别的同学怎么交流过。

原来他跟沈安其实是好朋友吗？

她最后开口同意了。

再去看林鹤的表情，他看起来竟然没有什么意外的样子。

这样百利无害的事情，卖给林鹤一个面子又何妨，成了皆大欢喜，不成期中考试后再把沈安调到十班也不迟，张老师笑了笑。

林鹤就在要走出办公室的关口，突然停住脚步，他回头跟张老师又说道："可以把我和沈安的座位调在一起吗？"

沈安在晚自习的时候睡着了，趴在自己的桌子上，正歪着脑袋呼呼大睡，但是睡得不是特别安稳。

他做了噩梦，梦见李绪恩拿着板砖在后面追赶着自己，把他打得头破血流，按着他让他跪下来叫爷爷，把他揍得鼻青脸肿的还要他道歉，他好不容易挣脱了一直没命地跑，结果跑着跑着脚底下的路竟然变成了一张没有边际似的大试卷。

脚底下全是题，沈安一题都不会。

沈安在晚自习的课堂上醒来的时候意识还不大清醒，乍一直起来身子，看见林鹤竟然在他旁边坐着，他迷迷糊糊地问："你怎么在这儿？下课了？"

林鹤并未答话，正在一张A4纸上勾画着什么。

沈安揉揉眼睛，凑过去看一眼，上面是一个行程表格，精确到上厕所的时间都有，其中密密麻麻还排满了刷题的时间，还有背书等一系列的学习活动，安排得都非常紧凑。

啧，怪不得班长能常年稳居第一名，背后竟这般刻苦。

沈安一时没忍住，抬手拍了拍林鹤的肩膀："这是你新安排的学习计划吗？这未免也太辛苦了吧。"

那张表格上计划列得满当当，从周一到周日，看起来真的是片刻都不得歇的。

林鹤这时候把最后一个格子填上，收笔，然后语气轻飘飘地道："这不是我的，这是你的学习计划。"

沈安的表情僵在脸上。

林鹤说道："我跟班主任谈好了，只要你这次期中考试可以赶上顾钦然在全校的排名，你就可以继续留在咱们班。"

沈安的视线慢慢挪到跟自己隔着过道坐在斜对面的顾钦然身上，顾钦然在那儿抓耳挠腮地不知道在干什么，左瞄右望的，最后动作一顿，终于弯腰捡起来一个笔盖。

他起身的时候仿佛察觉到什么，然后回头一望，对上了沈安的视线，还对他挑了一下眉。

他全然不知，自己已经成为留在A班的最低门槛。

沈安听到林鹤的话，先是松了一口气，庆幸于他还能继续在班里拖延一段时间，眼睛又飘到林鹤的那张计划表上。

这也太夸张了，就算要赶上顾钦然那小子，也不用拼成这样吧。

但是林鹤现在可是他的大恩人，况且林鹤这也是好意——没想到班主任真的会卖林鹤一个面子……

沈安脑子里飘过许多念头，突然林鹤就递过来了一本笔记：“从第一页开始看，你既然睡醒了，就赶紧抓紧时间吧，晚上我会抽查。”

沈安看见他神态自然地从桌面上抽出来笔记本，一阵错愕，又赶紧看向林鹤以前的位子。

他以前的同桌竟然坐在林鹤的位置上。

什么时候换了同桌了？

是自己还没睡醒吗？

“换位置了？！”

林鹤的目光扫过他，那目光给沈安的感觉，比班主任的视线扫过他的时候压迫感还强呢。

沈安咽下去一口口水，挣扎着问道：“班主任……同意了？”

她怎么会舍得让自己这宝贝班长坐后排。

“嗯。”林鹤最终还是给了个回应，彻底掐灭沈安的一些小心思。

沈安翻开林鹤递给他的笔记，上面的字体工整，跟字帖里的那种正楷似的，挺赏心悦目的，就是这些字排列在一起，内容沈安有点不大理解。

离放学还有十分钟，林鹤把他的笔记抽走，开始抽查沈安学习的情况，沈安没答上来的部分，他让沈安一条抄写十遍。

林鹤说出来的时候沈安还以为自己听错了，他睁大眼睛望着林鹤重复道：“十遍？！”

林鹤不大有耐心的语气：“快点儿，晚上回去还有别的题要写。”

沈安当即两眼一黑。

林鹤蹬着自行车带沈安回去的路上，还让沈安给他背今天老师课堂上让默写的古诗词。

胡同里，黑黢黢一片，只余下沈安磕磕巴巴的背书声。

他脑子不笨，就是太贪玩，学习上得过且过，他爹就他这么一个儿子，训不敢大声打不敢使劲的，对他太娇惯了。

这会儿他知道没人护着了，又不敢跟林鹤说三讲四的，只能老老实实听他的。

况且原本就是他求林鹤去找班主任求情，现今已经谈好了条件，林鹤这么做也是为他好，他这点还是能分得清的。

但是这未免也进入状态得太突然了一点吧，几乎是一点适应的缓冲的时间都没有给沈安。

沈安手腕子都写麻了，一张纸都写满了，林鹤在一旁把沈安几乎跟新的一样的书打开，在上面勾画着重点。

大晚上十一点半，明天是周末，他沈安竟然在这样的破屋里埋头苦学。

沈安悲从中来，写得越发费力。

在沈安屡次放下笔，在那里揉搓手腕的时候，林鹤才像是终于发现了他的疲惫，他打量着沈安抄写的知识点，问道："累了？"

沈安连连点头。

"那这几个问题都记住了吗？"

沈安立即回道："记住了！记住了！倒着都能背一遍了。"

林鹤舒展了眉头，然后说道："那好吧，写点基础题放松一下吧。"

沈安看着面前又重新铺上的手写的几页题，呼吸都急促了，这就是放松一下吗？

林鹤是对放松有什么错误的理解吗？！

时针指向十二点，林鹤放下了笔，起了身，沈安紧接着像得到了信号一样跟着起来，结果林鹤又把沈安按回了椅子上，手指点在贴在墙壁上的计划表上，提醒沈安："你的时间还没到，我先去洗漱，你继续写题。"

沈安直愣愣地看着那张学习计划表，上面的休息时间是十二点十分。

第二天沈安是被八点钟的闹钟叫醒的，他睡眼蒙眬，这几天严重缺乏睡眠，他翻了个身准备继续睡，听见林鹤在那穿衣服起床的声音。

紧接着是煤气灶打开的声响，锅里咕嘟咕嘟煮着粥，林鹤又炒了几个鸡蛋。

他开始叫沈安起床，沈安难受得要死，没想到林鹤真的大周末也不放过他，他磨磨蹭蹭地从地铺上起来，去洗漱。

出来的时候林鹤已经盛好了饭菜，在那里用勺子搅拌碗里的粥呢。

沈安坐下来，前额的几缕头发湿了，洗了脸看起来精神了许多，瞪着大眼在那儿夹鸡蛋吃。

林鹤把粥喝完，然后很快就起身，一盘子鸡蛋几乎都进了沈安的肚子里。

他拿出五块钱推到沈安旁边："我中午不回来，你自己买点饭吃。"

沈安咽下去嘴里那口稀饭，惊讶地问："五块钱！"他皱着眉头撇着嘴："五块钱能干什么啊！那能买得着饭吗，我吃不好……"

林鹤很沉默地站在那里，按着五块钱的手慢慢收回来，又从口袋里拿出来三个硬币，放在那张五块的上面："八块钱，够了吧。"

沈安张嘴还要再说什么，林鹤脸就沉了下来，直接道："再多也没有了！"

沈安看他脸色不好了，才抿着嘴收声了，耷拉着眼皮把那八块钱拿着。对于以前的沈少爷来说，八块钱吃顿饭，那都抵得上天方夜谭了。

林鹤走到书桌旁边，在沈安的书本上速度很快地勾画几笔：“这是你今天要学习的内容，自己先看，然后练习册上有单元小结和测试题，你看完别忘记做，不会的等我晚上回来给你讲。

“对了，物理公式也要默写下来。

“前三个单元的英语单词，我晚上回来给你听写。”

沈安哭丧着脸听完，觉得八块钱都多了，任务多到都让他食不下咽。

他看着林鹤做完这一切，就推着门要走了，才想起来问一句：“你要去哪儿，晚上几点回来？”

他眼睛转了转，林鹤可没给他晚饭钱。

林鹤看起来并不想多说：“出去有事。”临了要合上门了又补充了句，“晚上回来我会给你带饭。”他察觉到沈安应该是在担心这个问题。

门外传来林鹤骑着自行车走的声音，屋里安静下来，沈安起身又钻进被窝里，闭上眼睛想要睡个囫囵觉，这可是周末，现在连九点钟都不到。

结果他翻来覆去打了几个滚，也毫无睡意，最后气恼地起身，坐到了书桌旁。真是够神奇的，没想到就这么被林鹤扁圆揉搓个几天，他竟然还养成了这样的生物钟了。

林鹤在九点多到了老街区的一家饭店，把车子停在车棚，进了饭店的后厨。

他先是把餐具都从厨房里拿出来，摆上桌，又在厨师来了之后在后厨打下手。

林鹤从高一就在这家饭店里打工，袖子卷起来，动作已经很熟练，厨师师傅还嚷着要收林鹤当学徒来着，被老板娘调笑着说：“还给你当学徒，你可美得你，人家小林可是学校里成绩数一数二的，赶明儿就是一名校高才生！”

老厨师听罢看着林鹤更是欣赏，嘴里夸着：“我说这小林看着就不一般，虽然不太爱说话，你看着动作麻利着呢，脑子也聪明吧。”

“那可不是，脸长得还俊呢，你没看咱们那边女高中生来咱这儿聚会的时候，都点了名让林鹤给上菜呢！”

几个人这番话说得饶是林鹤也不禁有些不好意思，往里躲着洗菜去了。

老板娘还不罢休，笑呵呵打趣：“瞧瞧，还害羞了！”

中午把餐具收到大盆里刷完，又把地都拖了一遍，另外的服务生在桌上抹桌子，林鹤收拾完自己的区域，就推着自行车走了。

这个时候已经下午两点四十多，到了他二伯家的时候三点十分。

他二伯家在新城区这边一个普通小区里，是以前从乡下搬过来的时候买的二手房。

他二婶子以前不能生，跟他二伯结婚好多年了，花了不少钱治才生下来一个儿子，比林鹤小了四岁，今年上初一。

林鹤站在五楼的过道里，敲门敲了三下，里面传来了一些动静，很快有人过来开了门，看起来像是一直在等林鹤。

二婶子拧着眉，上下打量了林鹤一番：“啧，怎么这么晚才来，不是说三点来吗？”她往后让开了一点，让林鹤进来，“哎，换鞋！换鞋！我刚拖干净的地……你这身上一股儿什么味啊，又去那饭店打工了？”她嘴角露出一个讥讽的笑意，“都说了让你别去了，非去那儿打工，跟我们亏待你似的，有那时间还不如多给你弟弟补补习，你可不能只顾你自己的成绩啊！”

林鹤不说话，弯下腰换鞋，然后往里进。

紧接着女人尖厉的声音响起：“林濠！又在那儿打游戏呢！赶紧给我把电脑关了！”

林鹤进入他这个堂弟的卧室，里面乱七八糟贴满海报，桌面上还有杂乱的书，他堂弟正坐在电脑桌前的老板椅上，嘴里还吃着薯片，沾了一嘴的渣，手在键盘上飞快地敲动，不时抽空从开了包装的薯片袋里拿出薯片，抛到嘴里。

林濠听见动静，转头看了林鹤一眼，叫了声："哥，来了啊。"如此算是打了个招呼，他嘴里说道："等会儿，等会儿，我把这局游戏打完。"

他妈刘淑琴这会儿听见又嚷开了："打！打！打！天天就知道打游戏！有这劲儿不知道往学习上使！这次成绩又下降了多少！你爸这回要皮带抽你我可不管！"

她虽然这样说，也不见她进来关掉林濠的电脑。

虚张声势，他二伯林明哲也是，夫妻二人老来得子，疼林濠那是明眼人都能看见，教训小孩那都是雷声大雨点小，还说用皮带抽，怕是动林濠一下，刘淑琴都要跟林明哲生气。

刚才刘淑琴还在埋怨林鹤来得晚，这会儿林鹤都已经来了十多分钟了，坐在林濠卧室的一旁静静等着林濠把游戏打完。

但是林鹤也不能多说什么，在那里看着林濠的电脑屏幕，上面的打斗特效炸了满屏，配着音效，给人强烈的感官刺激。

随着一声被击杀的提示音从音响里传出，林濠骂了一声，然后手猛地推了一下键盘。

他起身像是伸了个懒腰，出门从冰箱里拿出来两瓶汽水，递给林鹤一瓶。

林鹤接过来，但是没打开，过去走到桌边："新单元的知识没跟上？哪里不懂？"

林濠从旁边的书包里拿出来课堂随测，递给林鹤："你自己看呗，错挺多的，你上周给我讲的那方法我又忘了，你再给我讲一遍吧。"

"是又忘了，还是我讲的时候你就根本没记没听懂？"林鹤脸上没什么表情，看着林濠的测试题。

林濠本来吊儿郎当，在林鹤充满审视意味的目光下变得有些不自然，心里有些不舒服，不知道林鹤怎么还能这么傲。

他这个哥哥从小到大就甩他一大截，什么都好，就是命不好。

林濠眼皮一抬，打量着林鹤磨损得有些脱线的衣袖，而后又收回视线——得了，不跟他计较。

补习到了五点二十，差不多一共两个小时。

周末的时候林明哲提早下班，回来看见林鹤刚好从林濠屋里出来，他把手里的包递给刘淑琴，大手一摆："林鹤啊，今天在家里吃吧，让你婶子多做个菜。"

林鹤看了一眼时间："不用了，已经挺晚了，我还要去饭店帮忙，就先走了。"

林明哲看林鹤一眼，嘴里也是不满："说了多少次不让你去打工了，你怎么这么不听话，你有那时间不如来帮你婶在家里干干活呢，她天天跟我嚷着她腰疼腿酸的……"

林鹤手里拿着一瓶林濠给的汽水，刘淑琴看了一眼，林濠看他妈那样，心里翻白眼，说了句："我给哥拿的。"他走过去到桌边往厨房望了一眼："妈，你做了饭了怎么不盛出来啊，我哥有事就赶紧让他走呗，我都快饿死了，都在这儿等什么呢。"

等什么，能等什么，不就是在等林鹤走吗。

林明哲这时候摆着手说道："行行行，小鹤有事就先去忙吧……"

林鹤礼貌地回："二伯，我先走了。"

等林鹤走了，一家三口在客厅坐下来吃饭。

林濠说："就是留他在这儿吃顿饭又怎么了，我真是受不了你们了。"

林明哲一听，粗声道："谁没留他了，你没听见还是怎么回事，没听见他赶着去打工呢。”

这时候刘淑琴把大鸡腿夹给了林濠，在他脑袋上拍了一下：“你懂什么，留他吃饭是小，紧接着就要留他住下，他好不容易才搬走，我可不伺候了，伺候你一个还不省心呢！”

“得了吧，我哥在这儿的时候，洗衣服做饭你少使唤他了？”

林明哲这时候也跟着说：“就是，小鹤这孩子是挺叫人省心的，我大哥就留下这么一个孩子，我们得照顾他些。”

“这照顾得还少吗！从你们家那老爷子去世不就一直住在咱家，我多说什么了？！你那弟弟怎么不管他？就得落在咱们头上？”

林明哲这时候胳膊肘碰了刘淑琴一下，示意她别在孩子面前说这些。

看刘淑琴还要一副得理不饶人的模样，林明哲说道：“反正为什么落到咱们头上你自己心里清楚，别在这儿得了便宜还卖乖，没那么好的事！”

刘淑琴这时候又骂道：“你疯了！你在孩子面前说这些干什么！”

一顿兵荒马乱，林濠看起来已经习以为常，每次围绕着他那命苦的堂哥的话题，家里就争吵不断，他站起来掏了掏耳朵，往自己屋里走去。

林鹤晚上八点半的时候从饭店下班，别人都是九点多，只有他是个特例，当然工资也会相应减半。

晚上的风有些凉，他骑着自行车往家里赶，车把上挂着一份炒面条。

酱油翻炒，还有一些肉丝青菜。

林鹤推门进来的时候沈安正在趴在桌上埋着头不知道在干什么，听见声响立马抬头，看见林鹤手里拎了一碗面条还带了一瓶汽水回来，眼睛一亮：“你总算回来了，我都快要饿死了。”

林鹤也是觉得时间有些晚，看着沈安愁眉苦脸的，叫他：“快点过来吃吧。”

沈安从座位上起来过去拿筷子。

林鹤过去看书桌上沈安的单元小结后面的测试题，竟然都是空白。

沈安看他回来竟然第一件事就是检查他的作业，拿筷子的动作都是一僵，有些紧张的模样。

“为什么没写？！”林鹤低着头，沉声问道。

“就是……就是不会……”

林鹤突然冷哼了一声：“都不会？我前面圈的重点你没看？”

“别吃了，把这张写完再吃。”林鹤走过去把桌上的碗收了起来，面条也抬手倒进了锅里。

沈安筷子都拿好了，在家里等林鹤，饿得前胸贴后背的，回来就被林鹤这么一顿训，气得眼睛都红了，他倔脾气上来，筷子一摔：“不吃就不吃了，我还不稀罕吃呢！”

他不吃，也不愿意听林鹤的了，被子一掀，钻进被窝里，蒙住头。

林鹤看着地下那块鼓起来的小山丘，胸口剧烈起伏了两下，他竭力克制了一下自己的情绪，事实上他到如今这个年纪，从小到大经历的刁难冷眼挫折已经是不少，鲜少能再有激怒他或者让他情绪出现明显起伏的事情了，甚至对着他二伯一家，都能心里冷笑着看他们演戏，再礼貌地鼓掌的地步。

他已经累了一天了，想起他二伯一家，想起他今天去的时候刚进门他二婶说的话，他走进卫生间，把衣服脱下来丢到门口的凳子上，然后关上门。

沈安听见了一阵淅淅沥沥的水声响起，林鹤进去洗澡了？他慢慢将闷得不透气的脑袋露出来。

过了会儿林鹤换了身衣服走出来，他拿起来凳子上换掉的脏衣服的时候带起来一阵风，屋里太狭小，沈安闻到了一股儿很浓郁的烟熏火燎的油烟味。

他抬起眼睛有些好奇地跟着林鹤，看见他又去拿了自己的衣服，然后捡起地上沈安乱丢的袜子，一起拿进了卫生间，他坐在板凳上在大盆里揉搓着衣服。

沈安眼睛眨动，还以为林鹤要把自己的衣服丢出去了，原来是又要给自己洗衣服。

屋里变得很安静，只有林鹤用手搓衣服的声音。

沈安在这声音里慢慢地、不情不愿地起身又回到了书桌旁，不吭声地写那些题目。

林鹤把衣服洗完了之后在院子里晾上，回到屋里看了沈安一眼，正好撞上沈安小心翼翼打量他的眼神，沈安就又赶紧低下头了。

过了四十分钟，沈安从桌边抬起来头跟林鹤讲："我写完了，你过来检查吗？"仿佛刚才摔筷子放狠话的人不是他一样，林鹤看了沈安一眼，语气淡淡地："先放那儿吧。"

他把火拧开，把那碗面条翻炒着热匀了，盛出来。

沈安在桌上吃饭，嘴里塞着炒面，打开林鹤带回来的汽水，灌了一大口。

林鹤坐在桌边，给沈安批改试题。

等沈安吃罢，挪到林鹤身边，林鹤才抬起眼睛看着他，只见沈安跟犯了错被老师逮住的小学生似的，竟然还把手背在身后。

林鹤突然抬手拽了他一下，让他坐下，然后说："沈安，你自觉性太差了，我以后要给你立些规矩。"

都这样了，竟然还要立些规矩。

林鹤讲题思路很清晰，也很耐心，把每一题的思路都拆开分解，遇到沈安以前不会的知识点也及时补充上。

又是一个凌晨十二点十分，沈安顶着沉甸甸的被灌满知识的脑袋去洗漱。

晚上睡觉的时候，沈安蜷缩着躺在地上，正要睡着，突然听见林鹤叫他。

沈安模模糊糊应了一声："嗯？"

林鹤躺下的身子从黑暗中坐起来："我忘记给你听写英语单词了，快点儿起来。"

他"啪"的一声把台灯又打开，沈安被灯光刺了一下眼睛，被折磨得不轻，求饶一样地说："明天吧……明天一定……我保证……唔……"沈安话都没说完，就被林鹤从被窝里拖了出来。

林鹤第二天带着沈安去买了一些生活用品，然后带他去时装贸易中心买衣服，他现在上学时穿的是一套林鹤以前的旧校服，不怎么合身，松松垮垮地套在身上。

说是时装贸易中心，但其实是一个大型的服装批发市场，沈安还是第一次到这种环境里买衣服，那时装贸易中心几个大字高高悬挂在最高的一座楼上，风吹雨淋了不知道多少年了，都掉漆了。

沈安不太满意，在这儿逛了一大圈，这也不行那也不行的，那个颜色不行，这个布料太硬。

消磨了一个多小时，林鹤看了一眼时间，耐心彻底告罄："不买了，你就穿这套校服吧。"

沈安这时候才似做了万般妥协似的，手里拿着旁边架子上的一件蓝色卫衣："那……那就这件好了……"

中午林鹤还要去饭店打工，他骑自行车把沈安送回家，又给他留了八块钱。

他给沈安布置完今天的学习任务，骑着车走了。

沈安一个人回到家中，看着林鹤给他画下来的重点，摊开书本盖在脸上，仰躺在床上哀号了一声。

林鹤的恐怖他从昨晚就彻彻底底认识了个清楚，哪怕他有一点儿学习任务没完成，都不能休息。

奈何现在在他手底下讨生活，沈安哭丧着脸又噘起嘴背书。

周一的课堂上沈安由于熬夜太晚，总是打瞌睡，林鹤现在坐在他旁边，止不住皱眉，有时候会像是不小心碰到他胳膊肘似的，冷不丁撞一下，沈安往自己那侧挪了挪，继续眯着眼。

林鹤眸光一闪，一个用力。

沈安撑着脸的胳膊一滑，“砰”的一声，脑袋一下子撞到桌面上。

这动静在安静的课堂上分外突兀，前面讲课的老师板着脸从黑板前转过身来，目光直直看向发出声响已经引起其他同学注意的沈安。

“沈安，你来回答第一个题目。”老师点到他的名字，语气很是不悦。

沈安慢吞吞站起来，他皮肤白皙，脑门上撞出一个红印子，眼神闪烁地撇着嘴，用腿碰了一下林鹤。

林鹤不理他。

沈安眼睛里的委屈更甚，看着黑板上的新单元的课后题，咬着嘴唇不说话。

“沈安？！”老师又点了一遍他的名字。

“明知道他不会，老师怎么还点他回答啊……”

“上课睡觉还这么明目张胆……”

“他想听也听不懂吧，不睡觉能干什么啊。”

其他同学议论的声音响了起来，尽管声音细微，站在那里的沈安却还是听见了。

他又用腿蹭了一下林鹤，低头看林鹤，结果林鹤低着头根本没看他。

沈安在这么多人面前丢面子，难堪得脸涨红，最后正要跟老师说他不会，刚开口说了个“我……”，眼神一瞥，突然发现林鹤的桌面上一张空白的稿纸上详细写好了解题过程连带着答案。

沈安清了清嗓子，按照林鹤的纸上写的念出答案。

沈安坐下来的时候，林鹤看他一眼，他额前那块儿撞在桌子上，发出那么大声音，想必确实磕得不轻。

他也确实没想到沈安能困成那样，真的是睡得没有意识。

林鹤叫了一声坐下来就低着头不吭声的沈安，沈安吸了一口气，斜了林鹤一眼，眼里好似含着水光，眼睛都红了。

目光恨恨的，就是表情太委屈了，没什么威胁力。

林鹤心里觉得好笑，都写了答案了，还在跟自己记仇？

生起气来怎么跟个白面团子似的，撑得再圆，还是软的。

沈安这场气一股怄到了晚上，坐在座位上刻意回避着林鹤。

等到了晚自习，林鹤在他旁边用笔在写着什么，看起来是个尺寸不大的笔记本。

沈安眼睛瞟过去，竟然看见了自己的名字。

接济沈安，4月12日，花销20元。

他竟然在记账！

林鹤正写着，耳边突然炸开沈安的声音："不会……不会我花的每一笔你都记下来了吧……"

林鹤目不斜视："当然，你以后都得还我。"

"这么点儿钱你也记！还你！我以后会还你的！"这么点钱连以前沈安每日零花钱的零头都比不上，谁能想到现在能用这些钱活一天，沈安越想越是悲愤交加，目光凶恶地盯着账本上那个"20"看，憋了一天的气差点儿在此刻被激出泪来。

他最后只能笔尖用力在稿纸上写着林鹤布置的抄写任务，写得太用力，笔尖划破纸张，透到背面，如此坚持了不到一会儿，就又手腕酸痛起来。

林鹤看见了，语气轻飘飘地道："我的笔，你别这么使劲。"

沈安一听心里更加恼火，攥着笔，满脸写着"我就不！"，终于在手腕疼痛不已还坚持用力按下笔尖的情况下，沈安把那支笔写坏了。

林鹤看了他一眼，又把账本掀开，在那"接济沈安"的今日开销后面加上了个"2元"。

沈安眼睁睁看着，一口气儿没提上来，林鹤又挑剔地用手指指着被漏出来的黑色墨水染到的那几个模糊不清的单词："这几个得重写。"

沈安的脸青红交加，一直绷着的那股劲被戳破了个洞，最后整个人都蔫了，如被秋风摧残过的花骨朵。

等沈安在那臊眉搭眼地抄写起来，根本没注意到旁边的林鹤轻轻翘了一下嘴角。

距离期中考试的时间越来越近，沈安整个人都焦虑了起来，每日都在"算了吧，要不然去十班就去十班吧，闭着眼挨上一顿揍也不能再受这样的折磨了"和"再坚持下吧，最近错的题越来越少了，课都能听懂一半了，说不定能成呢，转到十班挨打事小，被赶出A班面子事大啊！"这两种情绪间来回拉扯。

林鹤看着他躁动不安的样子，告诉他："你只要按照我的学习计划来，就可以，其他的不用多想。"

这样的安抚并没有起到很大的作用，林鹤的学习计划只能给他更大的压力，夜里熬夜，白天精神状态就不好，而且林鹤太过于不近人情了些，少写一个字、错一个符号都要让他改很多遍，这样又延长了他的学习时间。

距离期中考试还剩一个星期的时候，他已经被这样高压的学习折磨得神志不清了，林鹤终于有些看不过去，开口说道："等期中过后，我就把这张计划表减去一些，再坚持几天。"

沈安愣愣地看着林鹤刚给他讲完的几道题目，也不说话。

在下课时，他走到顾钦然身边，本来想叫他一起下去买瓶水喝，结果走近了才发现顾钦然竟然在埋头做题。

他竟然还在学！沈安为了赶上他都熬成这样了，顾钦然竟然也在努力！既然班主任开出来的条件是赶上顾钦然，那让顾钦然这次不要考那么好不就行了，这不比沈安在那里拼命学习要快得多，他们这么好的朋友，顾钦然难道不愿意帮他一次吗？

沈安呼吸急促起来，他看着顾钦然停不下来的笔，有些崩溃，他抬手去抽顾钦然的资料书："你别学了！我求求你别学了！"

顾钦然莫名其妙看着他，还以为沈安在跟他闹着玩，伸手去拽沈安手里的自己的资料，还笑着说："你干吗！这都不到一个星期就要期中考了，谁不复习啊，我爸说我这次再考上次那样就要打断我的腿！你快别闹了沈安！"

沈安都快要哭了："考上次那样已经很好了，你能不能别进步了！"

顾钦然听他说自己上次那样考得就很好了还有些不好意思，没太在意沈安脸上反常的神色，继续说着："我上次考那样班主任还给我爸打电话告状了！我也觉得那样就行了啊，放别的班都得前几名了我！"

他这话不说还好，说完沈安就突然拉开了他旁边的窗户，伸手把顾钦然的资料书悬在窗外："那你更不能再往前进了，你再往上几名，我快要疯了……"

顾钦然这时候才后知后觉感到有些不对，也有些激动起来："你干吗沈安！有话好好说！'谋杀'学习工具算是怎么回事！这可是我刚买的资料书！"

窗户下面正对着学校的人造小湖，这本刚被顾钦然做上几题的资料书眼看就要被抛进池水里。

就在这个时候，林鹤从教室门口走了进来，看见这一幕，沉声叫了一声："沈安！"他走过去，沈安扭过头来看他，林鹤看清他手里拿着什么，又看了一眼顾钦然脸上焦急的神色，脸色难看起来，他清冷的声音里透出不悦："沈安！把书还给他！"

沈安跟林鹤的视线对上，三秒钟都不到，沈安慢慢把胳膊收了回来，窗外的冷风吹进来，他好像才慢慢反应过来他又做了什么，他有些不敢看林鹤的脸，把书放到顾钦然桌子上，转身要走，却被林鹤按住了肩膀。

“跟他道歉。”这声音冰冷得厉害。

沈安知道自己又做了蠢事，脸涨得通红，羞愧又难堪，想走又被林鹤强硬地按住了。

顾钦然突然抬手打掉了林鹤按在沈安肩膀上的手，有些莫名地看了他一眼，不知道这位为人冷漠在班里常年独来独往的班长怎么突然为自己出头起来。

但是顾钦然并不买账，他下巴微扬颇有点趾高气扬的模样：“我跟我兄弟之间闹着玩跟你有什么关系啊！不用班长多操心了！”虽然搞不清楚沈安到底怎么回事，但是凭沈安最近的遭遇，他就算是反常也是应该的，这种时候顾钦然还是站在自己的好兄弟沈安这边的。

但是他说完才发现林鹤的目光从始至终都落在沈安身上，他看起来是在为自己出头，其实却连看自己一眼都没看。

林鹤在这个时候又重复了一遍：“沈安，道歉。”他的视线落在沈安身上。

那视线似乎要压得沈安抬不起头来，沈安的手心出了汗，把衣角绞得皱成一团。

这已经是林鹤第二次重复了，沈安到底没勇气让林鹤重复第三遍，他高大的身影就挡在自己面前，堵住他回去的路。

沈安最后脸色似乎是害了一场高热，抬起头对着顾钦然说了声：“对不起。”

还没等顾钦然说句什么，沈安就已经从林鹤微微侧开的身旁逃窜一般回了自己的座位，在此时教室里响起了铃声。

夜晚的风带着几分凉意，沈安怀里抱着书，一个人走在距离学校一条街远的偏僻处，他的校服拉链没拉，被风吹起衣角，又落下，拉链发出细微的声响。

林鹤推着自行车在前面等他，等沈安走到了他跟前，沈安才发现林鹤的破自行车的车后座竟然安装上了一个坐垫，下面还上了两个小脚踏可以放脚，也不知道是什么时候去安上的，沈安想起来他好像有一次抱怨过林鹤的车后座太硌屁股了……

沈安抬脚坐上去，放脚的位置刚刚好，他跟霜打了的茄子似的，苦恼地心想：林鹤怎么什么都会啊。

他怀里抱着的书有一半都是林鹤的。他的书本上全是空白，不，应该说还有一些胡乱涂绘的涂鸦，不像林鹤的书，上面带着老师课堂上提过的知识点，那是林鹤在课堂上随手记下来的。

林鹤看见他坐好了，才迈开腿骑上去。

他其实以前不知道沈安是跨着坐的，他一直以为沈安是横着坐在他的后座上，直到有一次沈安跟他抱怨说他腿酸。

林鹤看着他，觉得困惑，感觉沈安太像小孩子，不知道怎么做到在同龄人都在成长的时候他还依然娇气得过分，一点点苦都不能吃，一点小事就皱眉。

一路寂静无声，只有林鹤的破自行车在走过颠簸路段的时候发出的一些不堪重负的声音。

越是距离林鹤家近，路况就越差。

沈安像是骑在一头小马驹上被颠簸着，垂头丧气的。

林鹤突然问他：“怎么了？好羞愧好沉重，被压得抬不起头？”少年的声音在黑暗中响起来。

沈安不知怎么，觉得林鹤的声音竟然听起来心情不错，他很少跟沈安讲这样像是在打趣他似的话。

“你真的觉得你让顾钦然放水，你就可以达到张老师的要求了？张老师跟我约定的是你达到顾钦然上次考试的名次，哪怕顾钦然这次考试退步，于你而言也没有任何好处。”林鹤的声音夹在夜风中，语气还算得上是平和。

“而且，你也不应该把心思放在那上面。”

沈安又被教育了，声音闷着说了声：“嗯。”

过了会儿又觉得不痛快，他虚张声势地道：“我不是都跟他道歉了吗！你怎么还说啊！”

林鹤不说了，看着快要到家门口了。

沈安却没消停，抬起来头，仰着脖子哀号出声：“这次到底能不能考过啊！”

林鹤把自行车停好，从车上下来，对着沈安说：“你就算不相信自己，我觉得你也应该相信我。”

这话说得自大得没边了，但是看到林鹤那张神色寡淡镇定自若的脸，你就会觉得他一点儿夸大的意思也没有，他就是觉得理所应当是这样的。

这么多年来，他常年稳在第一名，参加各种竞赛拿奖，表面上看起来他风轻云淡，背后付出的努力却也不见得比别人少，他太知道学习到底是怎么一回事了。

林鹤看见沈安抱着自己的书进屋了，也跟着进去。

沈安现在到底比以前自觉得多，进屋就直奔书桌了，林鹤坐在旁边，书也没碰，抽出来一张空白纸，说要给沈安押一套题。

期中考试如期而至，考试期间晚自习也不上了，考完最后一门，顾钦然就在沈安考场门口等着，喊沈安一起去吃饭。

沈安在A班只有顾钦然一个朋友，他的朋友大都是初中时候混在一起玩的，成绩不怎么好，分布在普通班里。

沈安正想着拒绝，就看见顾钦然在跟他们以前那群朋友热情地打招呼招着手了。顾钦然胳膊搭在沈安肩膀上，搂了一下：“嘿，好不容易考完试，咱们去聚会放松一下，他们都抱怨好几次了，说你最近怎么总是缺席。”

沈安近段时间确实压力过大，他皮肤白，黑眼圈就特别明显。

像这样的聚餐以前一般都是沈安挑头率先提起，而且聚会大都是他买单，如今他这样，心里根本过不去，这就跟提醒他往日一去不复返了似的，他再不是以前那个出手阔绰能玩能乐的沈家少爷，他现在甚至一顿饭都不能超过八块钱。

沈安目光回避着那群昔日好友，不动声色地跟顾钦然说："我有事呢，我今天得早回去。"

顾钦然大大咧咧地："你有什么事啊！这刚考完试什么事比放松更重要啊！再说今天我请客，你这点面子总要给我吧。"

沈安正推拒着，刘绅还有王梓清那群人就走到跟前了："得了，沈少爷，这都多久没露面了。"

刘绅说着说着就动手，伸手拉着沈安的胳膊："走吧走吧，拿什么乔啊，非得哥们几个过来堵你才能跟你吃上顿饭。"

"就是说啊，容易吗我们。"

几个人七嘴八舌地拥簇着沈安就走了，沈安没办法，伸手推拒着他们："行行行，我去总行了吧，都给我撒手，衣服给我都要拽烂了！"

几个人打打闹闹从校园里出来，往街对面走，沈安还没从那股别扭劲里走出来就看见了停在路边推着车的林鹤。

他们几人的声音骤然安静了下来，顾钦然还在那里凑近了沈安的耳旁压低了声音："这班长怎么看起来跟在等人似的，他可没朋友吧。"

王梓清这时候开口道："你怎么知道人家没朋友呀，说不定人家年级第一朋友可多呢！"

"哟，你又知道了，你跟人家熟呗！"刘绅推他一把，语气压不住地嫌弃。

顾钦然看热闹不嫌事大，也跟着来劲："那行，咱们要不去前面躲起来，偷偷看看咱们班长到底是在等谁呢。"

他们几个人鬼鬼祟祟的，还在那压低声音小声说话，任谁看也不是在密谋什么好事，林鹤一张脸上没什么表情。

他们越走越近，沈安脸一阵红一阵青的，最后忍无可忍一般吸了一口气，故意挺直了腰杆儿，抬高了点声音，以确保林鹤能听见。

“咱们今天晚上去哪儿吃饭啊，我都饿了，你们能不能动作快点？”

这是告诉林鹤别在这儿等了，他今天不回去吃饭了。

结果林鹤站在那里纹丝不动，视线还落在了沈安身上。

沈安有些着急了，生怕他说出些什么，又紧接着说道：“唉，我今天跟你们出来吃饭，回去我姑妈可是要训我了，她本来今天要带我去新开的那家西餐厅吃饭呢。”

“沈安，你不是说你姑妈一直在国外吗，说是在那儿定居了是吧，哪儿来着？英国还是……”

沈安打断了刘绅：“现在回来了啊，这段时间都在这儿呢！”

“啊，这就好，我们本来还担心你没人照顾呢。”

沈安不服气似的：“照顾什么啊，我这么大人了，一点儿也不需要别人的照顾。”

王梓清他们都知道沈安这小脾气，跟着打圆场：“是是是，你最厉害行了吧。”

几个人走到街口要转弯了，沈安才装作不经意间偏了偏脑袋，看见林鹤推着自行车孤零零走了的背影，又回过头来，还没觉得松了口气，顾钦然就又凑了过来，朝身后努努嘴，示意沈安看看：“好像是没等到，我就说他没什么朋友来着。”

顾钦然话音刚落，沈安就上去在他后脑勺儿上拍了一巴掌：“你在这一天到晚的操心得可还不少，人家有没有朋友和你有什么关系啊。”

顾钦然捂着后脑勺嘴里发出来夸张的叫疼声：“啊呀！你干吗！我不是单纯好奇嘛，咱们班长穷成那样，放了学不赶着去打工在这儿停着不可疑吗？”

“不是咱们几个去吃饭嘛，老是聊你们班长干什么。”刘绅看着沈安明显不怎么高兴的脸，过去拦住顾钦然的肩膀岔开了话题，“一会儿你可得多要点菜，走这么远还没到，早知道打车来了。”

几个人嘻嘻哈哈闹了一路，晚上吃完饭差不多八点半，二中那边的几个朋友打电话让去附近的酒吧，沈安掀了掀眼皮，兴致不高，虚晃了一下手里的手机：“你们几个去吧，我姑妈催我好几遍了，我得回去了。”

顾钦然也没去，说是跟二中那几个人里其中一个合不来，最后就只有刘绅他们去了。

顾钦然说跟沈安一起回去，被沈安拒绝了，说是不顺路，已经叫过车了，车一会就到。顾钦然也没起疑，坐进出租车里时嘟嘟囔囔的，觉得沈安不是很聪明：“啧，这会儿路过的出租车这么多，你非叫车来，还得在这儿等……”

沈安说道：“别这么多废话了，赶紧走吧你！”沈安帮他关上出租车的车门，看着那辆车驶远了，渐渐看不真切了，才双手揣着兜走了。

这里离林鹤住的地方着实有段距离，他走了快有一个小时才到了家。

他看着林鹤的屋里亮着灯，推门进来，心里想起来放学时候的那一幕，有股说不出的不自在感。他看见林鹤正在书桌前看书，听见他进门的声音头都没抬起来。

沈安不动声色地松了口气，然后去卫生间洗漱，出来之后半蹲在那里抻了抻地铺上的被角。

就在沈安要当作什么都没发生，然后躺进去的时候，却听见林鹤开口了：“你一点儿也不需要别人照顾，你姑妈一直在等你带你吃大餐，我怎么不知道？”林鹤的脸抬起来，目光毫无温度地落到沈安身上。

沈安脸色有些不好看，双手不自然地绞着被角，不知道林鹤故意问他这种要他难堪的问题是到底想要做什么。

“这跟你……跟你没关系，不用你管！”沈安色厉内荏，甚至有些刻意地挺了挺胸脯。

林鹤听他这样的话，重新打量沈安，他知道不管这沈家小少爷再怎么落魄，心里到底还是觉得自己跟他不一样，扎根就在泥巴沟里跟从天上云朵上落下来掉到沟里的那能一样吗？

林鹤语气有些缓慢地说："我今天晚餐钱给了你八块。"

沈安皱起来眉，对林鹤这样的小气有些不满，他大声嚷嚷着："你就尽管往你那账本上记就行了，我以后挣了钱会双倍还你的！"在他喊出这些话的时候，他就好像有了一种错觉，他不再是那个看着林鹤脸色在他眼皮子底下战战兢兢生活的人，他很短暂地和林鹤平等了一瞬。

尽管他不知道自己未来会怎么样，但是却觉得自己花林鹤那些钱完全不值一提，他可以双倍还他，用以偿还现在被林鹤收留的恩情，这是很平等公平的事情，所以林鹤也不能总是命令自己，让自己总是低他一头地那样生活。

沈安是鲜少思考的人，这样的负气的话给他的困顿找到了出口，心里那些弯弯绕绕一下子就捋顺了。自己以后会还钱给林鹤，所以不需要怕他，他这样想，往日的那些小骄傲就有些慢慢要往回流的兆头。

结果林鹤在他说完这句话之后冷不丁地笑了一声。

沈安被这声笑刺了一下，绷紧了神经看着林鹤那张神色寡淡的脸。

林鹤又重复了一遍沈安说的话："不用我管？以后有钱会加倍还我？"他嘴角慢慢勾起一个弧度不明显的笑，但是那眼神任谁看也看不出来半点儿笑意在里面。

他合上书本，然后起身走到了沈安面前，他的视线从头到尾压迫感十足地扫过沈安，沈安瞪圆了眼睛望着他，只有那攥紧的手出卖了他的紧张。

"你现在穿着我的，吃着我的，用着我的，借住在我这里，你跟我说不用我管？"

沈安很急促地接道："我以后会还你！"

林鹤朝他伸出手："既然今天去跟朋友吃饭了，那么那八块钱拿出来。”

沈安动作一顿，紧接着讲：“可是……可是我明天……”

“明天？”林鹤故作疑问的语气，“明天可能你姑妈就有机会请你吃饭了。”

他在羞辱沈安，也在教训沈安，这是很明显的事情，沈安在他的一句句话中，刚建立起的那点儿逞强的自信就被彻底碾碎了。

林鹤的手没有收回，继续说道：“把钱拿出来。”

沈安没那赖着不给的勇气，林鹤比他高了小半头，他有点怕惹急了林鹤，林鹤会跟他动手。

他眨了一下眼睛，然后慢慢从口袋里掏出来一张五元的纸币，放到了林鹤的掌心，林鹤的手还继续停在那里，沈安继续动作慢吞吞地拿出三个硬币放上去，他心里气恼难受得要命，放完钱就去推林鹤的手：“都还给你了！行了吧！”

林鹤把那八块钱收回，眼皮微微垂下来，遮住眼里那晦暗不明的情绪：“你欠我的，以后就算是不愿意还，我也会自己拿的。”

就像今天这样，该他的，就得是他的，不管沈安愿不愿意，配不配合。

沈安心里翻着白眼，骂林鹤是个一毛不拔的铁公鸡，气红了眼睛，伸手掀开毛毯就要睡觉，结果刚掀开还没来得及躺进去，就被林鹤一把拦住。

沈安瞪视他：“又要怎么样？！”

林鹤把他拽起来：“今天的学习任务一样也没完成，你回来太晚了，什么时候补完什么时候睡。”

“什么？！”沈安被他这话直接击溃，“已经期中考试了，我还要按照那个计划继续学习？”

“成绩出来之前都不会变。”林鹤语气坚定，看起来没有丝毫回转的余地。

沈安被他拽着回到了书桌旁边，按着坐下。

结果沈安在那里写，林鹤却躺在他身后的床上，依着枕头翻看着一本书。

沈安写得手酸脖子疼，心里委屈难过搅成一团，没过多久就啪嗒啪嗒掉眼泪。他知道林鹤就是在教训自己，根本就是想要他知道，他的那点小脾气没用，还是什么都要听他的，林鹤让他几点睡，他就只能几点睡，让他花多少钱就只能花多少，如果他回来得晚，不跟林鹤一起回来，他就要熬得更晚去完成林鹤布置的任务，不能睡觉。

林鹤听见他呼吸急促，趴在桌子上，背部还在那里一抽一抽的。

他坐起来，看见沈安果然在哭，泪水顺着脸颊往下掉，把试卷都打湿了。

林鹤看起来一点儿也没有心软，还在那里说："多大的人了，为什么写作业也要哭？你再这样，试卷上的字被晕开看不清的话，你就要重写！"

沈安恶狠狠地用袖子擦了一下眼睛，心里不停咒骂林鹤，看着还剩下很多的题目，写了两下到底没忍住，抿着嘴哭，嘴里溢出来一句："坏人……"

林鹤听他小声这样骂自己，都要气笑了，心说：你这样的温室花朵见过真正的坏人吗？写个题都要哭，还要不上学了出去打工，真到了社会上，碰见哪怕稍微有点坏心思的你就要被碾得渣也不剩了。

今天本来没有晚自习，沈安可以早点完成学习任务早点休息的，但是因为回来得晚，还跟林鹤吵了架，情绪又不稳定，哭着写，弄得比往常上晚自习回来做题还要晚。

到了凌晨两点钟，沈安才躺进自己的被窝。

林鹤也是那时候才合上眼，结果闭上眼没一会儿，却没什么困意，他复又睁开眼，月光从窗口进来，林鹤又不自觉地往地上看去。

结果竟然发现地上那处鼓起来的"小山丘"在抖动，一耸一耸的，幅度还很明显。

林鹤静下来仔细听，还能听到一些细微的压抑不住的抽泣声。

林鹤对着破旧的天花板盯了十分钟，到底败下阵来，他从床上下来，这会儿把沈安训老实了消了气，又不知道怎么安慰，他从来没有安慰过人，也没被人安慰过，或许很久以前有过，但是那记忆太久远了，已经模糊不清了。

他朝沈安那里走去，思考他怎么会惹得沈安这么委屈，都躺进了被窝了还在压抑着无声地哭，他想起来从沈安进门做的两件事——要他还了八块钱，然后写完自己布置的学习计划。

学习计划这件事已经没有办法挽回了，因为沈安已经完成了，但是八块钱还可以给他。

他慢慢走到沈安身边，然后蹲下身子，把从抽屉里拿出来的八块钱放到了沈安的枕头边，他语气有些生硬，这样的事他也不常做。

“沈安，不要哭。”

沈安一下睁开眼，在月光下整张被泪水打湿的脸正对上林鹤。

两人视线相对，林鹤看着他泛着微光被泪水盈润了的眼眸，说道：“八块钱给你了，不要哭。”

沈安一时间没憋住，声音里带着哭腔，还很凶：“走开！”

林鹤觉得心里像是被一把小锤敲塌了一小块，他起身回到床上躺下，侧着身看着沈安。

不知道过了多久，沈安不再哭了，从被窝里伸出一只手，把枕头上的八块钱攥着，塞到了枕头下面。

第三章

沈安第二天看起来很不好，眼睛肿了，下面还有没休息好的青黑，他肤色白，黑眼圈很明显。

今天的体育课他以身体不舒服为由请了假，窝在教室里补觉。

教室里的窗户大开，微风吹进来，晴朗的天空中太阳耀眼。

林鹤回来的时候就看见沈安趴在桌上睡得酣甜，半边脸露出来，半边脸埋在胳膊里。

他看着沈安浓密睫毛下淡淡的青黑，难得良心发现，没再叫醒他。

他昨晚应该睡了还不到四个小时。

可是林鹤一点儿也没觉得自己做错，但是沈安哭得太可怜了，他有一点矛盾，拧着眉用笔修改沈安的学习计划表，笔画过去，一顿一停，说不出地犹豫迟疑，要叫旁人看到准会惊讶，A班的这位大班长做数学题都不见得有这副表情严肃。

第一节晚自习下课之后，林鹤去办公室抱回来了这次期中考试的试卷，成绩已经出来。

沈安第一节晚自习已经做了林鹤给他画的物理课上的新内容，这刚一下课，他就又趴倒在桌面上了。

林鹤分发试卷，把沈安的试卷放到了自己的桌面上，别的小组长看见了也跟着把沈安的其余科目的试卷放在林鹤桌上了。

林鹤坐下之后把自己的试卷抽出来塞进抽屉，连看都没看一眼。

学委路过的时候看见林鹤竟然在试卷上在写错题分析，她有些纳闷："班长，这门你不是满分吗？"

像这样的考试整个年级哪个科目有哪几个满分，在今天上课的时候就被各科老师透露得差不多了，其间不乏一些夸耀与对别的同学奋进追赶的激励。

学委话音刚落，往姓名栏瞥了一眼，发现上面竟然写着沈安的名字。

她停在这里，林鹤笔下却是没有丝毫停顿，语气很淡："嗯。"

学委有些惊讶，赶紧溜回自己的座位，对着自己同桌小声嘀咕着什么，眼睛不时往后瞟。

晚自习下课林鹤才碰了碰沈安的手肘，把他叫醒了。

沈安揉揉眼睛魂不守舍地抬起头，脸上有被衣服压出来的红印，显得有些滑稽，他显然还没能从睡梦中清醒过来，呆愣地望着林鹤，然后视线下移，看见林鹤手里的期中试卷。

试卷发下来了！那么成绩也出来了，林鹤去了办公室，有没有看过排名？

沈安瞬时间清醒了，他揉了一把脸，没再磨磨蹭蹭的，抱起林鹤给他整理好的几本书就跟在后面走了。

路上沈安特别紧张，有些害怕，但是又很期待，几次想张嘴又紧紧闭上。

而他从林鹤的表情上又难以窥见一二，自己到底是考没考过顾钦然那小子啊。

他明天不会就要卷铺盖走人了吧……

他的思绪就这么乱飘，胡思乱想了一路，竟然不知不觉已经到家了。

林鹤体育课跑步出了汗，把试卷拿出来让沈安先看自己给他写的分析步骤，然后自己进了卫生间洗澡去了。

沈安看着试卷上林鹤工整的字迹，注意力有点儿不集中。

卫生间里开始传来哗啦啦的水声，沈安把那几张试卷翻了翻，怎么只是自己眯了一会儿的工夫，林鹤就已经唰唰唰把这么多的错题分析都给他整理完了。

林鹤洗完澡出来用毛巾擦着湿发上的水，过去想要给沈安讲讲题，看看他有没有哪里没看懂的。

他走到书桌边上，沈安抬起来脸看着他，脸上的表情十分紧张，他最后似乎鼓足了勇气："我这次的成绩排名你去办公室有没有看到？我……我到底能不能留在咱们班啊……"他声音越说越小，瞅着林鹤的表情，颇有点儿小心翼翼的样子。

林鹤平静无波地望了他一眼："这还用问，我都说了你不相信自己也应该相信我。"

沈安表情呆住，反应过来林鹤话里的意思之后直接蹦了起来，他满脸的欣喜雀跃："谢谢班长！谢谢班长！班长你真是我的大恩人！"

他已经很久没享受到这种付出努力又收获成绩的成就感与满足感，总算他这段饱受折磨的时光没有白费。

林鹤感受到他充满活力的情绪，似乎有些失神，吸了吸鼻子，像是在确认着什么："什么味道这么香？"

"啊？什么什么味道？"沈安有些疑惑地问道。

他刚问完，就被林鹤推开了，沈安被粗暴地推了一下踉跄着退后一步也没在意，反而像是也很好奇，抬抬胳膊、耸耸肩膀，在自己身上乱嗅着："什么啊，哪有什么香啊，我怎么没闻到呀？"

林鹤这时候却吸了吸鼻子，语气有些恼火一样：“你！你以后不要用我这么多洗发水！”

他说完就又进了卫生间，发脾气一样甩上了门，发出一声巨响。

沈安对着被甩上的门，眼睫颤动，后知后觉气得手都抖了，他原本这么高兴地感谢他，讲一些好听的话，结果竟然被一把推开不说，还又被凶了。

那点成绩进步的欣喜被羞恼占据上风，他颇为不服气地对着卫生间的门叫喊道：“抠死你算了！洗发水也要管我用多少！”他听着卫生间里又传来水声，更加气恼了，“你自己一天洗两遍澡你怎么不嫌浪费啊！有没有你这么‘双标’的呀！”

沈安是“记吃不记打”的人。

当林鹤在周五的晚上给沈安五十块钱，沈安眼露欣喜地望着他的时候，林鹤又一次这样觉得。

“这是……这是考试进步的奖励吗？”沈安侧着身子问他，言辞中透露着一丝不敢置信的喜悦。

林鹤有些疑惑地问道：“全班倒数第二名，有什么好奖励的？”

沈安脸色一僵，慢慢收敛了笑意，沉下一张小脸。

他那细软的发丝，因为睡觉的关系，有几根翘了起来。

他就这样看着沈安被驳了面子，嘴在冲自己一张一合说着什么，语气不太好的样子。

真要叫林鹤来形容，沈安其实有点像树上还未学会飞就被掏了鸟窝跌下树的雏鸟，被人捡到握进手里，分不清好坏地凶凶地乱啄，没等人被他啄烦了要用力给他个教训，他就已经又歪着脑袋躺在手上毫无戒心地呼呼大睡了。

沈安提高了点声音又问了一遍：“那你今天怎么突然这么好心？”

林鹤回过神来，回答沈安：“我这两天要外出去参加物理竞赛，不在家，这是你两天的生活费。”

沈安把那五十块卷进手心，有点不放心："你那可得两天就回来啊。"

林鹤点点头沉默着不说话。

沈安有点不满地嘀咕着："怎么这几天跟我说话老走神啊……"他已经有好几次跟林鹤说话都要重复了。

林鹤简单带了些行李，放学的时候就和一些同学一起坐上了学校的大巴车，班里的同学几乎去了大半，沈安放学的时候就跟顾钦然一起走了。

顾钦然看着他，几次欲言又止，走到校门口看见学校里那辆载着尖子生去外地参加竞赛的车慢慢驶动，他又转过头看沈安，他这时候发现沈安也在出神地望着什么。

他顺着沈安的视线望过去，发现沈安竟然在盯着对面的鸡蛋灌饼的小摊。

"你饿了？"顾钦然问道。

沈安点点头，咽了口唾沫，又看一眼顾钦然："你吃吗？我请你。"

这句话已经很久没从沈安嘴里说出来过了，顾钦然这会儿心里不知道在想些什么，脸色莫名古怪，然后纠结一番看着沈安的脸色说道："还是……还是我请你吧。"

沈安听他说完，也没多推拒，扯着顾钦然就去了那摊贩的面前。

"两个鸡蛋灌饼，加肠加肉串！"沈安站在那里说完，还很自觉地让让位置让顾钦然付钱。

等两个人手里拿着饼咬了两口了，顾钦然才踌躇万分又憋不住问了出口："沈安……你最近是不是跟咱们班长挺好的啊？"他看着沈安大口咬饼，嘴巴吃得油乎乎的样子。

沈安吃鸡蛋灌饼的动作顿了一下，抬起眼睛看顾钦然："没有啊。”他很自然地否认了。

顾钦然不知道沈安为什么对他要撒谎，明明在这个班级里，他们俩才是最好的朋友才对。

这么一想他就有点儿不高兴，压着声音问道：“可是班级里都传开了，班长帮你的试卷写错题分析呢，写得可认真了。”

沈安皱眉，不以为意：“那又怎么了，班长嘛，帮助同学有什么可奇怪的。”

“你知道什么！林鹤那小子根本不是乐于助人的人，你知不知道咱们班为什么明明他成绩最好，但是大家问题都是问学委吗？因为林鹤根本不给旁人讲题，他的笔记也不外借！除非给他钱！”

沈安心里也是吃惊，他原本是以为林鹤没有朋友是性格不好，但是也没想到林鹤竟然会做到这个地步。

顾钦然脸上还有些莫名的气愤：“他这样的人，活该没人跟他玩！”他又转而问沈安：“他怎么会平白无故这样帮你，你别不放在心上，到时候吃了大亏，我听说他可不是个好相处的，他以前上初中的时候还……”

沈安有些听不下去地打断了他，他摆着手觉得顾钦然像个唠叨的老妈子：“哎呀，我跟林鹤以前小时候就是好朋友，虽然后来分开了不在一起玩了，但是多少有点儿童年的情谊在，他可能是看在那时候的份上愿意帮我的吧。”

“还童年情谊，你跟我说说那是你几岁时候的事了。”

沈安觉得纳闷了，这顾钦然反应也忒反常，他盯着顾钦然那张愤愤不平的脸，突然聪明了一下：“哎？你是不是以前也借过他的笔记被拒绝了啊？”

顾钦然神色一僵，嘴一抿，然后不说话了。

沈安露出颇有几分扬扬得意的笑容，去安慰似的拍顾钦然的肩膀：“啧，我跟他这种从小玩到大的情谊，他才愿意帮我，你跟他又不熟，他不借你也是能够理解的，这没什么……”

顾钦然神色突变，等到看着沈安把最后一口鸡蛋灌饼咽下去，他才复又张口：“我看见他骑车带着你……”

这次轮到沈安沉默了。

话已经开头，顾钦然也只能硬着头皮问下去：“你现在怎么会跟他顺路啊，你是不是……”

是不是根本没地方去，也根本没什么姑妈在照顾，是不是在靠着林鹤生活……

沈安脚步迈开，突然不发一言，他低着头神色隐藏在黑暗中，抬腿就要走。

少年人的自尊在这一刻又变得十分脆弱，他来不及想好下一个措辞，刚刚得意的表情彻底消散，像是一个说过就算的笑话。

看他这样顾钦然也有些慌，他本意并不是想要伤害沈安，他只是关心他的朋友，他伸手拽住拔腿就要走的沈安：“等等……沈安！你别走，我只是担心你，他那样自私冷漠的人，跟穷疯了一样，怎么可能会无缘无故收留你，我怕你被他骗啊。”

沈安被他拽住衣袖，转头过来看他：“怕我被骗？我现在这样还有什么可丢失的啊，他能骗我什么啊？”他有些故作轻松地耸了耸肩膀，“得了，你也别瞎操心了，我知道你好心，但是放心好了，我很早就认识他，他不是那样的人。”他慢慢把顾钦然拽着自己袖子的手拉开：“唉他这去竞赛了，我也不会骑自行车，这得一会儿走呢，不耽误时间了，先走了。”他冲着顾钦然摆摆手，身影渐行渐远。

顾钦然心里不舒服得紧，但是他知道沈安心里应该是更难受的，他只不过是有些气不过，他把沈安当最好的朋友，但是沈安这些事却不跟他讲，甚至在自己面前还要扯谎逞强。

但是气不过归气不过，他也不愿意让沈安难过，因为他觉得沈安已经够可怜的了。而且他现在连饭都吃不饱，等班长走了才敢去吃鸡蛋灌饼。

顾钦然心里越加难受起来，他竟然还在惹这样可怜的沈安不高兴，都怪他说话不过脑子，应该再等一等，应该再斟酌一下措辞的……

沈安这边走了一身汗到了林鹤家，从兜里掏出林鹤塞给他的钥匙。

他躺在林鹤床上晃荡着腿，大班长不在家，或许今天的作业可以明天写。

明天一定。

沈安第二天早上是被林鹤定下的五点半的闹钟惊醒的，他手忙脚乱地坐起来，望向闹钟，睡眼蒙眬地看着闹钟上的时间，昨天忘记改时间了，他粗暴地按掉闹钟，然后继续蒙着头睡觉。

一觉睡到九点半，他才从床上伸着懒腰起身，这才是真正的周末。

快到中午的时候沈安的手机上传来一条顾钦然发来的短信，“对不起”后面还有个哭泣的小人。

沈安想起昨晚有些不愉快的事情，有些别扭地回了一个“嗯”。

瞒着的事情被戳穿，他有点羞恼，又不想显得自己很计较这件事，那样更加难堪。

顾钦然又很快邀请他出去吃饭，说是要赔礼道歉。

对朋友有所隐瞒的明明是沈安，被戳穿了自己不高兴闹脾气还要别人来赔礼道歉，简直是没道理的事情，沈安却做得理直气壮。

“那要吃江南春的狮子头。”

三秒钟后，顾钦然回复了一个字“好”。

这是沈安以前常带朋友来聚餐的地方，摆盘很精致，仿古的装修，中间还有座小型的景观假山，还有小亭子，可以坐里面喝茶。

两人到了地方，顾钦然点了一些沈安以前爱吃的，沈安已经很久没来吃，不知道怎么回事吃着吃着眼就有些酸，鼓着腮帮子塞了一嘴，突然心里一阵难受。

顾钦然看他眼眶莫名红了，一时慌乱，着急地问他：“怎么了呀？”

沈安把他嘴里那口咽下去，被噎了一下，磕磕绊绊地道：“我以为……我以为我再也吃不到江南春的东西了……”

顾钦然赶紧给他递水，安慰着沈安：“没事的安安，你以后……你以后什么时候想吃我都能来带你吃……”

他生怕沈安吃不饱一样，又给沈安夹了许多菜。

等沈安的碗碟里的菜高高垒起，跟座小山似的他才停下。

他又打量着沈安的神色，想要沈安心里好受一些：“我……我不会说的……这事我会帮你保密的，你还是住在你姑妈家，他们都不会知道的。”

过了很久，沈安才从食物堆里抬起来头，轻轻地“嗯”了一声。

“吃完饭要去网吧吗？”顾钦然问道。

沈安有点儿犹豫，问他：“周末老师发的试卷你写了吗？”

顾钦然很不以为意：“没啊，这不是刚周末吗？”

“哎，你知不知道他们这群参加竞赛的什么时候会回来啊？几点钟回来啊？明天的晚自习回来上不？”

顾钦然翻看着群消息：“他们这些人明天的晚自习不用来，说是太辛苦了，晚上让他们早些回去休息。”

沈安点点头，那时间还很是充裕，他擦了擦嘴：“咱们去哪家网吧？”

沈安这次可算是好好放松了一把，跟着顾钦然玩了两天，周末的半下午才开始着急忙慌补作业，连晚自习都提前去学校了，生怕林鹤回来得早，在家里撞上。

晚自习的课堂上，沈安奋笔疾书，班主任过来看了一眼，不由暗自惊讶，沈安竟然真的改过自新，学起习来这般刻苦用功，连下课都头都不抬。

沈安狂补了一整个晚自习，手腕都几乎丧失了知觉，好在终于在放学后的十分钟补完了全部。

万幸林鹤在期中成绩出来后更改了他的学习计划表，如果还按照以前的来，那他就完蛋了。

他抱着作业试卷还有两本书跟顾钦然一起走，顾钦然看他那样，不由说道："怎么回事，突然这么拼啊？"

沈安当然不会说是怕林鹤检查，微微扬了扬下巴颏："你没看到我这次名次进步了多少？"

期中考试都快要过去一周多了，沈安显然还是没从那学习中初得成就感的甜头中走出来，顾钦然这时候也经他提醒想起来了什么，拽着沈安胳膊："哎，我能不能看看班长给你写的错题分析啊？老师讲得太快了，我没听太懂啊。"

沈安故作姿态地扯掉他的手，拍了拍胳膊上并不存在的灰尘："看你表现吧，小然子。"

一路嬉闹着走到校门口，两人并不顺路，互相你来我去打了几下，才分开走了。

沈安抱着书走，路过一条商业街的路口的时候，没看见街角走出来的一群人里的头一个将视线落在了他身上。

沈安这时候穿着蓝白相间的校服，搂着课本的样子简直纯良无害得像个除了学习什么都不知道的乖乖仔。

只有李绪恩知道这个骄纵任性的小少爷从前有多么恶劣。

接近林鹤家，街道逐渐变得昏暗，路灯间隔过长，还很破旧，有几盏路灯已经坏了，经年失修，路况也不好，坑坑洼洼的，沈安每次坐在林鹤后座走这段路都被颠得不行。

这条路他下晚自习回来的时候很少有人经过。

但是今天有些不一样。

有脚步声，还是好几个人的脚步声。

不得不说沈安对危险的警惕性是极差的，他甚至还好心地往旁边靠了靠，怕别人嫌自己走得慢挡了路不好过。

结果就在这时，不知是谁从背后袭来，一脚直接踹上了沈安的腿弯，沈安直接被踹得跪倒在地。

“谁……啊！”沈安还未来得及问出口，声音就被一阵剧痛打断，他惨叫一声，腰上也被狠狠踢了一脚。

他疼得脑门子流出汗来，倒在地上还没爬起来就被一把拽住衣领扯了起来。

这里光线很暗，但是沈安还是看清了李绪恩那张脸。

四目相对。

李绪恩的眼里满是呼之欲出的恶意，夹带着猫捉老鼠似的兴味。

沈安是很忍不了痛的人，眼睛被滑下的汗水模糊了视线，他用力眨了一下眼，在看见李绪恩的那一瞬间身子都紧绷起来。

他自己都不知道自己眼里的胆怯畏惧和惶恐不安有多么明显，还在那里强撑着抿着嘴。

还是李绪恩先开的口，他先是发出一声很愉快的轻笑，老朋友打招呼一样：“沈小少爷，好久不见。”

但是谁都知道，他们根本不是什么好友。

沈安在看到他的时候心里就咯噔一下，这会儿被用力踹了两脚，感觉都疼得说不出话了。

“你……到底要干吗？你把手松开……”沈安咬着牙说道，艰难地去扯李绪恩的手，想要把两人之间的距离拉开。

这点儿劲跟猫抓痒痒似的，李绪恩皮笑肉不笑地道：“要干吗？你不知道？”

“啊，你可让我好找，我在你回家的那条路上等过你很多次了，结果一次都没堵到你，谁知道你会跑到这种犄角旮旯的地儿来。”他把手松开，拍拍沈安的脸蛋：“怎么了，沈小少爷，搬家啦？”

沈安伸手“啪”的一声把李绪恩的手打掉，用的劲还不小，李绪恩手上一阵麻。

这一声响在这里可算是有些突兀，李绪恩身后的那几个原本抱着手等李绪恩自己出气的兄弟突然躁动了起来。

“这小子还分不清状况是不是啊！”

“别跟他废话了，今天非给他一顿教训。”

“你看他那样哈哈哈，经得住咱们绪恩一拳吗，可别把人打得站不起来……”

几个人边说边往前走来，还未动手被李绪恩抬手阻止了，他眼睛盯着沈安，看着沈安也有点儿犟似的抬眼瞪着他。

“你们想干吗！”沈安不由自主地退了一步，他又冲着李绪恩喊，“我一点儿也不怕你！”

他这样的宣言在李绪恩听来实在是好笑。

结果还没等李绪恩开口嘲讽他，沈安竟然转个身拔腿就跑了起来。

这回李绪恩也开口骂了句脏话。

沈安这小身板自然是跑不过这几个打架斗殴的惯犯，不过几步就被轻而易举地抓住了。

李绪恩伸手抓住他的衣领，狠狠往后一扯，然后把他往回甩去。

沈安身子不受控制，被李绪恩那群兄弟拽住胳膊，按住肩膀。

扑鼻一阵烟味，还有那些嘲笑他的声音，他身子气得发抖，又很害怕，跑这么几步被抓回来，气喘吁吁地挣脱不开这群人。

李绪恩慢条斯理地走近，去看沈安那张仓皇失措的脸。

“不害怕？不害怕你跑什么，老朋友叙叙旧，你这样真是叫我伤心。”

沈安看他靠过来还想往后退，却被身后的几人按住，没办法后退。

“哦，说起来也还要感谢你们家，要不是你爹下来，我爸也不可能这么顺利升上去。”李绪恩笑起来。

沈安彻底忍不住，咬着牙红着眼骂了一句：“浑蛋！”

下一刻拳头夹着风就砸在了沈安的脸上。

沈安的半张脸整个都麻木了，然后是一股火辣辣的疼，脑子里嗡嗡作响，视线彻底模糊。

“我来回忆回忆，是什么事让我给你道歉来着？”李绪恩做出一种恍然大悟的模样，“对了，是拿了你的钱是吧。”他伸手开始掏沈安的口袋，从上翻到下，把那五十块钱拿了出来。

他这两天跟着顾钦然混吃混喝，都没花上林鹤给自己的钱。

“啧啧啧，怎么才五十啊？你的钱呢？”李绪恩把那五十块钱在沈安眼前晃了晃。

沈安被一拳打得晕头转向，李绪恩就用手很粗暴地拽住他的头发让他看着自己。

“还给我……给我……”沈安的半张脸都红肿起来，他皮肤白，红这么一大块看起来很是可怖。

他一点儿也不想在李绪恩面前哭，但还是疼得掉下眼泪，他拼命地忍住，还是感觉到了什么滑过了脸颊，又带来一阵针扎似的刺痛。

李绪恩听他说完，把那五十元直接塞到了自己兜里。

“哟，还哭了，你说你怎么还跟以前一样没出息，遇见一点儿事就要找你爹告状就要哭。”李绪恩嘴里发出不屑的讥讽，然后蹲下身来，像是发现了什么新大陆。

他捡起来散落了一地的试卷还有书本。

“还开始学习了？”他一边说一边把手里捡起来的东西慢慢在沈安面前撕掉了。

“不要……不要撕我的作业！”沈安整个人都往前一挣，他挣得突然，后面的人一时不察被他挣脱了一瞬，但是很快地又反应过来把他抓回来，让他看着李绪恩把他做的试卷写的题都撕掉。

大颗的泪水从沈安的眼眶里滑出来，他粗重地喘息起来，李绪恩这时候抓住他的衣领一把把他掼到墙上，然后说：“以后，你的每一分钱都要交到我这里来，我会盯着你的。”

他松开手然后居高临下望着有些站不稳似的沈安：“现在，跟我道歉，用以前我跟你道歉时的姿势，鞠躬道歉。”

“我不道歉！我没有错……”沈安哭得气儿都喘不匀了，还倔强地冲李绪恩喊，“你把我……你把我打死吧！”

李绪恩冷哼一声立马就要再给他一拳，结果沈安看见他的动作双手突然抱住了头，他又带着哭腔喊：“不要打这么疼……”

真不知道这人怎么做到又倔又㞞的。

李绪恩的拳头停在他的脸侧，沈安温热的鼻息就扑在他的拳头前。

他看着狼狈不堪的沈安，碎了一地的作业碎纸被风卷起，沈安抱着脑袋缩在那里，大声喘息着，极力克制自己发出哭的声响。

欺负这样的人其实没什么意思，也没有什么成就感，但是要是这么轻易放过他李绪恩又有点儿不甘心。

他向来睚眦必报，怎么可能这样就算了。

他最后在沈安面前压低了声音警告道：“我会继续找你的，直到你跟我道歉为止，不然我就会见你一次打你一次，撕你的作业，抢你的钱。”

他们这群人离开的时候，李绪恩回头看了一眼。

沈安正在蹲在地上捡那堆被撕成废纸的作业，身影在昏暗的灯光下显得格外瘦小。

李绪恩觉得他变得有些奇怪，很反常，但是又具体说不出来是哪里不对。

沈安回去得极晚，他推门进屋的时候林鹤在卫生间里，正在搓洗衣服，听见进门的声响，林鹤头都没抬：“在学校补作业补这么晚？”

卫生间的门半掩着，沈安停了一会儿才声音干哑着带着浓浓的鼻音回答：“不是……”

林鹤把这两天沈安换下来的衣服洗净，拧干水，然后端着盆去院子里晾衣服，他没怎么听清沈安回答的什么，只告诉他把作业放桌上，他要查。

沈安僵着身子在屋里，站不敢站坐不敢坐的。

林鹤再进来的时候就看见跟雨打的鹌鹑似的沈安，在那里目光闪躲地低着头。

“怎么了？作业没写完？”林鹤坐到书桌旁边，声音低沉，“过来。”

沈安低着头慢吞吞蹭过去：“有人……有人抢我的作业……”

林鹤不知道沈安为什么要扯这种谎话糊弄自己，他拧起眉头：“没写就是没写！别人抢你作业干什么！”

“就心眼不好……就抢人作业……”

话音未落林鹤就一巴掌拍在桌面上：“把脸抬起来。”

沈安被惊住，又在那强撑着不愿意抬头，被林鹤威胁着抬起来脸。

入目一片青紫，沈安脸上还有未干的泪痕，睫毛上还是湿漉漉的。

“嘶……疼……”他目光含泪，皱着脸。

“谁弄的？”

“就绊倒了，在前面的石板路上摔了，那里路特别差……太暗了，我一时没看清……”沈安坐在一边这样解释着，又去伸手够镜子，疼得龇牙咧嘴的，“我这不会破相了吧。”

林鹤沉默了一会儿，他的视线扫过沈安身上被踹出脚印的校服，然后又收回来，他的语气可称得上是平静：“不跟我讲实话？”他的语气一点儿也叫人听不出是生气的样子。

沈安讲：“这就是实话。”又抬起眼睛看他，他的左半张脸都肿起来，眼角都泛紫：“疼……太疼了，有没有药啊？”

林鹤望着他，慢慢又讲：“不仅对我撒谎，而且布置的作业也没有完成。”

沈安这次不知为何却是很配合的模样：“我可以补……我现在就

补上……”他坐下来，忍住脸上传来阵阵发麻的疼痛，然后拿出笔又翻开书。

林鹤却要把他的书抽走：“不用补了。”

林鹤越是这样沈安心里就越没有底，他按住书不让林鹤抽走，忙不迭说：“要补的，要补的。”

“我说了不用！”林鹤眼神彻底冷下来。

沈安一副不知所措的模样，看着要发火的林鹤，眼睛又开始发胀，但是他不能再哭了，因为眼泪会滑过伤口，会更疼。

空气也安静下来，只余下两个人的呼吸声。

过了许久，林鹤才慢慢轻叹了一口气的样子，他跟沈安说：“去睡觉吧。”

沈安这一觉睡得很不安稳，他疼得睡不着，心里忐忑不安，害怕李绪恩真的像他说的那样不放过他，怕林鹤真的生气放弃自己。

他已经什么都没有了，如果林鹤也讨厌自己把自己再赶出去怎么办？

他会不会天天吃不饱饭还要被李绪恩打？

他越想越是悲从中来，又不能哭，瞪着两眼对着破旧不堪的天花板死命睁眼，要把眼泪憋回去。

在他快要睡着的时候，脸上突然传来一阵冰凉的触感，一股消毒水还有药的味道。

是林鹤在给他上药，沈安半睁开眼，看见林鹤蹲在自己面前，脸上没什么表情，看不出来喜怒，他拿着棉签继续蘸药，往沈安脸上涂。

沈安小声叫了一声：“班长……”

林鹤用眼神制止了他开口说话，往他手里塞了两片药。

“消炎的，明天上午如果不行就请一天假。”

沈安脸上皮肤白，这青紫特别明显，请了两天假，正好这两天在家里把作业又重新写了，在家里休息着养伤。

周三的时候沈安和林鹤一起去上课，结果晚上的时候林鹤说自行车坏了，不带他了，让他自己走。

沈安觉得他是没消气，拉着脸拽他，小跑着跟在他后面："不骑车也可以一起走吧，你在前面的路口等着我不行吗？"

林鹤回答得很简洁："不行。"

他又瞥了沈安一眼，脸上已经不太肿了，还有些发青的印没消下去。

他又说道："不是你最开始不愿意让别人发现我们走一路吗？"

"你在前面等着我，别人也发现不了啊。"沈安急了，他一点儿也不想自己走，特别是李绪恩对他放了那话之后。

李绪恩就算要教训他也肯定要找个人少偏僻的地方，如果有人和沈安一起，他多少就会忌惮一些，更何况林鹤可是学校里的尖子生、学校的重点保护对象，李绪恩根本不会想不开招惹他的，除非他想再被请几次家长，让他爸带着他来找校长。

但是这次沈安说破了嘴皮子，林鹤也没有松口，等沈安来到那个熟悉的路口，左瞄右看都没有发现林鹤的影子，他小心翼翼地探着脑袋往前走，万幸也没有发现李绪恩，一路大气不敢喘似的，他手揣在兜里，兜里鼓囊囊的都是顾钦然给他塞的小零食。

沈安生怕李绪恩从哪个角落里蹦出来，不仅要搜遍自己分文没有的口袋，要把零食再抢走，或者在自己面前踩碎，带着撕自己作业时的狞笑。他打了个冷战，贴着墙根儿，猫着腰鬼鬼祟祟往前走。

"快出来，哥哥在安顺路上的这家KTV等你，今天我哥们来，你没事就过来玩玩。"

李绪恩点开手机上十分钟前他堂哥给他发过来的消息。

晚自习课堂上，十班乱糟糟的，只有零星几位学生在学习，后排的那些几乎都在低着头把手机放在下面打游戏。

李绪恩手指在屏幕上轻点了两下，直接合上屏幕，结束了这场游戏。

他决定逃掉晚自习。

从后操场的墙上翻过去之后，沿着街道走到路口打个车，差不多二十分钟，他来到了他堂哥说的那家KTV。

看着发过来的房间号码，李绪恩被KTV的经理领着过去，推开门，屋里烟雾缭绕的，还有跑调的歌声作为背景音乐。

李承看见李绪恩进来，站起来迎他，音乐也停了，李承把他拉过来热情地介绍一番，然后又开了几瓶酒。

李承这朋友他以前没见过，不知道是从哪儿来的。

穿着黑色的皮夹克，嘴里叼着根烟，唱歌表情还挺认真陶醉的，就是一句没在调上，酒喝得爽快，几轮过后一群人瘫在皮沙发上。

李绪恩看着，觉得有点儿无聊，又想拿出手机玩游戏，觉得自己真是白来，还不如在教室里打游戏，还没这么吵。

李绪恩也不是没跟李承来过这样的场合，但是那时候是一群人喝喝酒逗逗乐，李绪恩不是很喜欢，他根本没心思陪着玩这些。

但是他们这群人显得乐在其中，李绪恩一般不会太扫兴，也会装模作样附和几句，喝喝饮料。

李承的一位朋友看见李绪恩把视线停留在低着头的服务生身上，抬手指了指："你，过来倒酒。"

那男生愣了一下，抬起头，听话地过去。

李绪恩看着他们这群人熟练地起哄，将骰子掷在中间起哄让李承喝酒，李绪恩突然胃里一阵不舒服，是一只手在他背后轻拍了下，让他回了神。

是他旁边的男生。

杏眼巴掌脸，有点苍白，看起来身体不是很健康。

他业务还不是很熟练，像是新来的，他有点紧张地问李绪恩："要喝点吗？"

"不喝。"李绪恩皱起眉，很快移开视线，然后视线重新回到面前这个青涩的男生身上，这张脸给他一种很古怪的熟悉感。但是他猛地一下又想不起来，他吸吸鼻子，被这人的香水味呛到，不满意道："你们喷这么香做什么？"

面前的男生有点无助的样子："是领班……领班给我们喷的。"

李绪恩看着他那张引起他怪异熟悉感的脸，终于寻得了一些苗头，他想起来这张脸看起来像谁了，像那个废物草包沈安！

这人就是看起来比沈安瘦削得多，透着股病态的苍白，不似沈安看起来健康。

李绪恩眯了眯眼望着这男生，也没理。这里闹得他胸闷脑昏的，他抬手跟李承打了声招呼就走了。

李绪恩回到家里，翻来覆去却怎么也睡不着。

夜里却做梦了，梦见他又回到了那家KTV，那面色苍白的男生脸上挂满泪痕。

然后男生问他："你为什么要抢我的钱，撕我的作业，还要打我？"

李绪恩看起来似乎比他更生气："我抢你这么点儿钱你就要跑来KTV打工？"

"人家给你多少钱？"他拽着男生的肩膀把他拉过来，"你这样还在乎别人撕不撕你的作业吗？"

男生却突然对他动了手，带着熟悉的哭腔骂他。

李绪恩反应极快地躲开了，结果那男生又不愿罢休地要打他，李绪恩不知为何有些心虚，也没有还手，只一味地躲避，循环往复，直到他骤然惊醒。

李绪恩半夜从床上坐起来，大口喘息着，浑身冒汗。

这样呆坐了一会儿，他才起身下床，倒了一杯冰水，咕嘟咕嘟喝下肚。

林鹤已经尾随沈安一周了，看着他每日走在小路上提心吊胆、鬼鬼祟祟的。

再过了几天，沈安已经能哼着曲儿，脚下踢着石子走回家了。

两天前他还一边走一边嘟囔着骂林鹤没良心。

林鹤跟着他后面，隔着一条胡同，看着沈安的背影，中间还从他口袋里掉出来一包小蛋糕，他又拐回来捡了。

而距离更远一些的另一个胡同口，也潜藏着一道身影，李绪恩在那里戴着帽子，从墙边露出半只眼睛，看着沈安的背影越来越小，直到变成一个小黑点。

被打事件已经过去了一个月，还是一点儿事情都没发生。

林鹤给卸掉的自行车链上了层油，就在他准备载着沈安回家的时候，沈安被堵了。

但是这次有些不一样。只有李绪恩一个人，穿着一件和他风格有些不匹配的黑色皮夹克，戴着金属挂饰。

沈安这次抱紧了怀里的作业，他这次兜里可没钱，除了作业，他已经没有什么可失去的。

“你……你干吗？”沈安绷着身子，紧张地后退一步。

李绪恩这时候又往前走一步，然后突然从兜里掏出来一把钱，“唰唰唰”数出来十张一百的，然后卷了起来，伸手把沈安拽了过来：“别害怕，我这次不抢你的钱。”他把那卷一百的钞票塞进沈安的口袋，然后对上那谨慎胆怯的视线。

“你不是没有钱了吗，我可以给你……”李绪恩嘴里又叫了一声，“沈小少爷。”他视线落在沈安身上。

沈安每次听他用这样的怪异语气，嘲讽似的叫他“沈小少爷”的时候就浑身不舒服，这次更甚，不知道李绪恩怎么做到的能把每个字的发音都咬得叫他这么讨厌，听了不仅不舒服，听着脸也疼脑袋连带着腰侧都隐隐作痛起来。

沈安才不信他这么好心，突然给他这么多钱，觉得这人指不定又憋着什么坏招，一把把那卷钱掏出来，又要还给他：“我不要你的钱……你离我远点就行了……”

他这么说着，李绪恩被他拒绝，脸色变得有些不好，反而离他更近了些，甚至还抬手把沈安怀里的那些书都打掉：“抱着些什么破烂。”

沈安愤怒起来：“你干吗，你有病啊！”

两人现在距离极近，李绪恩脚下一使劲，直接把沈安踹倒在地上，沈安脑袋被磕了一下，晕头转向地痛呼一声，挣扎着想要站起来时也变得有些无力。

李绪恩却在此时愈加放肆起来，他看着沈安那张因为摔疼了皱起来的眉毛，威胁道：“听话点，以后不揍你了，还接济你，不好吗？”

沈安破口大骂起来：“神经病啊！”他的脚也开始踢站在自己身旁的男人。

他两条腿蹬得起劲，李绪恩一时间还有些抵挡不住，刚俯身要去抓他，就直接被迎面而来的一脚踹翻了过去。

李绪恩倒在地上还没缓过来神，就又被一脚踹在了肚子上，他反应过来想要站起来还手，却被对方动作很快地给了膝盖骨一脚，李绪恩闷哼一声，前额被汗水打湿，发丝也湿了，垂在眼前，他模糊地看见林鹤那张阴沉沉的脸。

他突然嗤笑一声，看着沈安这时候爬起来站在了林鹤身后。“我说怎么回事。”他抬了抬下巴，对着沈安，然后又问林鹤，“你成他靠山了？”

他话音刚落，林鹤突然止住了动作，他转过身去，从墙边捡起一块砖头。

他走过来把已经被打得站不起来的李绪恩拽出来，膝盖直接抵住他的腹部，手上的砖就要往他头上砸，那架势可以说是使了狠劲要把人砸死一样。

沈安从来没见过情绪平淡的林鹤这样，他被惊住，又很快反应过来惊慌失措地去拉林鹤："走啊，我们走吧，你这样要把他打死了。"他拧不过林鹤，双手拖着林鹤的胳膊，气喘吁吁。

"班长……我们走吧……"他语气带着祈求，不敢有一丝放松，生怕一个不注意，林鹤就用砖头把李绪恩砸个头破血流。

"你以为他是什么好东西，我跟着你这些天，他也在跟着你……"李绪恩眼睛也在凶狠地盯着林鹤，嫌自己挨打挨得不够一样。

"闭嘴吧你！"沈安一下子就明白了怎么回事，又伸手去拉林鹤，"走啊……我们走……"

"班长……"他这么小声劝了好几声，林鹤才慢慢松下来劲，他慢慢站起来，眼睛没有丝毫温度地看着地上的李绪恩："不怕死，你就继续来。"

还未等李绪恩说什么，林鹤要离去的脚步又停了一下，他跟李绪恩说："这事没完。"

空荡荡的小路上，李绪恩躺在地上，浑身跟被人拆了一样，小腹膝盖生疼，他缓了好久才慢慢撑着地起身，然后扶着墙往外走。

林鹤把上了链子的自行车停在了后面，沈安跟着他走，等林鹤抬腿跨上去，沈安才又说："怎么骗我啊，不是说自行车坏了吗？"

"坏了就不能修吗？"他说完语气又很反常地道，"我就算是骗你又能怎么样？你不是也对我撒谎？"

沈安坐在后座上不说话。

林鹤却没有一点儿要放过他的意思：“说啊，哑巴了！他堵你你为什么不跟我说？”

沈安喉头像是被塞了团棉花，心头有些难过：“我只是……我只是怕你觉得我很麻烦……”

“你还知道自己麻烦？麻烦精，你撒谎就能改变这个事实了吗？”林鹤嘴里毫不留情，“我问你如果我今天没有来你知道会发生什么吗？你到时候要怎么办？”他冷哼一声：“还是说，到时候又要扯一个什么样的一戳就破的谎话来糊弄我？”

沈安在此时才彻底憋不住了，在林鹤的厉声质问下，既委屈又后知后觉怕起来，他开始捂着脸哭起来：“我也不知道会这样……他怎么心眼儿这么坏啊。”

林鹤突然吸了一口气，然后又吐出来，然后说道：“你别哭了，衣服弄脏了你又不洗！”

“你就说他是不是有病啊。”沈安跟在林鹤后面进屋，嘴里喋喋不休，“他总不至于以后见我一次打我一次吧。”

“他身上没酒味啊。”

“他的钱还在这儿呢……”沈安揣着兜一摸，拿出李绪恩给他塞进去的那几张钱。

林鹤听他叽叽喳喳骂了李绪恩一路，进了屋转身看见沈安手里那些钱，然后拿了过来：“明天还给他。”

沈安反应不过来一样，手指蜷了一下，愣愣问道：“你还呀？”

林鹤瞥他一眼：“那要不然你去还？”

沈安连忙摆手：“不不不，你还，还是你还吧。”他又想起李绪恩刚才被揍成那个样子，又有些心头不安：“可是……他那样明天应该不能去上学吧。”

林鹤往书桌那边走，把台灯打开。

沈安还没进入状态，又拽着林鹤的袖子说：“他不会……他不会找你的麻烦吧？”

“别这么多话了，念得头疼。”林鹤皱着眉，抬手把沈安拉坐下，“赶紧写题，一会儿还要给你讲。”

沈安垂下眼睛，视线落在林鹤摊开的习题上，刚在草稿纸上算了没两下，又突然对着林鹤问道：“你说他到底是不是有病啊。”

林鹤眼角抽了一下，一巴掌拍在桌面上：“沈安！”

“哦哦哦，写题，写题。”沈安又赶紧回过神，趴在桌子上算起题目。

等到晚上十一点半，两人就开始洗漱，然后要休息了。

期中考试之后沈安的学习计划就有所调整，休息的时长增加了，白日课堂上就没那么容易犯困。

沈安在卫生间洗脸，林鹤正整理书桌，然后发现自己的笔记少了一本，去问沈安。

沈安顶着湿漉漉的一张脸，回答他：“借给顾钦然了。”

“你把我的笔记借给他？”林鹤望着他，脸上的神情怎么看也不是愉快的样子，“谁让你这么做的？我有允许过吗？”

“哎呀，别这么小气行不行啊，那本我最近用不到嘛，他求我好多次，我说只借给他两天。”沈安一点儿也没觉得这有什么不对，“再说他是我的好朋友，咱们俩也是朋友，他人不错……”

“他人好不好和我没关系。”沈安的话还没说完就被林鹤打断了。

沈安看他的脸色真的挺不好看，也有点儿来气：“还你还你！明天我就给他要回来还给你总行了吧，抠死你算了。”

顾钦然怎么说也是沈安的朋友，没想到林鹤竟然这么不给面子。

而沈安本来就刚跟顾钦然夸下海口，说在他身上，被顾钦然又捶胳膊又捏腿的，把小然子使唤了半天，笔记带回去还热乎呢，就要还回去了。

第二天沈安坐在林鹤的后座，早餐都没吃舒坦，在后面抓耳挠腮的，开口道："班长……，班长你就当帮助同学嘛，你让他看两天，两天就行。"

沈安一有事求林鹤，就会在那小声叫班长。

林鹤见他都过了一夜了还在琢磨这事，不由冷哼一声："你不怕他超过你了？"

沈安脱口而出："我这不是有你给我补课嘛。"

林鹤突然沉默了下来，只有自行车车轱辘碾过坑坑洼洼的石板路的声音，过了好久，林鹤才松了口："那过了明天，你就得让他还回来。"

顾钦然还笔记的时候知道林鹤已经发现沈安偷偷把笔记借给他了，表情惊悚得不行："他不会……他不会给我按秒计费吧？"

沈安翻了个白眼，拍他的脑袋瓜："想什么呢你，我都说了他不是那样的人，我多说了两句，他就借给你了呢。"

顾钦然看了眼沈安的脸色，然后压低了声音，像是要交换什么秘密。

"林鹤的笔记是不是全科你都能看啊？"

"是啊。"沈安如实回答。

"你现在花的全都是从他那儿借的钱？"

"是啊。"

"每天接送你上学，监督你学习？"

"是啊。"沈安被问得不耐烦了，"干吗呀，到底要问什么，这问题以前你不就说过吗？"

"我再确认一遍啊！"顾钦然说，"他就这么突然好心，很可疑啊。"

沈安这时候扬了扬下巴，斜睨视了顾钦然一眼："你能不能别想这么多啊，他说了，要我好好学习以后上了好大学毕业之后好好报答他。”

顾钦然的脸色突然变得有点儿一言难尽，他说道：“这怎么跟我上小学的时候我妈经常在我耳朵边唠叨的话一模一样啊。”

“顾钦然！你找揍是不是啊！”沈安上去就要踹他，被他躲过去，再要去追他已经跑远了。

真到了第二天，顾钦然去还笔记，沈安不知道去哪儿了，他扭头看，只有林鹤在自己座位上。

顾钦然又扭过头来，然后看着手里的笔记，他昨天已经找人复印了一份下来，装订好了。

他盯着看了一会儿，还是起身拿起了笔记，然后又从抽屉里拿出一个包装盒，去了沈安的座位上。

他把林鹤的笔记还给林鹤，有些生硬地说了句：“谢谢。”

“谢沈安就行。”林鹤接过笔记随手放下，施舍似的给了顾钦然一个淡漠的眼神。

顾钦然被这撇得干净的一句噎得不上不下的，把礼盒放在沈安桌面上转身就要走，结果却在此时被叫住了。

“这是什么？”

顾钦然转过身来，拆开包装盒，故意在林鹤面前说道：“我给沈安从国外买来的灯，等了好长时间才抢到呢，不知道他怎么会这么不小心，走的哪里的破路，能把脸摔成那样。”

林鹤看着他手里那造型奇特的灯。

顾钦然察觉到他的视线，故意炫耀一样：“这个灯还可以变成好几种形状呢。”

他这么一拧，那小机器人似的灯就从三个灯泡变成了六个灯泡，变成了小汽车载着小灯泡。

“什么乱七八糟的，他又不是小孩子了，不会喜欢这种东西，而且他以后也不会摔了。”林鹤说着便要替沈安拒绝，“你拿回去吧，他不需要。”话音刚落，沈安就回来了。

他看了看顾钦然，又看了看桌面上的那东西，眼里浮现出一种没法掩饰的兴奋，他上去拍了顾钦然的肩膀一下：“这是什么东西，这么酷！”

这天的晚自习放学后林鹤骑着自行车带着沈安，沈安坐在后面摆弄着顾钦然送的那个会变形的小灯。

等他左扭右转了好几下，突然那灯“咔嚓”一声，变成了一种新的形状。

沈安赶紧攥着伸到前面去，跟林鹤分享：“班长你看，竟然还可以变成一把手枪……”

“拿回去！”林鹤突然声音很冷地说道。

沈安被泼了一盆冷水一样，又慢慢把手缩回来，嘴里小声骂林鹤——活该没有朋友，又冷又硬，还不如个木头人。

“在说什么？”

原本以为自己声音很小的沈安心头一凛，慌忙反应道：“背课文呢……背课文。”

周末，林鹤在他二伯家给林濠补课。

林濠期中考试成绩进步了一些，不算多，但是刘淑琴面上儿不显，其实心里也是满意，给林濠做了很丰盛的一餐，原本要减的零花钱也没减。

不过她向来对这个儿子假模假式地威胁惯了，经常威胁挂在嘴边，基本没具体实施过。

但是林濠成绩进步，连带着这家人对林鹤脸色就好了那么一点儿。

林濠的卧室里，林鹤坐在他旁边，把课本翻开，然后在一个空白本上写着什么。

正在做习题的林濠抬头看了他一眼。

林鹤却头也没抬，很专注仔细的样子，但是他还是察觉到了林濠的目光，于是说道："不会的题目先空在那里，一会儿帮你改的时候一起讲。"

林濠看见他好像在总结课本的重点知识，但是林鹤从来没在他面前做过这些，他以为他这位天才似的，一路在学习上顺风顺水的堂哥应该是把全书都印在脑子里了。

他有点儿好奇，于是又不动声色地掀起眼皮看了一眼。

这一看就发现了，林鹤原本干净整洁除了一些笔记之外什么都没有的课本上，竟然在空白处有一个哭泣的小太阳的涂鸦。

这看起来根本不像是他这位沉默寡言惯常冷漠的堂哥会做的事情。

没想到，他竟然也会没事的时候在课本上乱画，他上课也会走神儿吗，这样也能学得这么好？

林濠的思绪被林鹤放下笔的声音打断，林鹤的目光扫过去，看见他还没做完，轻皱了一下眉。

林濠埋头写了起来，不知道林鹤为何年纪也不大，养成这么副性子，跟谁也不亲近。他妈还总说林鹤是个白眼狼，他本来也不觉得，可是人家平常堂兄弟相处会这么没话讲吗，他这次进步也没得林鹤一句夸。

感觉他好像事不关己，单纯周末来完成一个任务一样。

今天的补课时间结束以后，林鹤要离开，林濠张嘴留他在家里吃饭，刘淑琴在客厅开着低音量看电视，吃着果脯，眼皮子都没抬，但是也没摆什么不好的脸色，这许是林濠这次考好了点的缘故。

林鹤这时候已经走到了门口，然后像是突然想起了什么似的，脚步一顿，转过来说道："从下周开始我就不来了，我周末又找了个兼职，时间错不开。"

林濠听罢愣住："啊？"

这句话可瞬间惹了原本在沙发上闲坐着的刘淑琴，她一下子站起来，音量拔得极高："什么？！不来了？你不来小濠的作业谁来辅导啊？"

她好像觉得林鹤在他们家白吃白住了几年，就应该有所回报，他成绩斐然，帮帮林濠一个刚上初中的，那根本就是举手之劳的事情，他现在说什么时间错不开？！

刘淑琴这时候几步上前来，对着林鹤斜着眼睛，嘴角勾出一个嘲讽的弧度："你想要点儿钱就直说，在这儿拐弯抹角什么呢，哄哄旁人还行，来哄你二婶我？！

"怎么着，这是觉得给我们家林濠白补习了是不是？

"你吃我们的住我们的时候你怎么不算啊……"刘淑琴颇有几分得理不饶人的样子。

林濠在旁边被他妈的声音吵得耳朵都要被炸开一样，他爸还没下班回来，他根本应付不来。他也烦躁得要命，不知道林鹤好好的怎么就不愿意给他补课了，是觉得他脑子愚笨？可是这次明明不是也进步了吗？既然如同他妈所说他家给林鹤这么大恩情，就算他住在这儿的时候对他没多好，总也让他有屋住、有饭吃吧。

他难道就真的是这样不知感恩的东西？

林濠还是决定缓和一下这紧张的氛围，他妈已经被气得不轻，于是他去拽林鹤，叫了声："哥。"

他紧接着说："你快给我妈道个歉，谁都有个说错话的时候，你现在要是经济困难，等我爸下班回来让他给你拿点钱，就当是我的补习费了……"

林濠觉得他这番话说得很不错，算是给他哥一个很好的台阶了。

结果林鹤还没说话，刘淑琴又嚷上了："什么补习费！他是你哥！给你一周看这么会儿作业还要掏钱？！"

谁都知道林鹤现在上学，经济上肯定困难，林濠这时候被他妈吼得也不耐烦了："那他既然是我哥，我们家给他拿点儿钱生活怎么了！"

“不用。”林鹤突然张嘴说道。

他眼睛里半分波澜都未起，看他们母子在这里大呼小叫，像是看着一场闹剧。

“不用你们拿钱，我下周也确实要去打工。”他不是拐弯抹角来伸手要钱，他就是来通知一下这件事而已，他们的反应并不会影响他的任何决定。

林濠这时候也恼了起来，他好不容易铺了个台阶，结果这俩，一个他哥，一个他妈，没一个愿意下的。

于是他进屋甩上了门：“要走就让他走吧！我没他补课也一样学！”

林鹤走了，走的时候还礼貌地关上了门，出来的时候到小区门口还见到了他二伯，于是又叫了声：“二伯。”算是打了声招呼。

他二伯走过来还很亲昵似的拍了拍林鹤的肩膀：“走什么？回家里吃饭啊，你二婶又说你了？哎呀你别跟她计较，她就那样的脾气。”

林鹤又说：“不用了。”他语气很淡，其实心里觉得有些好笑。

他从过来给林濠补课这么久，和他们说过无数次，他给林濠补完课就要去饭店打工，但是他们还是经常因为他会不会在这个家里吃饭产生一些惹人发笑的摩擦。

他根本没时间留这里吃饭啊，怎么没有一个人记得啊。

怎么每一次都要给他甩脸色，怎么每次二伯都做和事佬，嘴上好好好，但是却对他的处境一点儿不上心啊。

怎么自己从初中住在这里给上小学的林濠讲题，到上了高中给他上初中的林濠继续讲题，他却还是那个成绩，上去一点，又下来。

连带着刘淑琴对他的脸色，也是反复来回变。

他又不可能用逼沈安的法子逼林濠，也不可能二十四小时跟着他。

林濠甚至可以在他给他补习之前先打完游戏。

二伯的声音逐渐飘远，林鹤抬起头，看见外面飘起了毛毛雨。

他突然觉得自己在做很无用的事情，纯属浪费时间，实在没有必要。

二婶贪得无厌，二伯爱面子其实骨子里又不敢跟刘淑琴对着来，林濠脑子愚笨却又不肯努力。

他们以后会帮到自己吗？

林鹤几乎是立刻确定了这个问题的答案，他们对现在和以后的自己都不会有丝毫帮助，那便没有什么继续来往的价值。

没有必要的东西，斩得干净才能让他更轻松更心无旁骛地往前走。

他这一路到此，从极小时起就和轻松再无半点关系，更何况现在还带着一个沈安。

在医院里打游戏的李绪恩跷着打了石膏的腿，正躺在病床上。

李承进来的时候李绪恩嘴里正咬着半块苹果打游戏，打到激动处张嘴骂人的时候，那半块苹果掉了下来。

李承走过去，把掉在地上的苹果捡起来，丢进了垃圾桶里。

李绪恩抬眼看他一眼，结束了这场游戏。

李承看着李绪恩脸上的大巴掌印，幸灾乐祸一样："你爸又揍你了？"

李绪恩没说话。

李承继续说："啧啧啧，这么惨，本来就被揍得站不起来进医院了，又被赏了一大耳光。"

"有完没完？"李绪恩抬眼不悦地冲他说道。

李承耸了耸肩，表示不再惹他，退后坐到一旁的床上，终于开始说起正事儿："揍你那小子我查了查，真挺牛的。"

"是成绩很好，这不是咱这几个学校尽人皆知的嘛。"

"不仅是如此，他从初中的时候认识了胡柯壬。听说别管是他受多重的伤，你都别指望能听他吱一声，到现在了他寒暑假都还会去胡柯壬的酒吧里去打工。学校里能申请的贫困补助助学金一类的，他通通都申请了个遍。”

“他爸他妈呢？也不管他？”李绪恩忍不住龇牙咧嘴，嘴上被他爹大耳刮子抽得出血，这几天饭都吃不香了。

“他爸他妈在他很小的时候就去世了，他跟着他爷爷生活，最后爷爷也走了，住他二伯家，上了高中才搬出来，住他爷爷以前在老城区的旧房。”这样的事迹在林鹤考了市里中考状元的时候在报纸上还被报道过，无非是人穷志坚、勤奋刻苦之类的内容，李绪恩没看过那张报纸，所以他也不知道。

李承说到这里还笑了一下：“而且还有一件很有趣的事情，他爷爷的遗产全都留给他了，但是他当时未成年，没有独立生活的能力，没人愿意收留他，最后把那笔钱给他二伯了才住到人家家里去，结果不到两三年竟然又被赶了出来。”

李绪恩听这跟书里苦难角色似的经历，瞪大了眼睛。

李承看他的表情，收敛眉目，劝告似的：“你最好不要惹他这样的人。”

而李绪恩的思绪又不知道飘到了哪里去，最后语气古怪地吐出来一句：“他都穷成这样了，还要‘助人为乐’。”

这沈安到底之前是给过他多少好处啊。

李绪恩出院以后回到学校，在办公室里从铁青着脸的班主任手中收下了那卷红色钞票。

沈安竟然把钱交给了十班的班主任？！

又或者是他那靠山林鹤干的？

班主任看着李绪恩脸上痕迹未消的旧伤，一副恨铁不成钢、又不愿多说的表情。这个李绪恩屡教不改，一学期下来，他现在都不指望他能好好学习，能不惹事就已经让他省了心了。

李绪恩这会儿还正想着怎么寻仇呢，他其实觉得林鹤这种行为挺不齿的，跟小学生找老师告状有什么区别，大家都是高中生了，怎么还来那一套。

李绪恩从办公室出来，漫不经心走在路上，突然在路过学校里的展示通知栏的时候脚步停了一下。

全校前三百名里面，竟然在最后出现了沈安的名字。

沈安怎么回事？！

他不是不学习的吗？

学校隔了两条街的网吧，沈安都是包年用户，这还是李绪恩以前打听到的，去找了几次，门口那小黄毛网管都是说人不在。

什么意思？现在不在网吧敲键盘了，改在课堂里奋笔疾书了？

李绪恩说不出来这个让他厌恶又看不起许久的沈安到底哪里不对，直到此刻他看见沈安的名字出现在优秀学生展示栏里，这种违和感一下子达到了顶峰。

这个从小到大受尽宠爱，半点儿挫折没经历过一样的沈安，任性得要命，身边总有一群朋友围着，每个人都要哄着他、让着他，他像有着用不尽的零花钱一样，吃穿用度无一不奢侈，连李绪恩这样的学校里没人敢惹的刺头跟他对上还要被亲爹揪着去人家宴会上道歉，颜面尽失。

他就不懂，沈安是怎么跟他爹说的，哭着讲有人欺负他吗？

李绪恩堵他搜去多少钱他都记不清了，他大多数的钱也是分给自己手底下那群小跟班。

李绪恩一下子就记住了这个让他在高中时期威风不起来的特例——沈安。

在看到沈安的父亲出事的时候李绪恩就知道自己的机会要来了，他很耐心，想要看沈安跌下来，狼狈不堪，然后他再过去嘲笑他，再去踩上一脚，报仇雪恨。

结果他是等了又等，把沈安家那块儿的路都走了来回几十遍了，愣是瞅不见沈安回来过。

再见到沈安就是他们兄弟几个人在外面喝酒聚餐刚出门，这才撞上搂着书穿着蓝白相间的校服从他们面前走过去的人。

李绪恩看着他的身影，心中就纳了闷了，这沈安穿过校服吗？这是沈安吗？他抱着书干吗，吃不起饭了去卖废纸吗？

等他堵住人得偿所愿地把人欺负了一顿，再到后来被林鹤按在地下打，至今日，李绪恩才恍然大悟。

沈安，从天上跌下来，都没等摔疼呢，就被林鹤接住了。

他没有表现出李绪恩所想象的一切，没有狼狈不堪，没有流落街头，没有性情大变，没有一蹶不振，他根本没有丝毫改变。

他还是跟以前一样，讲话还是很肆无忌惮，怕疼还死犟。

不，其实还是有些不一样。

沈安以前从来不穿校服的，他穿自己那些昂贵的样式新颖的衣服，也不爱学习，但是他现在的名字都开始出现在学校的展示栏里了，他还怕别人撕他的作业，作业都撕碎了还蹲着在昏暗的灯光下捡。

他跌下来，摔进泥里，没有滚得满身泥泞爬不起来，反而好好躺在那里，发起了芽。

林鹤接住他，给他搭建了一个新的温室，沈安又变成了温室的花朵。

李绪恩站在那里久久都没有动一下，他的视线停留在沈安的名字上。

他很突兀地笑了一下，怪不得林鹤要生气，恨不得拿砖头往他头上砸。

沈安很听他的话吗，不喜欢学习也学，让干吗就干吗？

这个念头很快就刺了李绪恩一下，可是沈安在自己面前可是倔得很呢，就听林鹤的？凭什么呢？

林鹤周末回来的时间越来越晚了。

早上八点钟出门，晚上回来的时候沈安都已经睡着了，他听见声响，意识模糊地看了一眼时间，都已经到了后半夜。

浴室里传来哗啦啦的水声，是林鹤在洗澡。

然后他轻声走过沈安旁边，躺在了床上，他应该是极累的，没有多久就传来了均匀的呼吸声。

沈安想问问他怎么回来这么晚，看他睡着想着明早再问。

等真的到了明天，沈安又把这件事抛在脑后，着急忙慌吃着早餐，抱着书去坐林鹤的自行车。

早读课上沈安读着书，突然看见林鹤干净整洁的书本上出现了乱七八糟的涂鸦，他有些心虚地移开了眼睛。

在家里他俩的桌子就这么大，有时候书会混在一起，他拿错书，写题的时候一走神就爱在书上乱画。

但是林鹤看起来好像没有要同他计较的意思。

他其实也没有顾钦然说的那样小心眼，有时候也挺包容的……

沈安正这样想着，林鹤突然出声："昨天抽查的还没背熟，在这里发什么愣，想抄二十遍？"

第四章

渐近六月，天气开始慢慢变热。

从顾钦然送给沈安那个可以变换好几个形态的灯之后，沈安经常没事就摆弄，坐在林鹤后面拿着灯照来照去。

结果不知道怎么回事，有一天沈安再去打开那个灯，灯却不亮了，他反复拧动好几次，小机器人的眼睛不会亮了，失去光泽一样暗淡下来。

沈安又是玩性大、忘性也很大的人，从那灯不亮了以后，就直接随手放在林鹤书柜上，过了几天都不记得自己放哪儿了。

天气热起来以后，沈安睡在地上，头顶上小破风扇叽叽歪歪地转着，颇有点儿消极怠工的意思。

从进入六月，天气就有些过早地炎热起来。

沈安在家里睡得四仰八叉的，用毛毯盖住肚子，四肢都露在外面。

林鹤周末的时候在夜里回来得很晚，有时候会往家里拿一些水果之类的。

沈安看他这样，啃了一嘴西瓜，问他是不是周末又找了工作，挣了钱了。

林鹤没有否认，又从手里另一个袋子里掏出很厚的一沓资料。

沈安像被西瓜子呛住一样，干咳了几声，觉得西瓜也不怎么甜了。

进入夏季之后林鹤这儿附近就开始有些吵，老城区这块儿，后面有块阴暗潮湿的废地，杂七杂八长着植物，认不清品种，形成一片丛林。

这一块电线老化，有几家有空调的噪声也很大。

好在沈安学习辛苦，几乎沾床就能睡下，影响不了他什么，毕竟林鹤这房梁上的破风扇也一直有噪声，他也提前适应了一段时间。

结果这天那扰人的声响响到一半儿突然停了下来，不响了。

周围变得很安静，只能听见几声不太真切的蝉鸣声。

林鹤是先醒过来的，他睡眠浅，很快就被热醒，身上起了一层薄汗。

他起身去把窗户打开，看见周围全部暗下来，几只蚊子闻见人味一下子扑过来，好在林鹤家的窗户上还有一层纱网。

一丝微弱的凉风从窗户那里透过来，林鹤又重新回到自己床上。

那边地上呼呼大睡的沈安躺在那儿，呼吸声却逐渐加重，他身上的毯子已经被他蹬到脚边去了，但是哪怕是这样，他还是冒了一身热汗，最后脸上汗津津地醒了过来。

他半坐起来，热得不行，从地上爬起来，去叫林鹤。

“怎么这么热啊，这破风扇怎么回事，你把它关了？”沈安眉毛皱着，困却热得睡不着。

林鹤闭着眼躺在那说：“不是，停电了，这儿一到夏天就经常这样，电压高就会带不起来，然后断电。”

沈安烦得要死，热得身上黏糊糊的：“什么破地方啊，这还怎么睡啊。”

林鹤半睁开眼，光线很暗，但是他还是抬起眼睛望向沈安：“你要不要来床上？这里对着窗口，会有风进来。”

沈安往前走了几步："真的？"

林鹤起身坐了起来，跟沈安说："你睡里侧。"

沈安没多说什么，蹬掉拖鞋，手脚利索地爬上床，躺上去伸伸腿："好像是有点风。"

"睡吧。"林鹤也紧跟着躺下。

过了十分钟，沈安翻了翻身，又转过来面朝林鹤："班长，我热……睡不着……"

林鹤闭着眼睛，最后被他叫得受不了了，于是起身去拿了一把大蒲扇丢给他，还是以前他爷爷留下的。

沈安看见他拿着扇子过来，又赶紧接过扇子躺好了。

扇子扇着风以后，沈安果然老实很多，不再闹腾了。

又过去不久，他又开始抱怨："扇子还是太费劲了，风就这么小。"

林鹤眼皮直跳，但是还是忍住了什么都没说。

身边的沈安终于闹够了一样，扇着扇着，闭着眼睛睡着了。

林鹤睁开眼睛，眼睛在黑暗中适应了一会儿，然后侧过去看沈安。

他倒是睡得舒坦，怎么这么没心没肺的。

为什么洗澡非要用沐浴露，肥皂不可以洗吗？为什么这么大人了还这么娇气，一点小事就要哼哼唧唧？为什么快高三了学习怎么还是这么不自觉，要人督促检查？为什么要把我的书也画得乱七八糟，自己的东西还是丢三落四，要人在后面收拾着？

林鹤都想把这正在酣甜梦乡的沈安摇晃醒，问问他。

最想问的还是：你小时候为什么要把扔到垃圾桶的不想要的东西给我吃？为什么要推我的桌子？又为什么要把我的书包扔到地上踩？上面的脚印叫我到如今都拍不干净。

不干净！不干净！

沈安一觉睡到天亮，早晨的时候温度降下来，天气就稍微凉爽了一些。

他睁开眼睛的时候林鹤已经不在床上了，他一个人睡在床的正中间，霸占了整张床。

他从床上起来，林鹤正好进门，手里提着刚买的包子。

沈安洗漱出来，坐在板凳上，手捧着碗，嘴里喝着稀饭问林鹤：“后半夜是不是来电了？”

林鹤左手拿着包子咬，眼下有些没休息好的青黑：“后半夜？到现在还没来电呢。”

沈安低低“哦”了一声，有点不好意思的样子。

想来林鹤的扇子还有点用。

还剩下一个多月就要放暑假了。

再开学他们就步入高三了，光是想想就能感受到那扑面而来的压力。

沈安现在的成绩在很缓慢地上升，林鹤说他以前落下太多，现在不仅要学现在的新知识还要往前找补那些基础知识。

大课间休息的时候沈安又和顾钦然跑出去玩，林鹤不用猜就知道他们的目的地应该是校园超市。

他们俩的座位现在在教室的倒数第三排，从班级后门出去会比较方便一点。

林鹤想去走廊站站，教室里过于闷热，像个大蒸笼，头顶上那几个吊扇可吹不走这些正值青春、精力旺盛的少年人身上的热气。

他刚起身还未走到后门，就看见班里一位女同学往他们的座位那边走，然后停了下来。

林鹤打量着她，这女孩成绩在班级里中上游，平时话很少，性格很安静，以前坐在沈安的前面，长得……

长得也蛮好看，很文静秀气。

她手里拿着一个粉色的信封，信封上有个心形纽扣。

林鹤脚步顿住，又转了回来。

那女生乍然看见他，一瞬间惊慌失措后又很快镇定下来，她手里的信封还没来得及放下。

林鹤走过去，脸上面无表情，给人很大的压迫感。

那女同学在沈安的位置上，有点儿尴尬，但是还是直了直身子，涨红了脸，鼓起勇气刚要说点什么的时候，林鹤率先开口了。

“已经快要升高三了，我觉得你这样很不理智。”

女孩脸上唰一下变白。

林鹤继续视而不见，他的唇角紧绷着：“而且他人也没什么值得喜欢的，是个很麻烦的人，自制力很差，还很脆弱，没什么担当……”

“成绩也没有你好，长得……”林鹤在这里停顿了一下，像是有些艰难地吐出来几个字，“长得也就一般好看。”

“但是中看不中用，除此之外几乎没什么优点。”林鹤紧接着走向前去，把女孩手里的粉色信笺拿了过来，“这次我就先没收了，下次的话我会直接交给班主任。”

他冷酷无情得要命，嘴里讲着一些把女孩唬住的话。

结果这个时候沈安从后门一把推开了门，气得脸通红，声音都发抖一样，一只手攥着门，指尖用力泛出白色，他用不敢相信又分外受伤的语气，一只手指着林鹤：“你其实就是这样想我的？！”

“我一无是处，麻烦得要命？”沈安气得胸口剧烈起伏，喘不匀气儿一样。

林鹤本来还摸不准他听到了多少，现在看来是全听见了，在后门趴着有一会儿了。

没等林鹤说什么，那女孩先受不了了，眼眶里羞出泪来，磕磕巴巴说：“班长……这信是给你的。”女孩说完，就捂着脸跑了出去。

跑去的时候带走一阵风，把林鹤脸上刮出一阵愣怔。

正在此时，上课铃也骤然响了起来。

整整一个上午，沈安都没有跟林鹤说一句话，以前胳膊肘还经常会伸到林鹤那里去，结果现在愣是离那条桌缝还差一段距离，缩着自己生闷气。

林鹤在课堂上笔写写停停，没搭理他，也没当回事。

到了下午体育课下课回来，班里男生都热得一身汗，沈安也是，回来气喘如牛，跟林鹤那气定神闲的样子根本没法比，他都怀疑林鹤刚才那几百米都是走着的，根本没跑步！

他愤愤地想着，把半瓶矿泉水咕嘟咕嘟喝下肚子。

坐到座位上刚用一个薄本扇了两下风，突然腿上卷起来的裤腿被人拽了下去。

那人是跟自己快要一天没有说话的林鹤。

沈安可算找到了发火点一样："你干吗！"

林鹤也不太高兴，停了两秒板着脸说："着凉。"

沈安气急了，手指着前面几排扎堆说话打闹的男生："他们不是都这样吗！"他们几个刚一起打篮球回来，汗流浃背的，有的不仅卷起了裤腿，趁着女生体测还都没回来，连上衣都卷了起来，露出溢着汗珠的薄薄腹肌。

林鹤这时候开始有些颇不讲理的样子："反正不行！"

沈安嘴里低声叫嚷着："谁不行！谁不行！我凭什么就不行了！"

他一边说着一边赌气似的恨不得把裤腿卷到大腿根。

顾钦然这时候从后门推门进来看见沈安那副样子，嘴里惊呼道："哇——沈安，你这腿真细……"

他话音刚落就被沈安一本书砸了过去："滚！"

顾钦然手脚灵活地躲过去，这时候女生体测已经回来了。

沈安这次自己把裤腿放下来，也没再闹腾了。

他坐在座位上，偃旗息鼓，闷闷不乐地在书上画来画去。

晚自习放学的时候林鹤照旧推着车在以前那个路口等他。

沈安抱着书走过去却不往上坐，心里不服气，又恼得很，更多的是伤心。

“你为什么要和别人背后说我的坏话！”

林鹤也被他闹得耐心告罄，语气变冷：“你没完了是不是？”

“我没完了？明明是你做错事，你甩什么脸色！”沈安看着他的模样，更加生气。

林鹤一只脚蹬上脚踏：“坐不坐？不坐我走了。”

他这样说着竟然真的就骑着车要走。

沈安却没有放弃，抱着书撵着他跑：“你得给我道歉！”

他跑得气儿都喘不顺了，还在那里跟林鹤犟嘴：“你有什么话想说可以当面跟我讲。为什么要和……要和别人说我不好……”他跑着，话说得断断续续的，像是要哭了一样。

林鹤被他磨得耐心全无，他最后看着沈安那张要哭的脸，停下了原本就少带了一个人却比平常骑得更缓慢的自行车。

他单脚撑着车，然后从前面的车篮子里的书本缝隙里抽出今天收到的那个信封——还未拆封。

林鹤活到现在从来没有哄过人，没什么经验，相对地，他也没被人哄过，或许很小的时候父母还在的时候有过，但是那也太久远了，他几乎没什么记忆。

他思索了一会儿，然后把那封信递给了沈安：“你可以还回来，把这封信给季茉雨，讲一些我的不好，我也不值得喜欢。”

“可是我觉得你很厉害！”沈安几乎是脱口而出了，自己脑子都没怎么反应过来。

说完之后他又很懊悔，不知道怎么正在吵架又夸了林鹤一句。

但是他是真心实意这样觉得的，林鹤不仅成绩好，自理能力强，他们那破屋前阵子下雨，房顶漏水，还是林鹤爬上去修的，感觉就没有他不会的一样。沈安遇见什么困难，他第一个还是要找林鹤。

他好像干什么都很厉害。

林鹤呆愣住一瞬，看着沈安那张更添羞恼的脸。虽然沈安任性又不懂事还什么也不会，可是每当他这样和林鹤起争执的时候总是吵着吵着又开始称赞林鹤，导致林鹤那些指责的话卡在喉咙口硬生生说不出来了。

真不知道这样的性格到底是怎么娇惯出来的。

沈安这边正生气，讲话又没过脑子，这会儿正下不来台，看见林鹤竟然又在自己面前走神呢，一副根本没把自己放在眼里的样子。

沈安气不过上去朝林鹤肩膀一捶："你到底有没有在听我讲话！"

拳头砸到肩头，发出一声闷响，不是很重的力道，但是周围实在太安静了，这就显得声音很突兀。

林鹤被他捣了一拳，连身形都没晃荡一下，眼睛落到沈安身上。

沈安这才后知后觉发现自己干了什么，看着林鹤的目光在昏暗的环境里越发晦暗不明，他越看越是有点后怕，怎么还跟林鹤动上手了，林鹤上次在自己面前把李绪恩打得站都站不起来，就自己这身板能跟他动手比画吗。

"看……看什么……你做错了事，我打你一拳怎么了……"沈安这么说，看着林鹤窥探不出神色的脸，那目光给他的压力越来越重，他忍不住后退了一步。

"消气了吗？"林鹤突然问道。

"啊？"沈安慢一拍似的，还没反应过来，全部的心神都在警惕林鹤扑上来揍他。

林鹤的声音放缓了点："消气了就上来吧，回去了。"

一阵微凉的风穿过胡同，跟林鹤僵持不下这么一段时间，沈安用手指绞了绞衣服，攥紧了手，也觉得没趣。

他最后还是磨磨蹭蹭地迈开腿跨坐上了自行车的后座，被颠着回家了。

周末的晚上林鹤在胡柯壬的酒吧打工。

李承去二楼VIP包厢的时候林鹤正弯着腰提着一箱酒往包厢里搬，少年精瘦的腰肢露出来半截儿，上面穿着白衬衫，袖子卷到胳膊肘，肌肉线条明显的小臂用力一提，那箱酒就被他抬到了桌面上。

李承进屋，正笑着跟几位生意伙伴打招呼，林鹤转身要走的时候与他打上一照面，李承几乎是一眼就认出了他。林鹤这样气质出众，长相上乘，在这一屋缭绕的烟雾里，就更显得有些不食烟火。

李承这时候撞见他哪有轻易放人走的道理，立马叫住已经走到门口的林鹤："哎，服务生，把酒都拆开啊，就这么走了？"

林鹤停下步伐，转过身来，说了声："好。"

他半蹲下来，把那些价值不菲的洋酒打开，正要起身，却被人从后面按住了肩膀："服务态度不好，得罚两杯。"那声音里还透着股笑意。

哪怕这语气听着再和善，也掩盖不了那要捉弄人的恶意。

林鹤并未有什么不满，在这里打工，什么样的客人没遇到过？他很礼貌地道歉，说："不好意思，先生。"

李承说着："这点儿诚意总得有吧。"他把那瓶酒对着一个玻璃杯倒满了。

周围的人安静下来，都饶有兴致地看着这处，脸上带着看热闹的笑容，起哄一样说道："李少爷亲自给你倒酒你还不赶紧喝？这么一杯你干一个月都喝不起，你可偷着乐吧。"

林鹤睫毛轻颤了一下，他脸上挂着一个很淡的笑容，什么都没说，然后把那杯酒端了起来。

他仰头咕嘟咕嘟不带停地一口气喝了下去，嗓子被辣得生疼，那股劲儿冲得他头一阵发蒙。

他一边喝，周围还响起来拍手叫好的声音，像是隔着层什么东西。

这酒劲实在太大，又或者跟他第一次喝酒有关。

喝完酒，他轻咳了一声，脸上还是带着无懈可击的笑，还附和着说了一声："谢谢李少爷。"

结果这个时候还没完，李承眼里闪出光，他像是来了兴致，把那刚空下来的玻璃杯再次倒满了。

林鹤这时候看向他，这人看起来二十多岁，很年轻，举止轻佻又带着股说不出的圆滑，林鹤确认自己不认识这号人，也从来没见过。

李承倒了那杯之后却没有停下来，又继续倒满了第二杯，第三杯……

“先生，我要出去干活了。”林鹤这时候垂着眼说道。

李承眼睛瞥他，还挺能装，他扯扯嘴角：“哦？那你是干吗的？”

“我是这里的打……”林鹤还没说完，包厢的门就再次被推开了。

胡柯壬进来看见林鹤跟李承那样，忍不住摆了摆手，对林鹤说：“你一个打杂的躲这儿偷懒？前面几个包厢要的酒你送了吗，后面果盘你摆好了？还不赶紧给我滚出来！”

这明眼人都能看出来这是给林鹤解围来了，林鹤废话不多说，看了胡柯壬一眼，然后默默退了出去。

李承脸上的笑意收敛了起来，但是到底跟胡柯壬是老相识，不能当这么多人不给面子。

这边胡柯壬正跟包厢里的人打招呼，热闹一番之后，李承走出来，胡柯壬也紧跟着出来。

胡柯壬递给李承一根烟，嘴里“啧”了一声：“你说你这跟一小孩儿较什么劲啊。”

李承哼笑了一声：“小孩儿？”他吸了一口烟然后吐出来：“这小孩儿把我弟弟打得在医院躺了半个月。”

胡柯壬这时候也有些惊讶：“他跟你弟动手了？他之前确实伤过人。”

李承听了胡柯壬的话，倚靠在走廊的墙壁上，抖了抖烟灰，目光越发不善：“这么说他还是个刺头，好斗分子？”他声音很低地评价了一句：“小小年纪，不知死活。”

胡柯壬笑了笑，他摇头反驳李承对林鹤的这番评价：“恰恰相反，他是个很能忍耐的人。

“他当时初中跟人家打群架，伤了对面的人，他被带走了，但是年龄才不过十四，没爹没娘的，爷爷年纪一大把，腿脚不方便，没人去领他，最后还是我出的面。人家家长来了一群人，被伤的那人的妈过来迎头就扇了他两个大嘴巴，哭天抢地的，好在别人伤得不重，他年纪又尚小，赔了一笔钱私了了。

“他当时还穿着校服，脸上从眼角到下巴没一处好地方，他跟在我身后才长到我肩膀处那么高，突然说了一句，这么久挣的钱就打架这么一下全赔进去了。

“学校那边也给他停课处理了，他跑了好几次校长室，我也去说了情，最后他写了检讨保证书，学期末了才被允许去上学，结果被他伤了的那小子都还比他早上了一个多月的课。

“从那以后他就再也没跟人家动过手打过架，但是这事不是他想收手不惹别人，别人就不找他麻烦的，他那段时间经常挨打，没还过手，听说没吭过声，后来那群人出够气了，也觉得没劲，毕竟他又没有钱，光打他也没什么意思，这事才算了了。

“我现在想起来我去捞他的时候他跟在我后面说出那句话时的感觉我都觉得……”

李承接道：“可怜？”

胡柯壬说：“不是。”他皱皱眉头，像是找不到一个很好的形容词来形容那个脸上露出苍白笑容的林鹤，他最后说：“根本不像一个孩子，像一个大人。

“十四岁的少年，他伤的人在医院躺着，人家家长恨不得活撕了他，他被抓走没人去领他，出来被抽俩耳光，所有人都情绪激昂的场面，他自己看起来一点都不慌张，只是诚恳地赔礼道歉。”

胡柯壬继续说：“他不是你以为的那种年纪轻轻冲动、好胜、逞凶逞能的人，他这样的人如果真的这样混沌一生自我放弃其实最简单不过，但是他偏偏走出来了，说抽身就抽身——当一件事情他觉得不该去做的时候。他很聪明，理智又清醒，看事情透彻，很拼命地活，而且做什么都很出色。”

“你对他评价很高。”李承不再倚靠着墙面，他慢慢站直了，把烟尾巴丢进了垃圾桶。

“没办法，家里不成器的小子太多，看见个这么像样的难免忍不住。”胡柯壬拍了拍李承的肩膀，“半大小子那点事儿，你也能跟着瞎起劲。”

沈安晚上八点多从网吧出来，跟顾钦然一起去吃了晚饭。

分开回来的时候路过一家蛋糕店，沈安目光落在那商品橱窗上，里面的奶油水果蛋糕在灯光下散发出诱人的光泽，旁边还有提拉米苏蛋糕、巧克力奶油蛋糕……

这是沈安以前最常光顾的店，几乎每周要来消费一次，里面的蛋糕也比平常店里的要贵上一些。

沈安的手放在兜里，里面三块钱的硬币变得有些硌手。

突然身后响起一道熟悉却又令人生厌的声音。

“好巧，沈安。”

沈安骤然回神，耳根被这声音蜇了一下似的，连退了好几步。

李绪恩看见他这样没忍住用手搭了一下他的肩膀：“干吗这么紧张，大街上的，你害怕什么？”

沈安抬手就挥去他的胳膊：“你又想干吗！”他声音有些拔高了，目光警惕非常，看着李绪恩。

“想吃蛋糕？来，我给你买。”李绪恩看着沈安驻足的店。

“不用，一点儿也不想吃。”沈安转过身来就要走，甩瘟神一样。

李绪恩哪能轻易放他走，伸手拽住他：“别走啊，都说了给你买了，跑什么啊，就当是我给你赔礼道歉了。”

他手下使劲把沈安拽回来，脸上挂着意味不明的笑。

沈安烦得要死，觉得他根本不怀好意，伸手推他："说了不用，谁稀罕你赔礼道歉，你别烦我离我远点儿就行了。"

沈安说这番话李绪恩却也不恼，有些耐心非常了。

"我不过是想请你吃蛋糕而已。"

沈安先耐不住了："你到底想干吗？我还有事要走。"

"我想跟你重归于好来着。"李绪恩搜肠刮肚找出一个成语来表达自己的诚意。

沈安当即跳脚："我呸！谁跟你好过！"

李绪恩不理闻沈安那些叫骂他的话，拉着人就往蛋糕店里去。

林鹤这晚凌晨两点钟回来的，进来的时候开卫生间的门时身形不稳撞了一下门，发出了声响。

他今天被灌的酒确实有些多。

等他冲完澡出来，看见外面书桌上的灯竟然打开了，台灯下放着一个剩了一半的蛋糕。

沈安这时候睡眼惺忪地撑着身子起来，跟林鹤说："那是给你留的，快点吃吧，天气热，再放就要不能吃了。"

林鹤看着那蛋糕盒，看外包装就知道价值不菲。

"谁买的，你怎么有钱买这个？"

他声音很淡，沈安又困倦，翻了个身躺在地上闭着眼睛回答林鹤，仿佛随时都要再睡过去，他嘟囔着："李绪恩买的，谁知道他抽什么风，还给我道了歉，说这是赔偿我什么的……"

他这时候听到了清晰的脚步声，林鹤走到了他身边，一把把他从被窝里揪了起来："沈安！"他语气很重，夹杂着克制不住的怒意一样，"你为什么要收他的蛋糕！"

沈安被他叫得心里一激灵，睁开眼睛就看见林鹤那张阴沉的脸。

他的手按住沈安的肩头，有些用力，沈安被他抓得疼，身子止不住往后缩："怎么啦，我说了不要来着，他非要给我，我……"

“你怎么能这么不长记性，记吃不记打是不是！”林鹤看起来是真的很恼火。

“我没有……”沈安被他这副样子吓到，嘴唇直哆嗦，被抓疼了都不敢吭声了。

林鹤看起来并没有要善罢甘休的意思，他吸了一口气，像是在压住自己要失控一样的情绪。

他松开沈安，走到书桌旁边，把那半块儿蛋糕扔进垃圾桶里，蛋糕发出很响的一声，根本像是砸进去的。

“不吃就不吃了！发什么火啊！”沈安这时候也被吼得有些委屈。

林鹤砸完蛋糕，视线重新落到沈安身上，听见他这话，脸上勾出一个笑，眼里寒意更深，他说：“你也别睡了，过来抄古诗。”

“我不……”

沈安这个“不”字刚出来就被林鹤攥着胳膊从地上扯拽了起来，脚步踉跄着差点儿磕在地上，却又被林鹤拉着，一路到了书桌旁边。

“什么时候知道错了什么时候停。”林鹤站在旁边把笔拿过来塞到了沈安手里。

沈安终于受不了，眼里开始泛出水光，他觉得林鹤大有自己不听他的他就要当场把自己赶走的打算。

他攥着笔没动。

林鹤突然又出声：“写啊！”

他就站在沈安身后，沈安胸口剧烈起伏起来，泪就顺着脸颊淌下来，没忍住哭出声音。

他拿着笔，写得歪歪扭扭一行字，字都被泪水打湿了，更不成形状了。

按往常的这个时候林鹤就会退让，可不知为何今夜他的态度却异常冷硬，像是势必要给沈安这个不长记性的脑袋一次深刻的教训。

“憋住！不许哭！烦死了。”

沈安受不了了：“你怎么……这样！不就是一块儿蛋糕……我不吃

了……”他哭得上气不接下气。

“还顶嘴，不知道自己错在哪儿是不是。”林鹤一脚踢上沈安屁股下面的凳子，“不听话就站起来写，别坐着了！”

这一脚活像是踹在了沈安屁股上一样，沈安被吓得站起来，哭得更狠了。

“我说憋住！”林鹤被他哭得心烦意乱的，“什么都不会就只会哭是不是！”

沈安也不想让自己表现得这么软弱，他竭力忍住自己的哭声，但是最后再怎么努力还是会发出声音。

但是到底还是有些效果，他现在像是挨了一闷棍的开水壶，发出尖细的微弱声响。

沈安用力地抿着嘴，鼻腔里却控制不住发出微弱的悲鸣。

林鹤就没听过这么委屈的哭法，心浮气躁地坚持了十多分钟，在沈安身后问他：“知道错哪儿了吗？”

沈安泪水模糊了双眼，看不清字迹，站在那里又恼又怕，根本也不知道自己错在哪儿，心里就后悔好心给林鹤留了蛋糕，如果他一个人吃完，林鹤就什么也发现不了。

但是他此时又不敢不回应正在发火的林鹤，气息不稳地回答林鹤：“不该……不该吃蛋糕……唔。”他此时一张嘴，那哭腔就泄出来。

“不对！”林鹤冷酷无情地说道，“你要是想不出来，就站在这里写到天亮。”

沈安崩溃了，又哭着说：“不该吃李……李绪恩给的蛋糕……”他眼泪不要钱一样往书本上砸。

林鹤脸色稍缓，语气却依旧很冷：“不仅是他给的东西不许吃，以后也不要跟他讲话，不要跟他接触。”

他说完，沈安只埋着头淌眼泪。

他又语气很严厉地问了句：“听到了吗！”

“听到……听到了……”沈安手底下写的两首诗词，全都糊成一片，他又用手很小心翼翼盖住，怕林鹤发现再让他重写或者罚他写更多，滚烫的泪就开始砸到手上。

林鹤把笔抽走了：“去把脸洗干净，去睡觉。”

凌晨两三点钟被吵醒，正要再次进入梦乡，却又被揪起来抄古诗，又被教训，沈安委屈得要死，去卫生间收拾整理了好一会儿心情才算勉强平复下来。

结果从卫生间出来，眼还红着，他就看见自己地上的铺盖卷儿没了。

沈安当即大惊，以为林鹤丧心病狂到要让他半夜滚出这个门去。

林鹤这时候看见他出来，嘴里说道：“以后都睡床上。”

沈安一边问为什么，一边腿又不受控制地听了他的话，往床边走去。

因为他刚被教训过，还在生林鹤的气。

他都走到床边了，还站在那里跟林鹤讲：“我不想！”

“不想睡也得睡，要不然你就去睡在门外的院子里。”林鹤眼皮都不带抬一下的。

沈安气急了，觉得林鹤实在过分，又冲着林鹤喊：“你是不是想热死我！”

林鹤没耐心地把他拽上床：“对，就是要热死你。”

沈安在床的里侧，缩着生闷气。

他心里悲愤非常，觉得林鹤果然说到做到，说要把他热死就一点儿也不含糊。

沈安决定单方面和林鹤冷战，从早上到坐上林鹤的自行车去学校一句话也没有跟林鹤说，还闹绝食，连早饭也没有吃。

这样的冷战被林鹤很轻易地察觉了，他昨夜确实有些情绪冲动，但是沈安是很不记仇的人，他还以为睡过一夜之后沈安就会好了。

沈安当然没有好，眼肿得像桃子，又酸又胀。

他决定在眼睛好之前都不要原谅林鹤。

这样的赌气行为一直延续到下午，林鹤午休的时候消失了一段时间，等沈安趴在座位上补觉醒来在抽屉里掏下节课要上的课本时，手突然碰到了一个东西。

他察觉不对，好奇地拿出来，看见是个蛋糕，当即手腕泛酸，眼也胀疼，眼前浮现的全是写得歪歪扭扭又被晕染开的诗词句。

手一抖，蛋糕就要掉下来，被林鹤接住了。

林鹤看着沈安红肿的双眼，语气有点儿不自然地问他："怎么了？不喜欢这样的？"

沈安语气不好，问他："不是不让吃？"

"我买的就可以吃。"林鹤回答。

沈安觉得林鹤很"双标"，但是这不是他把自己半夜三更叫起来发脾气的理由，他眼神飘到那个精致的小蛋糕上，这应该是林鹤趁午休的时间跑出去买的。

"可是我觉得你昨天真的很过分。"他一点儿也不想轻易原谅林鹤，哪怕他现在举动看起来特别像是在道歉。

"我昨天……"林鹤话说到一半儿又止住，然后把蛋糕往沈安手旁边推了推，希望沈安收下它，"沈安，不要生气。"

沈安，不要生气。

听听这又冷又硬的语气，加上那面无表情的一张脸，跟领导下达命令似的。

沈安腹诽着林鹤的恶劣行为、示好的傲慢态度，最后微微扬起下巴尖，眼皮子往下一耷拉，别别扭扭地说了句："好的吧，你下次不要再这样了。"

沈安的冷战行为连一天都没有坚持到就被打破了。

临近期末，课堂上老师开始进行期末复习。

林鹤也很重视，他在期末考前的一个星期都没去打工了，专门用了两天时间给沈安做复习，给沈安押题出卷。

沈安那几天被折磨得差点儿吐血，要脱层皮似的。

期末考试最后一门结束的时候他走出来，看见林鹤竟然在校门口等他。

这会儿同学都在不同的考场，沈安左瞄右望，愣是瞅不见顾钦然的影子，也没觉得题比上次期中考难很多，他到现在还没交卷吗？

沈安这时候看见林鹤往这边看来，只能挪动脚步走了过去。

走到一半儿路过校门口的小商铺，他又转头看林鹤。

林鹤从对面树底下的阴凉地儿走过来，停在小商铺的冰柜前。

三十七八度的天气，热得人汗流浃背的，沈安趴在冰柜前，指着冰柜里面："要这个草莓牛奶的。"

店家给他拿出来，林鹤过去付了钱。

沈安撕开包装袋，拿起雪糕闻了一下，皱着眉，很嫌弃的表情："太甜了，不想吃了。"

他伸手把雪糕递给林鹤。

林鹤又理所应当地说他两句："下次不喜欢吃就别乱要。"

从校门口出来的顾钦然看见他俩，沈安嘴巴还在一张一合说这些什么，好像是不太服气林鹤说他。

果然走近了他就听见沈安在那里讲："那我不买怎么知道它不好吃啊！"

顾钦然叫了一声："沈安！"

沈安跟林鹤同时抬头把目光落到了他身上。

"你怎么到现在才出来，写这么慢。"沈安说道。

顾钦然愁眉苦脸："这次题好难啊，你没觉得吗？"

沈安看起来好像是回忆了一下："还行吧，不是跟上次差不多嘛。"他偏偏脑袋转向林鹤："我要跟顾钦然去玩。"

考完期末考，他们的高二生涯算是彻底结束了，暑假的时间不长，但也差不多有一个月。考完试，他们当然想要放松一下。

沈安难得委婉，跟林鹤讲不一起回家了。

林鹤脸上倒是没什么变化："带钥匙了吗？我回去得晚。"

"带了带了。"沈安嘟囔着。

林鹤也不再多说什么，视线飘到顾钦然那里稍一停顿。

顾钦然背后汗毛竖起，被林鹤那眼神盯得发毛，差点儿控制不住要往后退两步。

沈安却开始有些嫌林鹤婆妈了，他一点儿也不想让自己好兄弟发现自己现在处处要受林鹤的管。

"知道了！"他抬起脚步去催促顾钦然，"我们走吧，这里太热了。"

正当夏季，哪怕是五点钟的光景了，热度却没消减多少。

感觉被晒了一天的地面都在往上腾腾散着热气，沈安跟顾钦然并排走了。

风吹过林鹤刚才站着乘凉的那棵树，林鹤再次走过去，推起刚才放在这儿的自行车。

这么热的天，顾钦然跟沈安也不勾肩搭背走了。

"他们几个都在网吧等着了，我们打个车吧。"沈安看了一眼手机，觉得太热，根本不想走过去。

顾钦然这会儿看起来好像还在走神儿。

沈安又叫了他一声："小然子！"

顾钦然心里一激灵，然后看了沈安一眼，满脸的欲言又止。

"想什么呢？"沈安狐疑地看着他的表情，"有话就说。"

顾钦然迟疑了一会儿，然后说：“你怎么那样啊？”

沈安也变得有些别扭，不大高兴，感觉顾钦然是觉得自己出来玩还要跟林鹤申请一样。

明明大家都是同龄人，这显得多没面儿啊。

沈安踢了踢脚边的石子，也说：“他就是啊，管得可宽。”

那颗石子像是夹带着他的不满，被他用力踢得很远了。

“啊？我是想问，你为什么要那样？”顾钦然叹了口气。

“我哪样了？”沈安反问。

“就是你不想吃的东西为什么要给林鹤吃？”顾钦然终于问出口了。

沈安还没觉得哪里不对，特别理所当然：“那我要扔掉吗？可是他花钱买的会觉得我浪费，又会说我。”说完还有点闷闷不乐的意思。

顾钦然有些惊讶地看着沈安，他不知道沈安竟然是这样想的：“那你不喜欢吃，他就喜欢吃吗？”

沈安听罢眼睫颤动一下，发着呆。

是啊，他怎么把自己不喜欢吃的就随手丢给林鹤处理，就像小时候他不爱吃三明治，就把自己喜欢吃的火腿吃掉，剩下的自己不喜欢的给林鹤。

顾钦然声音低了些：“我觉得你这样不太对。”

这样当然不太对，沈安从来不跟自己的这帮朋友这样。

这好像是很过分的一件事，但是为什么林鹤又每次都接住？

不对，小时候林鹤发现了之后是生气了的。

沈安最后有些低落地承认：“好吧，这好像是有些不好，但是他没说不喜欢，兴许他爱吃？”

沈安有些自欺欺人地问了句，旋即又沉默下来。

林鹤就算是爱吃，他也不应该每次都要收拾沈安不吃的。

“好了好了，我知道了。”沈安脚下没有石子可以踢了，有些虚张声势地问顾钦然，“你怎么回事啊，你到底是他的朋友还是我的朋友。”

“不说了行了吧，叫的车到了，咱们去对面。”顾钦然也不想在这时候真的惹沈安不开心，而且沈安看起来应该也是意识到了不对的样子。

他总是嘴上逞能，但也不是那种十分不识好歹的人。

他们到网吧的时候，刘绅和王梓清已经在那里打着游戏了。

顾钦然看他们已经全然进入状态的样子，于是问：“你们怎么来得这么早，试卷写这么快？！”

刘绅看见他们之后拿下耳麦，咧嘴一笑：“后面大题都没写，都不会，当然写得快，最后一门我二十分钟就出来了。”

沈安那边已经选好了机子，催促着顾钦然：“赶紧啊你，怎么来了网吧你还聊考试呢，打游戏也不专心。”

顾钦然闭嘴不再说了，去网管那里开了两台相邻的电脑。

进网吧前路上那一点儿小小的插曲、闹出的不愉快，在打完游戏后彻底烟消云散。

几个人去吃了火锅，沈安脸热得红扑扑的。

他有些吃不得辣，看顾钦然吃得香又控制不住想尝试，夹了辣锅里的两块儿肉吃了之后被辣得龇牙咧嘴的。

隔着半个大厅的李绪恩就眼尖地看见了沈安被辣得龇牙咧嘴的样子。

沈安把饮料放下，觉得嘴里那股辣味稍微压下去了点。

李绪恩这时候没按捺住，去前面拿了一瓶果汁，然后走向了他们那桌。

李绪恩把果汁放到了沈安面前。

发现是他，沈安当即眉头皱起来，不满得要命。

李绪恩过来，刘绅和王梓清也都十分惊讶，他们对此人的印象还停留在沈安的那次宴会，李绪恩被他爹揪着来道歉，弄得原本玩闹着的大家都挺尴尬的。

李绪恩开始很自来熟地跟他们几个打招呼："这么巧，你们也来吃火锅？"

顾钦然他们几个笑笑，也没想弄得太不好看，最主要是拿不准这人过来什么意思，按理说他跟沈安这么合不来，该装作没看见他们才对，毕竟大家真没这么熟。

不过好歹大家是一个学校同年级的……

"是啊，挺巧的，这不是刚期末考完嘛……"顾钦然接着话茬儿，然后他就被沈安从桌子底下踹了一脚。

顾钦然表情一变，然后就看见沈安疯狂冲他使眼神示意，眉头皱得紧紧的，看起来是十分厌烦李绪恩的样子。顾钦然被踹了一脚，表情扭曲了一瞬，想起来李绪恩跟沈安的过节，赶紧把脸上的表情换成和沈安一样的。

没想到这人竟然是来和沈安示好的。

李绪恩笑着说："沈安，请你喝果汁，不能吃辣就别吃。"他又很客气地说，"咱们这桌我结过账了，当我请大家吃饭，以前有些事是我做得不对，咱们怎么说都在一个学校，都是同学是不是？"

这事儿整的，搞得好像很真心实意似的。

刘绅一听他把账都结了，话也说这么好听，当即说道："哎，哪儿的话……"

话音刚落，他也挨了一脚。

刘绅闷哼一声，抬头看沈安一眼，看沈安那样，也不接话了。

李绪恩跟没发现这场面多尴尬似的，还跟沈安套近乎，把桌上的果汁拧开就要往沈安杯子里倒。

"椰果汁，不知道你喜不喜欢。"他这么说。

沈安却十分不给面子地把杯子移开，要不是李绪恩反应快，果汁差点儿洒出来。

“不喜欢？”李绪恩当没发生一样。

“好吧，那我再去换一个。”他继续说道。

他望着沈安说：“那你喜欢什么样的？”

这桌突然安静下来，沈安不回答李绪恩的问题。

他锲而不舍又叫：“沈安，怎么不讲话？”

沈安烦得不行，这人苍蝇一样，影响他们吃火锅，看见他就又会想起他半夜被林鹤罚抄古诗的场景，还有林鹤逼他认错时说的话。

“沈安？”李绪恩又重复叫了一声。

“我不跟你说话！”他被叫得不耐烦，愤愤说道。

李绪恩看他的表情，故意逗他一样：“那你这不是说了嘛。”

“你……”沈安被他惹到，又差点儿被他激出话来，但好在最后忍住了，闭上了嘴，摆出一副不愿搭理他的模样。

就在这个时候李绪恩的手机突然响了，他掏出来手机看了一眼，面色一变，往外走着接电话。

沈安摆脱了他的苍蝇行为，然后也变得没什么胃口了。

吃过饭之后刘绅他们说要去网吧玩玩，沈安嫌吵，不怎么愿意去。

顾钦然则是被他爹打了一个电话催着回去，说是给他暑假找了家庭教师，让他争取好好实现“假期超越”，趁着放假恶补一番，要他回去跟老师先碰个面，人家要了解一下他的成绩。

沈安没事可做，又不想那么早回去，那小破屋，什么都没有。

顾钦然看他兴致缺缺的样子，问他：“你要不要来我家住几天？”

去顾钦然家住？沈安抬头看他一眼，这么热的天气，顾钦然家里肯定二十四小时空调不断。

“也行，林鹤家里那小破风扇，一点儿也不凉快，我夜里总是热得睡不好。”

顾钦然又加把劲说：“还有游戏机呢，刚买了新游戏，正好咱俩试试。”

沈安刚要答应说好，又想起来林鹤，嘴角又一耷拉：“算了，班长晚上回来还要查我的作业呢。”

“这不是刚放假吗？！”

“哎呀，一天都不能少，他简直比咱们班主任还苛刻！”

“那休息两天又怎么了，住两天再回去，假期还长啊，你到时候补回去不行吗？”顾钦然看起来是真的很想让沈安去他家里玩两天。

“好吧，那我跟他说一声。”沈安最后也是经不住诱惑，伸手去兜里摸手机，等把手机摸出来打开，突然动作一顿。

他有几分茫然地望着顾钦然：“我好像不知道他的手机号。”

顾钦然不敢相信：“你都在他家快住了一学期了，连他的联系方式都没有吗！”

“真的。”沈安也慢慢蹙起眉头，“他好像……他好像没有手机，我怎么没见过他跟谁联系过呢。”

“先走吧，我帮你在群里要班长的联系方式，然后我们到家再说。”顾钦然拽着沈安就要走。

沈安却挣开了，有点儿难为情的样子：“不行……”他显然也是经历了一番思想挣扎，然后摆摆手：“算了算了，你先走吧，改天再说。”

顾钦然有些诧异，他隐隐觉得沈安跟以前不太一样了，而且好像对林鹤也很不一般，像是……像是有些怕他。

但是明明表面看起来林鹤对沈安是不错的。

顾钦然也觉得矛盾，从最开始就是，林鹤对沈安伸出援手的行为和他对林鹤的惯常印象相悖。

他们班班长一直都很冷漠不近人情，精明、理智，利己主义者。

收留沈安这事，对于林鹤而言，绝无半点儿好处。

他猛地一下抓住沈安的胳膊，拽住正要转身走的沈安。

沈安扭头问他：“又怎么了？”

顾钦然说道："如果林鹤对你不好，就跟我说。"

说到这儿，沈安就有话要说了，他转过身来，拉着顾钦然大吐苦水。

"你都没法想象！他简直神经病控制狂！你见过哪个正常人要把人凌晨两点钟从被窝里揪出来站着抄古诗的！"

"就因为我吃了一个蛋糕给他留了一半！"沈安越说越是愤恨，"三天抽查一次单词，两天考一套模拟卷，全是他自己出题，你知道有多难吗，还罚抄写，我手腕都要断了！"他把自己的两只手对在一起让顾钦然看，悲从中来："你看看，我这两只手形状是不是都不太一样了？"

顾钦然："……"

沈安最后还是回了林鹤那里，在卫生间里冲凉的时候看见林鹤的换掉的脏衣服在洗手池旁，他顺手一拿，想要扔进大盆里。

结果靠近了一拿，就闻到了一股儿烟酒味，很浓。

就在这时，林鹤兜里的一盒东西掉了出来，沈安伸手去捡，拿起来看见是盒烟。

但是他从来没有见过林鹤吸烟。或许是别人给他的？

他每日这么早出晚归，也不知道忙什么。

这么仔细一想，他虽然住在林鹤这里，却对林鹤一无所知。

但是林鹤却用足够量的学习计划表框住了沈安的时间与生活。

沈安把林鹤的脏衣服泡进盆里，有了上次洗衣服的教训，没敢再轻举妄动。

深夜林鹤回来时，沈安没睡得很沉，热得睡不好，翻来覆去，烙饼一样的，小动作一堆。

"乱动什么？"林鹤问他。

"有蚊子进来了，咬我好几口了。"沈安在被咬的腿上抓了两下，痒得不行。

“哪有蚊子？”

“真的有，怎么光咬我不咬你啊！”沈安感觉腿上被叮好几个包了，“你住的时间长，这块儿的蚊子都认识你了吧。”

他很有精神，开始说些废话了。

林鹤却是累了一晚上，这会儿闭上眼，疲惫感袭来，甚至能盖过炎热的躁意。

他闭着眼睛应付着沈安的话：“是的，都是老相识。”

“你让它们来咬我的？”

“沈安，你不困可以起来学习。”

沈安消停了好一会儿，闭上眼睛也想强迫自己入睡。

过了十来分钟，又凑过去跟林鹤说话：“班长，你的手机号是多少？我怎么还没有你的联系方式？”

林鹤原本都快睡着了，又被他吵到。

“我没有手机。”

“那你平时怎么和别人联系啊？”沈安吃惊。

这次林鹤沉默了许久，沈安都以为他已经睡过去了，结果还是听到了林鹤声音微低的回答：“没有人要和我联系。”

“我和你联系啊！”沈安直接说道。

“买个手机吧。”沈安精神抖擞，跟林鹤继续讲话，“以后有什么事也方便讲。”

又停了会儿，林鹤才“嗯”了一声，像是答应了。

这对话跟信号不好的无线电报似的，亏得沈安还能聊得下去。

“我跟你说我原本今天准备去顾钦然家里住的，这儿也太热了，我根本睡不着，身上还痒。”沈安讲起原因，“本来想和你说一声就不回来了，结果你竟然真的没手机。”

林鹤不再搭理他了。

沈安无知无觉地继续道：“我们要不买个空调吧？”

“不好，没有多余的钱。”林鹤突然睁开了眼睛，看起来似乎有些不悦，“也不要随便去别人家里住。”

沈安都不知道自己怎么会在这么昏暗的环境里观察到林鹤的不高兴的，身上也确实又痒又热，十分难受，听林鹤态度不好的拒绝也有些来火：“意思就是不想让我好过呗，这也不许那也不让，就把我热死，让蚊子咬死我算了！”

林鹤这会儿又闭上了眼睛：“是的，算了。”

听起来他根本就没在听沈安说什么，就在那儿顺着他的话附和。

第五章

林鹤买了新手机，是店里最便宜的款式，还办了一张新的手机卡。

早上走的时候沈安还没有睡醒，他把手机号写在一张纸条上，放在了书桌上。

沈安起来学习的时候就应该会看到。

胡珂壬来店里的时候店里还没怎么来客人。

六七点钟的时候，酒保还在那里擦着桌台。

胡柯壬远远地就看见林鹤手里在摆弄着什么，走近了才看见是个手机。

“哟，终于舍得买手机了？”胡柯壬笑道，“以前说送你一个我不用的你都不要，这会儿怎么想着自己买了？”

正在这个时候，林鹤一天没响一下的手机才终于响了一下。

是一条短信。

信息内容是一个颜文字表情。

林鹤眼睛眨了一下，胡柯壬凑过来看：“谁啊？”

他“啪”地一下拍在林鹤肩膀上：“我就说你小子最近怎么回事，

跟魔怔了似的。”

林鹤没理他，盯着屏幕看了半晌儿，研究要回复什么。

胡珂壬点了烟，叼在嘴里，又夹在指间，抖落火星与烟灰。

这时候他发现他来之前林鹤正在吧台的桌前写着什么，面前有一个摊开的破旧笔记本。

笔记本上面记录着每一笔开销。

从吃饭到买衣服、水果、吃食，外加上一些书本资料费用……

上面时间日期记录得都很详尽。

胡珂壬心里骤然一咯噔，又看林鹤还在那里端详着手机里那条根本一个字都没有的短信。

这可别不是被骗了吧。

“你这朋友衣食住行都要花你的钱？”胡珂壬脸色变得不大好，“什么意思，你什么情况？！”

“我说你这最近打工怎么跟疯了似的，你可别掉进陷阱……”胡珂壬就不明白，为什么林鹤这种穷得全校尽人皆知的人都能有人贴上来吸血。

林鹤听见他说话，低头一看，又把手底下的账本合上了，看了胡珂壬一眼，还怪不高兴胡珂壬看他隐私似的。

在暑假某个平凡的周末，沈安从顾钦然家玩了回来，看见林鹤竟然在外面，一个人骑着一辆三轮车拉着个旧空调。

沈安赶紧凑过去问：“班长，这是什么？”

林鹤把东西从三轮车上搬下来：“空调。”

“不是没钱吗？”

“买的二手的。”

林鹤在附近的二手电器回收厂挑拣回来的，他以前在那儿打过一段时间的零工，老板看见是他买给便宜了很多，还把三轮车也借给他。

沈安看他把空调往屋里抬，问他：“没人来帮我们装吗？”

“请人要手工费，我自己先试试，应该可以。”林鹤去使唤沈安，“把床底下的工具箱拉出来。”

“怎么什么都会啊！空调也会装！”在沈安眼里，这又是一件他完全接触不到、也不可能会的事。

林鹤一个人费了个把小时才算把空调装好，弄得一身脏兮兮的，衣服上也沾着油污灰尘。

哪怕他每天都洗衣服，但从他生命的某个阶段起，他身上的衣服便开始很容易就弄脏了。

林鹤累得一身汗，坐在凳子上喘口气。

沈安这时候看着装好的空调难掩兴奋，原本在以前的生活里很微不足道的空调在经历了没有空调的夏天之后，在沈安眼里空调的身影变得格外珍贵。

“班长，喝水。”沈安欣喜雀跃非常，难得体贴地倒了一杯凉水递给林鹤。

“我们要不先开开试试？”沈安拿着遥控器乱晃。

空调的外机开始嗡嗡作响，在八月的中旬，林鹤他们家也终于成了为老城区夏季断电跳闸而努力的一员。

与此同时在这个假期的末尾，老城区林鹤家附近这一片的小胡同迎来了要拆迁的消息。

林鹤还不知道，但林鹤二伯却是最爱看新闻的，从市电视台看到这一则有关拆迁规划的消息后，几乎是当即从沙发上一跃而起。

正在桌面上择菜的刘淑琴把放着择好菜的盆都打翻了。

不锈钢盆掉到地上，发出一阵噪声，关在屋里的林濠喊了一声：“吵死了！小声一点！”他最近因成绩下降听了他妈不少啰唆，现在只要他在屋里学习的时候便不能忍受别人发出一点儿声音。

“我说什么来着？！说你目光短浅你说说错了没？当初我就说连带

着房子要过来，反正他也是住咱们这儿，破房子空着也是空着，你说那破茅屋似的地方有什么好要的，给你你都不要。”刘淑琴用刚跟自己几个姐妹做的石榴红色镶嵌着小钻的指甲，用力戳着林明哲的胸口：“现在好了吧，拆迁了，你知道他那破房子要补偿多少拆迁款吗？！”

“是你一辈子都挣不到的数！”刘淑琴越说越是气不过，活像是谁生生挖走了她一大块儿肉：“都怪你个没出息的，当时不听我的。”

林明哲也没料到会有如今这一幕，争辩着说：“那我怎么会知道那里会拆啊，况且当时是你说先要钱要紧，要买学区房啊，这会儿全都赖我头上？”

“我赖你头上？我嫁给你们老林家，辛辛苦苦这么多年，我得到什么了？你们爹就那么一点儿东西，竟然还留给他那孙子，就林鹤是他孙子，林濠就不是你们老林家的种了？”

“老爷子偏心！我还不能争了？哪来的道理？”刘淑琴提及此就暗恨。

“咱爹那不是看林鹤一个孩子孤苦无依，怪可怜嘛。”

“他可怜，谁来可怜可怜我啊，每个月就你那点儿工资，咱们一家在这儿生活，供着小濠上学，买菜吃穿，你自己看看我那首饰，都是十年前的款式了，跟我那老同学聚会我都不好意思戴。”

林明哲安抚着眼眶已经有些湿了的刘淑琴：“好了好了，我知道你受苦了，为这个家付出了不少。”

接着，他挺着肚子靠在沙发上，说道：“现在只是通知刚下来，要拆迁还得等好久呢，林鹤不是那种不懂事的人，二伯家有难处他理解的，怎么说也在我们家生活了这么多年，就是我们家的小孩儿嘛，逢年过节的他没处去，可不是得到咱这儿来，这儿就是他的家，既然我们都是一家人，他到时候就算得了钱，也不会自己全都拿了的。”

他最擅长说这种好听的场面话，说完这些又去说刘淑琴：“唉，你也是，我说让你平时多关心关心照顾照顾他，你倒好，他来帮小濠补习，你连顿饭都不让他留下吃。”

“我在乎的是那顿饭嘛！”刘淑琴刚要反驳，最后也不得不先认清现在的状况，咽下去那些气话，转而眼珠子一转，说道，“要不然还让他来咱们家住？”

“不过那林鹤瞧着就是个有主意的，上次走了之后就没来给小濠补过习，应该是心里有气，小濠跟他关系近一些，你让小濠叫他周末来家里吃饭，或者让小濠先去找他说说话。”

林明哲又开始了他那副语气：“我就说嘛，当初我就不同意让他搬出去，他一个小孩，自己一个人去住，能吃好住好吗？现在学习这么紧张。”

“那儿不是有箱牛奶吗，让林濠周末拎着去看看他哥去，死孩子成绩现在下来这么多，让他拿着作业去。”刘淑琴这么安排好了，心里才算是踏实了点。

她总觉得林鹤这样的年纪，无依无靠的，虽说性子凉薄了些，但是住在他们家的时候不也是让干吗就干吗，该是好拿捏的。

暑假的前一天晚上，林鹤没有外出了。

用半个下午的时间把沈安的试卷整理了一下，然后带沈安出去吃饭。

两个人去附近的小餐馆，给沈安要了两个菜。

沈安吃得嘴上油乎乎的：“班长，发工资啦？”

“嗯。”他把一块烧排骨夹给沈安，抬起低垂的眼睫：“明天开始就高三了，会很辛苦。”

“我期末考试进步好多啊，你没看到吗？”

“嗯，希望你继续进步。”林鹤往嘴里递一筷子米饭，语气不咸不淡的。

沈安觉得被敷衍了，人与人之间没法共情，林鹤这种常年稳居第一的人是没有办法体会他这样进步的喜悦的。

两人吃完饭，骑车回去。

晚风还带着微微的闷热气息，天空只能看到零星几颗星星。

林鹤好像这一个暑假瘦了很多。

晚上的时候林鹤从抽屉里拿出一沓子现金，很厚的一摞，递给沈安。

沈安手颤抖着，反复打量林鹤的神色，不敢去接："不会是要我走吧……"

林鹤狐疑地看着他："去哪儿？要饭？"

他拉起来沈安的手，把钱给他："这是这学期的学费，你放书包里去，别弄丢了。"

"那你的呢……"沈安眼睛望着他，难得一见地思虑过多，"你还有钱吗？"

"我免学费上的。"

话音刚落，坚挺了这么久的电力在此刻突然罢工了。

房间里突然一片黑暗。

沈安心说，该不会是今天不用再学习了吧，嘴角刚刚翘起来，林鹤突然对着窗外望了一眼："只有我们这里停电了。"

他说道："不对，是灯坏了，你听，空调还好好的。"

林鹤去把电闸扳下来，拿着扶梯去修电灯泡。

沈安臊眉耷眼地在凳子上捧着脸等他修好灯。

等林鹤把灯修好，沈安坐在下面写字，过了一会儿，突然想起来什么似的，猛地抬头，去拿书架上的顾钦然送的会变形的灯。

他用手拍拍上面的灰，然后递给林鹤："班长，这个灯你能修修吗？"

林鹤看都没看一眼，手里批着沈安写的卷子："修不好，排队抢了好几天的外国货我不会修。"

不会修就不会修，阴阳怪气个什么劲。

沈安又把那小灯丢回了书架上。

高三开始的第一周，班级里的气氛就已经截然不同了。

下课时往外跑的少了，很多人都是在补觉或者刷题目。

饶是对学习氛围一直熟视无睹的沈安这时也感受到了不小的压力。

他们这个时候所有的知识点都已经学完，都在复习，而沈安以前高一的时候基础很薄弱，正好趁这个时候重新学了一遍。

他们现在变成了每周一小考，每月一大考。

每次沈安题目错得多一点，发下来试卷就不敢让林鹤看，总是藏着掖着的，结果最后还是免不了被林鹤翻找出来，挨上两三句冷言冷语，再去改错题。

这天的中午，沈安从食堂吃完饭回来，趴在桌子上正想休息一会儿，突然从班级后门探出来一个脑袋，竟然是刘绅。他像是有些难为情，看着正皱眉盯着他的沈安欲言又止，叫了两声沈安的名字，愣是没说出话来。

“干吗呀？”沈安从座位上起身，以为刘绅是不好意思进他们班，他抬腿往外走去。

结果出来一看，顾钦然连带着王梓清都在教室的走廊外呢。九月份的天气，暑气未消，亏得他们这几个人挤作一团，也不嫌热得慌。

“你们干吗，神神秘秘的，大中午在这扎堆干什么，不晒啊。”沈安站到走廊这里，刺目的阳光直射进来，一股热意扑面袭来。

刘绅跟王梓清也就算了，这顾钦然在自己班门口也做这么副扭捏相，几个人你看看我，我看看你，胳膊肘碰胳膊肘，“你说啊……”“你先说……”“不是你……你先提的吗……”

“啧，你们几个怎么回事，再磨叽我进教室了，热得不行。”沈安语气里已经有几分不耐。

最后刘绅跟王梓清伸手把顾钦然往前推：“他说他说，他有事相求。”

顾钦然也老大不自在的样子，最后一咬牙，说出口：“就是……就是咱们班长不是给你出过一些押题卷吗，我们能不能看看呀？还有那个物理和化学笔记……”

“小然子！你在这儿胡说八道什么呢！”沈安立马就喊道，“我跟……我跟班长关系没多好……”

刘绅倒是嘴快：“可是我明明见过你俩那次走一块儿，你还帮他抱着书来着……”

沈安攥紧了手，立马反驳：“你看错了！看错了！”

王梓清也紧跟着说：“我上次还看见过你跟他去吃炒面，我当时还想跟你打个招呼的，结果你当时脸色不太好，好像在跟他生气，我都没好意思叫你……”

“……”沈安气息逐渐不稳，怀疑的目光盯向顾钦然。

顾钦然连连摆手：“我根本没告诉他们你跟班长关系好……都是他们自己发现的。”

沈安再次气得说不出话来，结果班里的同学陆续回来，学委路过他们，看见沈安在那儿站着，突然问了句：“沈安，林鹤呢？”

“咱们班主任找他，你一会儿告诉他去办公室。”她把手里的一个信封交给沈安，“这是林鹤上次获奖的奖品，你给他吧。”

信封被塞进怀里，沈安半晌儿没反应过来，眨了眨眼，欲盖弥彰地嚷嚷道：“给我干什么啊，班主任这不是让你给他吗？我也没见着他！”

学委停下脚步，狐疑地望着这般反应的沈安：“你们不是关系好吗？”

沈安被彻底噎住，梗着脖子戳那儿半晌。

最后等学委人走远了，人进了教室了，沈安才蔫蔫地又问刘绅他们：“你们……你们什么时候看见的啊……”

“哎，那得有半学期了吧……”刘绅摸摸脑袋，笑嘻嘻说道。

话音刚落他就被王梓清碰了一下胳膊，反应过来又看了一下沈安的表情，才回过味来。

沈安热得红扑扑的脸呈现出一种虚弱挫败感。

那他每天在那校门口自以为多隐秘似的多走那一段路，早上来的时候又故意让林鹤在前一个路口把他放下，坚持了这么久，多走的那些路，到底是在干吗啊！

眼看着沈安就失魂落魄要往班里走，几个人目的没达成又纷纷手忙脚乱去挽留他，七嘴八舌安慰道：“虽然你们班林鹤是性格古怪了些，但是你跟他玩，好处也不少啊……”

“就是……就是，听说他以前人可自私了，人家问题他根本不搭理，也不外借笔记……”

“他向你收费没？好朋友会不会打个折啊……”

“我们一点儿也不会因为你跟一个穷疯了的怪人玩，对你跟以前不一样……”

“人之常情，在第一名的光照下低一点儿头这没什么……”

沈安脚步虚浮地走到教室里，又看见学委，走到她的位置上的时候脚步一停，鬼使神差地问了句：“你怎么知道我跟班长关系好啊？”

“啊？不是咱们班都知道吗……”

沈安这次话都没听完，捂着耳朵跑回了座位上。

这天林鹤骑着自行车载着沈安。

沈安垂着脑袋坐在后面，跟霜打的茄子似的。他心里想着，这样下去很快就会有人发现他跟林鹤顺路，不是顺一小段路，是直接回同一个家。

再然后就会发现，他每天中午刷的饭卡都是林鹤的……

再之后就会有人知道花着穷光蛋的钱的沈安，是比林鹤还要悲惨的货真价实的穷光蛋。

“怎么了？”林鹤像是发现了他低落的情绪。

沈安声音闷闷地：“大家……大家都发现咱俩是好朋友了……”

林鹤顿了一下，正好自行车的车轱辘碾过一个坑，自行车上的两人同时颠簸了一下。

“那真是可惜。”林鹤语气淡淡地说道。

这话听得沈安又不乐意了：“什么意思啊！跟我做好朋友觉得丢脸？”原来林鹤也跟他一样不想叫旁人知道他们关系近吗？

林鹤倒是没他音量高，还是那副波澜不惊的样子：“难道不是你一直觉得跟我走一起丢脸吗？上次你和你朋友走在一起，看见我，就装作不认识。”

沈安瞪着眼，却说不出什么辩驳的话来。因为这本来就是事实，可是他虽然好面子了点，心里也是觉得他跟林鹤是好朋友的，这并不能改变什么，但是林鹤又不是那种在意别人目光的人，为什么也不愿意叫人家知道？

就在沈安沉默的时候，林鹤却又在继续说了：“不过没关系，我本来也不想和你做什么好朋友。”

沈安气急败坏的声音又从身后传来：“谁稀罕跟你做好朋友似的！”

周末，林濠拎着牛奶七拐八绕地找到林鹤的家。

站在门口愣是没敢进，探头探脑的，总觉得这是间危房，随时都会塌。

房顶上有一块儿还用砖压着一张红蓝相间的塑料布，想必那里漏过雨。

他走进院子里，院子里还晾晒着几件衣服，看起来颜色很鲜艳，不太像是他堂哥的风格，他哥一直穿得很素也很陈旧，只是盖不住脸长得俊，身段好，看起来也同样身姿挺拔，气质不俗。

他有点踌躇地迈步往里进，脚步有点儿沉重，主要他跟林鹤平时交流得也少，看起来相处的时间不短，但是林鹤对他一直冷冰冰的。

这从上次林鹤从他家走，到现在快小半年了，两人没联系过，真不知道见面要怎么说话。

结果就在他脑子里七想八想纠结成一团糨糊的时候，脚已经走到了林鹤屋门口。

他先是礼貌地叫了一声："哥？"然后还敲了两下门。

"谁啊？"里面传来了一个陌生的声音，声音很是清越，听起来也是年龄不大的少年。

门没有从里面锁上，林濠直接推开了门。

两人一打上照面，纷纷目光警惕地打量着对方。

"你是谁？"

"你是谁？"

两个人同时问。

林濠显然是更理直气壮一些，于是他先答道："我是林鹤的弟弟，来看看他。"

沈安目光落到了林濠手上提着的牛奶上，语气慢慢柔和下来，透着股心虚劲儿："我是他同学。"他在林鹤这儿住这么长时间根本没听说过他有什么亲戚，而且他自己也说没人跟他联系的，这会儿怎么冒出来一个弟弟。

"同学？"林濠惊讶，他印象里林鹤那样的性子，该是没什么朋友才对，跟自己家人都处不好，难道跟人家就能处好关系？

他又看着沈安脚上趿着的拖鞋，身上穿着的半旧衬衫，好像是他哥以前穿过的。

不是林濠记性好，而是林鹤衣服根本就那几件，来回穿，林濠这才有印象。

林濠心里越发不可置信，望着沈安：“你不会住在我哥这儿吧？”

沈安看着林鹤弟弟这表情，也莫名窘迫：“哎，没有没有，我就是周末来他这儿，他成绩好，我来问问题来着。”

“那你怎么躺在床上？”林濠觉得他哥这同学很不礼貌，在主人家还不在的时候，在这儿肆意得跟在自己家一样。

半歪着身子倚在床头拿着书本的沈安，不自在地坐直了身子：“我刚才背书太累了，躺一会儿。”

林濠站了这会儿才觉出累，把牛奶往地上一放，然后把背上背的书包拿下来，然后坐在了凳子上，偏头问沈安：“我哥去哪儿了？什么时候回来？”

“天黑才回呢。”更确切点说是凌晨才回来，沈安看着林濠，打量着林鹤这堂弟，他看起来跟林鹤长相上没有一点儿相似，再仔细看看，似乎眉毛有点相像。

“你找你哥有事？”沈安好心问道，“或许等他回来我可以帮你告诉他，他会回来很晚，你要坐在这里等他？”

林濠抱着书包，林鹤这屋狭窄得紧，感觉东西都放不开。

“我也是找他来讲题。”林濠有点儿不信沈安的话，觉得这小同学可能是想把他赶走，让他哥只给他自己讲题。

“我就在这里等他回来。”林濠语气坚定。

沈安看他这样也不好多说什么，复又把书盖在脸上，半躺在了床头，声音有些发闷地传来：“行，你等吧。”

等了两个小时之后林濠就坐不住了。

他跟正趴在书桌上拧着眉，多苦大仇深地奋力抄写单词的沈安说道：“喂，我先走了，等晚上天黑的时候我再来。”

沈安抬起头，怕他晚上来又白跑一趟，告诉他说：“他得到很晚很晚很晚才回来。”沈安忍不住说：“而且他可能没有什么时间再给你讲题。”

林濠起身，跺了跺在矮凳上坐得发麻的脚，看了看沈安那张白嫩的脸，他哥这小同学长得倒挺好看的，就是不太会讲话。

他哥有没有时间怎么轮到这人来告诉他了？

不过林濠又转念一想，会不会是林鹤早就安排过，上次生气气还没消，没少跟他同学抱怨自己二伯一家？

可是他哥看起来明明不是那种会抱怨旁人的人，林濠叹了口气不再想了，不知道他回去之后告诉他妈根本没见着林鹤的人，他妈会不会又骂他。

就在林濠拖着脚步要走的时候，林鹤推门进来了，手里还拎了一兜提子。

林鹤看见林濠在这儿，显然也是有一丝惊讶，他走进来，看见了地上那箱牛奶，又看了沈安一眼。

沈安这时候站起来说道：“你弟弟来看你，还给你买了牛奶。你今天这么早回来？一会儿还出去吗？”

“不出去了，店面装修，要下个月才去。”林鹤回答道。

林濠看着两人又这么一问一答的，感觉好像哪里有些别扭，林鹤这样性情凉薄的人该人缘很差才对。

他那同学又去卫生间哗啦啦开着水龙头洗提子了，细听好像还在哼着什么调。

林鹤这时候目光才落到林濠身上：“怎么了，有事找我？”

林濠赶紧把书包拉开，把习题本还有试卷掏了出来：“哎，我来找你补课呢，正好你这打工的地方店面装修，该有时间了吧。”

结果没想到林鹤却开口拒绝了：“我没时间，高三了。”

他走到桌旁，顺手理了一下沈安今天摆弄得乱七八糟的桌面，书本里还乱夹着试卷、默写的单词之类的。

林濠愣了一下，像是没想到林鹤会拒绝，这是不常有的事，于是他搬出他妈：“我妈说让你给我讲讲，我这段时间成绩下滑了，她说再退步就要狠狠揍我。”

林鹤倒是很无所谓的模样，垂着眼皮：“二婶不是经常这样说吗，反正也没真的揍过你。”

“可是她骂啊，骂得我头都要炸了！”林濠以为林鹤还在怄气，走过去拿着书本到书桌前：“哥，别气了，我妈说了以后你周末去我们家吃饭，给我补完课就住下就行，你以前的房间都给你重新收拾好了。”

“哦？收拾好了？那你们家那么多杂物要放哪儿啊？”林鹤又问。

林濠还没察觉出什么，继续说：“放阳台了。”

沈安这时候洗完提子出来了，圆润的果实躺在盆里，身上沾着水珠，他拿起来塞进嘴里一颗，然后“呸”了一声，把皮吐进垃圾桶。

“要人家住杂物间还在这儿说呢，要我都不好意思提，多稀罕似的！”

“我跟我哥说话关你什么事啊！”林濠的表情一下子变得很难看，说完之后又去瞅瞅林鹤的脸色。他其实没觉得有什么不对，因为他妈刘淑琴说了，林鹤借住在他家里，不掏一分生活费，而他们家学区房可是花了大价钱买的，就算让林鹤住在一个小隔间里也应该是莫大的恩惠了。毕竟他们家那房子要比爷爷家那危房似的小屋不知道强了多少倍，而且林鹤在他们家怎么也算吃穿不愁吧，也算有了个遮风避雨的地方，不像这老房子，房顶还要盖塑料布，不知道下雨漏过多少次。

沈安好像是对这种胡搅蛮缠打嘴仗的话头特别来劲，伸着脖子在那儿说：“我还没跟你说话呢！你接我的话干吗，我就听那叫人家补课还让住杂物室的人说的话，感觉特别羞愧！羞愧你懂吗！”

“你说谁呢你！”林濠气得跳脚，往前走了两步被林鹤拦住了。

林鹤拦住他，又看沈安还张张嘴想继续说，眼神饱含警告意味地看了他一眼，然后又说：“我一会儿查题。”

沈安一口气憋回去，看着还剩下半面空白的试卷。

林鹤又对林濠说道：“天黑了，要没什么事你就先回去吧。”

林濠脸色很不自然，但是看林鹤没有什么要生气的意思，又说道：“可是……可是我的作业不会写，还有题目没问呢。”

林鹤不为所动，又说了一遍：“我没时间，二婶问你你就这样说。”

“你这是在生气？”林濠下不来台，自己拎着牛奶来示好，等了人一下午，却什么也没干成。他明明记得林鹤以前不是那么难讲话的。

林鹤没回答。

林濠最后也憋一肚子气，闷着头转身就要走。

“等一下。”林鹤突然叫住他。

他转身走到书桌那里，然后蹲下来，用手拉出一个旧纸箱，翻了一小会儿，找出来一个笔记本。

他把笔记本递给林濠：“这是我初中三年的数学笔记，你拿回去吧，反正我也用不到了。”

林濠愣了一下，然后抬脚走过来接住了，看起来还纠结了几秒，然后说了句：“谢谢哥。”

留下屋里俩人，沈安写几个字就抬抬头看林鹤，似乎想问什么，有点儿好奇林鹤哪里冒出来的弟弟，又想这不是有亲戚嘛，就是感觉关系好像不太好？他憋了一肚子话，林鹤却半个字都没往这个话题上转，后来看沈安频频走神儿，冷着脸说他几句才老实了。

林鹤给沈安改错题改到七点钟，然后带着沈安出去吃饭。

这段时间，家里倒是鲜少开火了。

十月初天气渐渐没那么燥热难忍了。

一天，下午的体育课上下起了毛毛雨，体育老师让自由活动了。

有几个不怕淋雨的拿着篮球去操场打篮球了，沈安倒是因为昨天学习任务完成得太晚，有些困乏，想要去教室补觉。

这学期一开始，考试已经成了高三同学的日常一样，写不完的试题。

沈安回到教室里，坐在靠窗的地方看看手底下今天发下来的题目，哀叹一声，强撑着想要先完成一部分，晚上好早一些休息。

结果没写两道题，上眼皮就粘上了下眼皮，他用手扶着头，脑袋一摇一摇的。

李绪恩特意地路过，看见沈安垂着眼皮，半睡半醒的模样。

他很做作地咳嗽了两声，然后敲了敲沈安挨着的玻璃窗户。

沈安被惊醒，定神一看是他，旋即脸上爬满厌恶，看见窗户那儿还有一条缝没关紧，又赶紧去关。

李绪恩没想到他反应这么大，也跟着慌里慌张去拉窗户，怕沈安从里面锁上。

到底是李绪恩劲大一些，将手指卡在窗户缝里硬生生扳着窗户。

沈安看见他手狡猾地卡在窗户里，也不敢使劲，怕把他手给夹出个好歹，这事又没法善了。

“别这么激动行不行？”李绪恩把半扇窗户直接打开，“你看看这是什么？”他把手里提着的蛋糕往上抬抬，让沈安看见。

沈安这回可有骨气得很：“我不吃你的东西。”又很不耐烦拧着眉，“你烦不烦人，怎么总是来找我的麻烦。”

“想跟你交个朋友就是找你麻烦？”李绪恩看他不买账，热脸贴冷屁股几次也有些脾气上来了：“你知道找你麻烦什么样吧，印象不深刻？”

“你！”沈安听他这威胁一样的话，怒瞪他。

李绪恩被他这样的眼神看着，于是也没了耐心。

沈安看他要从窗户那伸进脑袋来，“你”了半天吐出来一句：“你走开啊！”他声音稍微拔高了些，很是厌烦李绪恩一样。

李绪恩被他骂了，伸手去拽沈安的衣领：“别给脸不要脸！”

“你干吗，咱们这儿可都有监控！你再跟我动手试试！”沈安去掰他的手，脸气得通红，又有些怕。

“有监控怎么了！”李绪恩说道。

他竟然一点儿不带怕的，教室里还坐着零星几个回来自习的同学呢。

沈安怕动静太大，到时候又自己丢人，旋即吸了一口气，然后想起李绪恩上次的举动，压下去那股恐慌，尽力压低了声音解释说：“我跟你玩不到一块儿去，你别来找我了。”

李绪恩眉峰一敛：“还没在一块儿玩呢，你怎么就知道咱们以后玩不到一起去？”

沈安忍无可忍一样，憋出来一句：“我不想跟你做朋友还不行吗！”

李绪恩却开始觉得沈安万分不识好歹，语气不由得加重：“你别给脸不要脸，我让你过来做我的朋友当我的小弟是看得起你，你还推三阻四在这里拿乔，吃不够教训是不是？！”

沈安听他还在言辞嚣张地威胁自己，心里不由也有些发慌：“走啊！我要叫老师了！”

李绪恩看沈安这样的反应也来了劲：“你叫啊！就这么大点出息是不是？”李绪恩半个身子都从窗户口探进来，揪着沈安的领口。

他们这时候动静已经很大，而且回来的同学越来越多了。

沈安刚往后退两步，那李绪恩就被一班班主任拍了两下肩膀：“同学？你有什么事吗？”

班主任刚开完会正往办公室走，手里还拿着几个文件。

李绪恩僵着身子慢慢从窗户口退出来，脸色很是不自然：“我来……我来找沈安问几个问题……”

与此同时，校园里布告栏上的九月份月考的成绩排名红榜处，林鹤站在那里。

雨下得有些密集起来，把他额前的发丝打湿了一些。

他的视线落在红榜前二百名处，然后从后往前，在第一百二十五名处找到了沈安的名字。

很安静的身后突然响起一道声音，柔声细语地：“班长……”

林鹤微微偏过头来，班级里的事其实很少有人找他，特别是到了高三之后，他这个班长更是形同虚设，参加竞赛倒是没少得了他，别的活基本都是各科课代表在做，要不然就是被学委包揽。

来人是季茉雨，她身后墨色的发用一条深蓝色的发带松垮垮地捆住。

她的眉眼很精致，但是不是那种第一眼就觉得很出挑的好看，是很淡雅清新的那种美，不浓烈，但是很耐看。

她站在毛毛雨中，跟一幅江南美人画似的。

但是她接下来说出来的话却不是那么好听：“班长……你好像这段时间退步了许多……”她的视线落在第一名处林鹤的名字上，然后说：“你一开始可以甩第二名谷栗四十分左右的，现在你们俩的差距只有二十来分了，你说他下次一努力会不会超过你？”

“毕竟，高三是潜力的爆发期，不到最后谁知道最终拿第一的会是谁呢……”这样的话，颇具攻击性，她却还是用着那副很柔的语调。

但是林鹤看起来没有被激起半点儿情绪，他说：“我没有退步，我的分数一直都稳在这个水平上，和他的差距减小，是他在进步。”

“你表面上看起来不是很在意，却在这里停了很久了。”季茉雨看着少年苍白瘦削的侧脸。

“我确实没有在意。”林鹤很淡然地回道。

季茉雨这时候一副恍然大悟的模样：“哦，你不是在看自己的成绩，你是在看他的。”她的手指指向布告栏里沈安的名字。

林鹤的眼神有一丝波动，他看了季茉雨一眼。

季茉雨脸上那种很浅的笑容慢慢在林鹤的目光下消散了，她说：“班长，沈安会把你拖垮的，你没办法一直这样，你准备帮他到什么时候呢，他那样的没吃过一点苦的小少爷根本什么也不会，什么也不懂，他体谅不了你的。”

“我们……我们才是一类人啊，班长。”她的语气不由重了几分，像是想要唤醒执迷不悟的林鹤。

“沈安他现在什么都没有了，他没有生存能力，他只能依附着你，把你当成最后一根救命稻草……”季茉雨突然顿住，她原本自说自话的语调陡然一变，甚至有些发颤，她又叫了一声，“林鹤！”

林鹤也偏偏头看向她，像是问她有什么事。

他眼里的漠然，像是刚才没听到过她的话，他像是在走神儿，但又不那么像。

季茉雨突地往后退了一步，然后她目露一丝不解，提醒道：“你在笑。”

可是她刚刚没说任何一句值得露出笑容的话。

尽管那笑容里透出几分无奈，但也切切实实是一个笑容。

那就表明了林鹤根本就没有计较这些。

林鹤却有些后知后觉地抬起手，手指摸向唇角，他问：“真的吗？”摸到确认以后又很快恢复了表情，略带歉意地说了句：“抱歉。”好像他刚刚做了很失礼的事情。

他把手里拿着的一把伞撑开了，雨已经越下越大，他把这把柄已锈迹斑斑的伞递给季茉雨，然后说：“不是的，我们不一样的。”

季茉雨眨了一下眼睛，看见林鹤转过身去，身影消失在雨幕里。

鼻腔里涌进来一股潮湿的金属气味，季茉雨眼前渐渐模糊起来。

几场秋雨过后，天气就逐渐冷了起来。

林鹤在某天不声不响地改了沈安的学习计划表，把上面的学习任务又见缝插针地增加了几项，把他的休息时间压缩了不少。

沈安不满地嘟囔过几次，林鹤都装作没听到。

林濠拎过来的那箱牛奶最后全进了沈安的肚子里，林鹤甚至在沈安把那箱牛奶喝完之后又买了一箱，每天早上热给沈安喝。

沈安喝够了，不怎么愿意再喝。

林鹤一开始还耐心地说高三了，要补充营养。最后看沈安那磨叽的模样，只冷下脸来说，爱喝不喝，不喝早餐也没得吃。

沈安有天怄气没吃早餐，半晌午饿得肚子叫，再没在早餐上跟林鹤怄过气。

十一月的月末，迎来了这一年冬天的第一场雪。

课堂上正上着课的同学也忍不住往窗外看，引得老师频频敲黑板。

晚自习放学的时候，李绪恩把兜里不停在振动的手机拿出来，看着上面的号码又面露不耐烦地按掉。

他走出校门，结果竟然看见了那个瘦小的身影正在校门口扒着墙探头探脑地张望着。

他一下子急得跳脚，加快脚步飞奔过去，拽着人一路到了昏暗人又少的角落里去。

“不是说让你别再找我了吗！听不懂人话是不是？！”李绪恩气急败坏的样子。

来人是上次在那家KTV里遇到过的打工的男孩。

许默面色有些难堪，泛着不健康的白的脸色此刻也急红了一样，像是在羞愧。

他声音放低了点：“可是……可是，你上次帮了我……我还没有感谢你，我想……我想请你吃一顿饭。”

“我说了不用你感谢我！”李绪恩拧着眉，露出颇为嫌弃的神色。

“我心里过意不去，就让我请你吃饭吧……”许默越说声音越低，到最后就跟蚊子嗡嗡似的。

他说这样的话应该也是鼓起了很大的勇气的，但是他说完却没听见李绪恩有反应。

他抬起头来才看见，李绪恩正盯着学校里刚走出来的一名学生看。

正是李绪恩最近煞费苦心还未收服的小弟。

许默视线转过去，也是一阵晃神。

林鹤走在沈安身边，沈安还在不死心地想要商量一下今晚能不能少做一些题，理由是庆祝初雪。

林鹤不知道初雪有什么好庆祝的，于是告诉沈安："庆祝的话也可以多奖励一套题。"

沈安又决定不庆祝了。

林鹤似乎察觉到了落在他身上的视线。

状似不经意地往那边一望，他发现是李绪恩在偏门的拐角处，身后还隐约有个人影，比他小了一圈，太暗了，看不真切。

他突然往前侧了一下身子，于是沈安的身影就在这个方向被他遮盖住了。

李绪恩脸色变得阴沉。

他回过神来，看见身后的许默也在看着那个方向，于是心头窝着的没处撒的火就一下子涌出："看什么看啊，人家那再落魄也曾经是真少爷，跟你这泥巴沟都没爬出来的人可不一样！"

许默脸色更白了，慢慢转过头来，也不敢对上李绪恩的视线。

李绪恩出口伤人之后，气氛就突然安静下来，他后知后觉也觉得没劲，语气也变得有些不太自然地问："行了，不是缠着我说要感谢我请我吃饭吗，走……走呗。"

许默一听，目光隐隐透露出几分欣喜，抬起头，"哦"了一声然后就跟在已经转身要走的李绪恩身后。

雪下下来，沾到身上就融化，两人的头发上，还有衣服上都湿漉漉的。

沈安在路口等着林鹤。

等林鹤骑着自行车过来，沈安身上都已经被雪水濡湿了，今天雪降得突然，很多同学都没有带伞，校门口站着好多来送伞的家长，来接自己家孩子。

沈安跨坐上林鹤的自行车，坐好了跟林鹤说："走吧。"

自行车平稳地向前，这段路比较好，不怎么颠簸。

等快到了林鹤家附近，沈安就不得不扶着自行车座了。

这样冷的天气，沈安手都冻木了。

林鹤难得地体贴："你可以找找我兜里有什么。"

沈安手插进林鹤的上衣口袋，突然手碰到了一个热烘烘的东西。"这是什么？！"沈安惊奇。

雪花纷纷扬扬下了满地，老城区的路灯开始忽明忽暗起来。

林鹤尽量把车骑得更稳一些，嘴里说道："不知道是什么，兴许是烤红薯？"

这已经是沈安今晚第三次说冷了。

林鹤终于停下了手中的笔，打量了一下沈安，然后继续握着笔，视线重新落回习题上，跟沈安说："你根本不冷，你只是看见下雪了。"

沈安不甘心地争辩道："我真的觉得很冷，我这样没办法做好题，寒冷在分散我的注意力。"

似乎是提到了学习，林鹤又被引起了注意。

他终于起身，然后把窗帘拉上了。

窗外纷飞的大雪被遮掩住，屋里只亮着一盏小小的台灯。

"现在暖和一些了吗？"林鹤拉完窗帘过来问。

他表情好像还很认真。

沈安终于忍无可忍，他提出要求道："我想我们应该开开空调。"

"可是这个空调只可以制冷不可以制热。"林鹤很耐心地说明道。

沈安根本不信，觉得林鹤就是在心疼电费。

"其实我不是特别怕热，但是特别怕冷。"沈安这样讲。

林鹤看起来好像是嘲笑了他一下这样的说辞，但是那表情太细微了，沈安有一瞬间觉得自己看错了。

“别胡说了，你不是特别怕热是因为后来装了空调，你一开始甚至热出了痱子。”林鹤边说边在草稿纸上演算着什么，眼皮都没抬一下。

沈安不满，觉得自己说什么林鹤都要反驳一下，林鹤大概是这个世界上最自以为是的人！

就好像他说什么都是对的，什么都要听他的一样。

就连自己是冷是热，他都要表现出一副自己最懂的样子。

李绪恩从那天帮了许默之后，回去的路上就越想越是气恼后悔。

他堂堂一个一中校霸，竟然能被一小服务员把零花钱榨了个七七八八。

越想越觉得跌份儿。

他回到家就把那在KTV里打工的男生的号码拉黑了，然后又给他堂哥李承打电话。

电话响了三声，那边接通了，对面声音很嘈杂。

李承应该是走到了一个稍微安静一些的地方才跟他说话。

李绪恩开始埋怨他哥：“都怪你上次非让我陪你什么朋友，你知不知道那KTV里的服务员后来害我亏成什么样了！”

李承一开始还没反应过来：“什么？”

李绪恩又喊，怕他哥喝多了听不清似的：“就上次你穿黑皮衣那朋友啊！在那KTV，点好多酒然后你让一个人来给我倒酒啊！”

李承大脑转了两圈，已经明白过来怎么回事，也纳闷儿起来：“哎，不是你那天半夜回去以后给人家KTV打电话，说要投诉，说他们店里什么雇用童工。人家KTV说那人早成年了，可你就是不依不饶。”

李绪恩听傻了，攥着手机不能动。

李承还继续说：“人家会所老板知道是你还给我打电话求情呢，说是已经把那不懂事的开除了。”

李绪恩头脑眩晕，有点站不住了：“真的假的，我怎么一点儿印象都没有？”

李承一阵闷笑：“你这脑子还能记住什么啊?”

李绪恩还是有些不敢相信，拿着手机退出当前页面，然后往下划拉着，竟然真的找到数月之前的深夜拨打投诉号码的记录。

李绪恩揉搓了一下脸，克制着语气跟李承说：“行，我知道了，没事挂了吧。”

今年的冬天确实好像比往年寒冷得多。

大雪连下，屋檐上都缀上了冰。

林鹤和沈安穿着棉校服，浅蓝色和深蓝色相间的样式。

寒风刺骨，耳旁都能听到呼啸而过的风声。

教室里其实是比林鹤家里温暖得多的。

老房子阴冷潮湿，他们这儿地处不南不北的地方，冬季也不供暖。

沈安还真的不死心试过开空调，结果一股煳味扑鼻而来，吓得沈安赶紧关上了，怕把电线再烧了。

今天是十二月的月考成绩出来的日子。

沈安在公布成绩前打了个喷嚏。

路过顾钦然的座位，抽了他几张纸巾，正擤鼻，抬眼一看面前的成绩表——他一下下滑到了第一百七十六名。

林鹤脸色低沉了一整天，整个人周围气压都极低。

沈安一副大气儿不敢喘的模样，看见林鹤在那里盯着沈安的学习计划表快有四十分钟了。

他的脸色简直像沈安小学有次不写名字，考了零蛋之后，他爹的脸色那样难看。

在这静谧的晚自习课堂上，当林鹤再次拿起笔要往计划表上添些什么的时候，沈安皱着脸，伸手去拽他的胳膊肘：“班长，别再加了，真的，已经没有空余的时间了。”

那张表明明已经密密麻麻了，沈安实在是想不出哪里有余地再添加任务。而且已经是高三，每次退步对学生心理打击都不会小，本来就是这样高压的环境里，沈安自己已经够挫败了，林鹤还摆出那样的表情。

沈安的晚饭都没胃口吃了。

他还在那里讨价还价，没看见林鹤越来越难看的脸色。

他去抽屉里把沈安这次月考的试卷全都拿了出来。

沈安也觉得比上次做得差，伸手想拦一下，被林鹤“啪”一声拍开。

沈安发出“嘶”的一声，又低声不满：“你使这么大劲儿干吗！”

晚上回去的时候沈安坐在车后面，又忍不住打了几个喷嚏。

他吸吸鼻子，然后缩着身子，想要尽量把自己的受风面积减小一点。

道路的两边都是雪堆，前几天道路上冻，太滑没法骑车，沈安就只能跟林鹤一起早起二十分钟，走着来学校。

在冬天的早上被剥夺掉二十分钟的睡眠，对沈安来说是一件极其残忍的事。

他开始讨厌冬天了。

在那个热烘烘的烤红薯之后。

回来以后的林鹤二话不说就把那一沓试卷抽出来，按在书桌上，让沈安自己先看错题。

其实沈安不觉得有什么，名次看起来下滑得多，但他其实只比上次少考了十六分，他觉得只要下次仔细一点就可以再回到原来的名次。

但是林鹤显然是神经过于紧绷了。

他好像容许不了沈安的一点儿退步，他总觉得如果沈安按照他的计划来，在原地都不应该，应该是一直进步的，更何况是竟然往后掉了这么多名。

这可能是沈安自己偷懒导致的，虽然表面在下功夫，其实心神都不在上面。

林鹤觉得他十分有必要再帮沈安端正一下态度。

他指着试卷上的错题，真的忍不住有些上火。

“这一道题，我考前给你押过，而且你当时还做对了。”林鹤这样说。

“还是原来的题型，只是改了数字而已！”他越往下看越是来气，“还有这一题，你竟然把小数点点错位了，分数全失。”

沈安听到他抬高音量，也是心头一阵厌烦，原本考得不好，就够不高兴了。

“我没看清啊。”沈安说着，“我又不是故意这样写的。”

林鹤还在说些什么，沈安只觉得耳朵旁嗡嗡响。

他有些感冒了，伸手又去拽卫生纸，撕下来半截儿擦鼻子，鼻子被磨得有点儿痛，他觉得林鹤买的纸是很廉价的纸，质量不好。

“沈安！你有在听吗？”林鹤又拍拍桌子。

“我有我有！我这就在改题了，你别吵了。”沈安皱着眉头，鼻翼两侧有些发红。

林鹤不再说了，他起身去卫生间接热水，然后把脏衣服都放在塑料盆里泡着，用搓衣板搓。

冬天的衣服可不比春夏的单薄好洗，林鹤把热水洗凉了又添了两次水，才把衣服洗完。

他这个时候手已经泡得发红，晾个衣服的工夫，十指就冻得有些紫。

他推开门。

沈安又在叫冷了。

林鹤又快步去衣柜里抽出来条毛毯，递给沈安。

“这样呢？”林鹤问。

沈安有些犯困，头脑昏沉得厉害。

他伸手扯着毛毯说："好像好了一点儿。"

结果写了没十分钟，就又撂下了笔，他说："班长，太冷了，我明天去学校再改错题吧。"

"不行。"林鹤很快拒绝。

"我真不想改了，我想睡觉，我困。"

"你困就起来去洗个脸。"

"我说我不想改了，我要睡觉！我不想洗脸！"沈安又烦躁又来气，"你能不能听听我说话啊！"

沈安这么喊完，空气突然就安静了下来。

停了数秒，林鹤才冷笑一声说："成绩下滑成那样你还好意思嚷？！"他手指着试卷上画出来的错题："这些题不改完，你今天就不用睡！"

"我成绩怎么样了！我成绩这样已经很好了！我又不是你，我对我现在的成绩非常满意！"

"我不满意。"林鹤声音沉下来。

"你不满意关我什么事啊！"沈安倔脾气上来，就把试卷一推，转身就真的要往床上爬，"我不写了，我要睡觉，我都攥不住笔了。"

"你给我下来！"林鹤眼里已经染上一层怒意，觉得最近就是对沈安太好，他才能这么蹬鼻子上脸。

"我不下，你凭什么老管我啊！什么都听你的！我一点儿自由也没有！"沈安也像是憋屈多时了，听着林鹤命令式的语气，心里才刚升起来一阵惧意，就因这点儿惧意而感到了屈辱。

他真的是觉得受够了，每天几点起床几点吃饭，什么时候干什么事情，全都要被他掌控着，他只不过是想早休息一次，这么零下十几度的天气，他都不允许。

他往被窝里钻，嘴里还气不过喋喋不休："天天甩脸色恐吓我，有你这样的吗，谁受得了……”

“你再说！”林鹤脸上浮现怒色。

结果沈安钻进被窝没看见：“就说了怎么样，不就是花你几个钱嘛，我以后会还你的，还你之后咱俩就赶紧再也不见，我真是……”

话还没说完，林鹤就把沈安一把揪拽了出来，他目光泛着森冷的寒意对着沈安：“行啊！那你就别在我这儿。”

两人自相处以来，鲜少发生这样的争执。

沈安被吼得愣住，还没回过来神，就被林鹤一把推到了门外。

当门在自己面前关闭，沈安才反应过来什么，开始急忙拍门。

“林鹤！你还是不是人啊！”一阵寒风刮过，沈安打了个冷战。

这样的寒冬时节，林鹤竟然把他推到屋外面。

沈安一开始还撇着嘴骂他，最后就骂都骂不出来了。

林鹤红着眼睛坐在书桌前，他的胸口剧烈起伏着，他想沈安这是老毛病又犯了，他应该给他一个深刻点的教训。

他强迫自己无视外面隐约已经带上哭腔的叫嚷，把注意力又重新放回沈安的那些错题上。

他得把这些错题分析写完。

门外的声音已经变得越来越微弱，沈安已经不再叫骂了。

他在门外哭着拍门，嘴里叫着班长。

“班长，我错了，我错了，我不敢了……”沈安哭得上气不接下气，外面寒风刺骨，他觉得自己脸上冰凉一片，泪都要凝结成霜。

“班长，开门……班长我以后会努力学习，不再偷懒了……”他哭得太狠，气喘不匀，开始咳嗽起来。

一张脸憋得通红，沈安在门外认错服软，冻得四肢都没什么知觉了。

林鹤在书桌前，将笔攥紧了又松开，反复几次后，再也忍不住了，把笔和试卷一扔，起身去开了门。

他起身的时候就已经听到门外声音渐弱，以为是沈安哭累了。

他故意在门口停一下，然后手放在门闩上，沉声问道：“真的知道错了？”

门外却是一阵沉默。

林鹤没什么耐心：“说话啊！”

还是没有声音传来。

只有屋外传来的风声，“呜呜”的像是在哭。

林鹤望了一眼窗外，发现窗外竟不知何时，悄无声息地下起了大雪。

他心头突地一悸。

赶紧开开门。

发现门口空荡荡的，除了门前院落一片白雪皑皑，没有任何人影。

林鹤没有办法能准确形容他此刻的心情，仿佛一颗心脏置于万丈悬崖之上。

他脚步慌乱地拐进屋里拿了一把手电筒，中间被绊了一下，撞得桌子上笔掉了下来。

雪下得很大，林鹤深一脚浅一脚地从院子里走出来，妄图白雪上被印下的脚印上寻找一些踪迹。

但是这些痕迹很快就被雪覆盖得七七八八，难以辨认。

林鹤有些慌了，他拿着手电筒，在这小胡同里乱绕：“沈安！沈安！你在哪儿？”他喘着粗气，零下十几度的天气，后背出了一层汗。

他像没头苍蝇一样乱撞，找遍了每道巷子。

他最终在一处背风的小胡同的尽头找到了一团蜷缩着的黑影。

那旁边还有个垃圾桶，能稍微阻挡一些另一个方向的风。

林鹤找到沈安的时候，几乎是跪在地上的，他叫了几声沈安的名字。沈安覆盖了一层霜痕的睫毛才颤了一下，睁开眼看见是林鹤，他眼里温热的泪又流出来：“坏人……不理你……”他又哭起来，头顶的发都被雪打湿。

林鹤试了几下才起来，把人扶起来，背在身上。

他一颗心大起大落，跳得飞快，沈安的泪就顺着他的衣领往脖颈儿里流。

他把手电筒丢在地上，背着沈安往家里赶，嘴里不清不楚地哄着：“好，我是坏人……”

林鹤把他背稳了，一路飞奔进屋，就把沈安塞进被窝里。

沈安浑身都燃起一种高热，他看起来分外难受，很费力勉强地睁开眼，泪流了满脸。

林鹤用被子把他裹住，只露个脑袋，然后开始烧热水，翻箱倒柜地找退烧药。

等他把水烧开，倒进茶杯晾凉了，手心里托着退烧药，他坐到床头，把茶杯放下，把沈安的脑袋抬起来。

沈安偏着头，不愿意看他。

他哭得脸通红，嘴里也不说话。

这回是真伤心了。

林鹤叹了口气，低下头：“你在发烧，快把药喝了。”

沈安抿着嘴不讲话，杏眼肿起来，浑身上下只觉得又冷又热。

“我错了还不行？”林鹤闭了闭眼，复又睁开，眼睛望着沈安。

“好人沈安，我以后不这样了。”林鹤拿他没办法一样，把沈安半搂起来。

沈安这才慢慢张开嘴，含住了药片。

药苦得让他的脸皱起来，林鹤又赶紧给他喂水。

沈安喝完药又躺在床上控诉，话都说不利索了，还在那带着哭腔控诉林鹤。

“这么冷的天……我……冻死……没良心……把我……关在……门外……”

林鹤没哭，脸色发白，说道：“我没想到外面会下雪……”这样的话语其实在此刻显得十分无力，他用被子包住沈安：“现在还冷吗？”

沈安不搭理他，于是林鹤又说：“明天我会给你请假，你在家里休息，等病好了再去上学。”

沈安说：“你能不能多请两天假？我不想去上学……”

这样迟来的厌学情绪发生在高三，林鹤也不得不反省一下是不是自己逼得太紧了。

林鹤看着他烧得通红的脸，忍不住心软道：“好，那就请两天。”

他这样说完，看着沈安许久，又用很认真的语气说：“那休息完这两天，你就要好好学习。”

“沈安，你得和我上一个大学。”林鹤这样说。

沈安听完他这句话，原本半闭着的眼睛也睁开了，他看着林鹤看起来没有半分说笑意思的脸，又哭号了起来：“你……你杀了我吧。”

他现在恨不能再出去一头撞进雪窝里，发个非同寻常的高烧，直接把自己脑子烧傻了了事，省得林鹤再生出这种痴心妄念。

可能是被冻得太厉害了，也可能是林鹤最后的话使沈安心神受创，沈安高烧不退，大半夜了，身子热得像个火炉。

林鹤半宿没合眼，湿毛巾换了几次。

沈安又起来吐了一次，整个人给被抽了魂魄似的，直到天蒙蒙亮他才退了烧。

林鹤有些放心不下，也跟着请了假。

两人都没去上学。

早上给沈安煮了米粥，沈安胃口不好，神色病恹恹的，林鹤耐住性子也只喂下去了小半碗。

喝了粥，沈安复又沉沉睡去，可能是夜里也没睡好的缘故。

他的眼睛看起来肿得可怜，原本泛着健康白皙色泽的脸也变得虚弱苍白起来。

屋里很安静。

下午，屋外是北风吹着落了一夜的雪，风一吹就刮起一片白茫茫的雪雾。

林鹤坐在屋里，只亮着一盏台灯。

沈安在下午三点多钟醒来，睁眼就看见林鹤的背影，还听见隐隐约约的书页翻动的声响。

他翻了个身，动作其实不大。

但是林鹤却很敏锐地察觉到了，转过身问他："醒了？有没有哪里还不舒服？要不要喝水？"

沈安喉咙眼里干涩得难受，于是不大精神地半耷拉着眼皮说："喝一点水吧。"

林鹤把水杯拿过来，喂他喝了点热水，又摸摸他的额头，确认一下不再起烧了。

沈安喝了水，觉得嗓子眼里舒服了一些，眼珠子转动，视线落到林鹤脸上，像是后知后觉意识到了什么："你今天也没去上课？"

林鹤声音很低地"嗯"了一声，眼睛瞟了他一眼。

沈安"哦"了一声，躺在床上，浑身有些发酸，不过倒是难得地睡了一次懒觉，整个人像刚睡醒的倦猫。

在暖热的被窝里蜷了蜷腿，他睁眼还有些费力，眼睛定是肿得非常难看，而这事的罪魁祸首就在眼前。

"你昨天把我关在门外一个多小时，而且门外还在下大雪。"沈安这样幽幽地说。

林鹤近乎无奈地叹了口气，他说："沈安，我只关上门十分钟，写了两道题我就去给你开门了，只不过没找到你。"

沈安当即反驳："不可能！明明有很久，而且门口风这么大我受不了了才走的，我叫你好多遍！你根本不理我！"

他一急，气血翻涌，立马就又咳嗽起来，苍白的脸色泛起潮红。

林鹤看着他这副模样，慢慢抿紧了嘴唇，然后又说："或许是因为你不是特别怕热，但是会特别怕冷的体质，才会觉得在寒冷的环境里时间非常漫长。"他选择了一个比较折中的说法，顺带提起沈安以前说过的话。

沈安看起来好像被说服了。

沈安一直以为林鹤根本不听自己说话，其实原来是有在听的，只不过他觉得自己更对，所以就对沈安的话置之不理，又或者轻描淡写地否定掉。

沈安休息了两天之后，就收拾收拾去上学了。

他睡眼惺忪地洗完脸从卫生间出来，林鹤在桌边拧开一个小盒，然后走到刚洗完脸的沈安身边，抬手递给他。

"什么啊，这么香？"

"涂一点儿，润肤的，你脸都皴了。"林鹤说着又催他去吃饭，"快点吧，一会儿迟到了，你这几天落下好多内容。"

一个有些老旧的公寓楼里。

许默从床头柜最下面的抽屉里拿出一个铁盒子。

打开铁盒子，里面是一卷卷旧钱，面值大小不一。

他把另一件外套里的钱掏出来，然后也放进去，重新整理了一下，数了数。

数着数着，数目逐渐到达了他预期的那个数额，他的眉目逐渐爬上一丝喜悦。

门突然响了一下，他脸色骤然一变，慌乱地把钱塞进去，往枕头底下藏。

进来的人是阿吉，跟他一起合租的人，也是一开始介绍他去那个KTV里的人。

阿吉已经干这行很久了。

阿吉倚着门，指间夹着一根细长的香烟，望着许默，很轻浮地笑：“那么惊慌干吗，做贼似的。”

“是你啊。”许默的肩膀放松下来，小声嘟囔了一句，“走路怎么没声音啊。”

阿吉继续看着他笑：“怎么了，看着挺高兴，钱凑够了？”

许默也不遮着掩着，坐到床上去，把铁盒子从枕头下拉出来：“是啊！终于凑够了。”

“还想说帮你跟领班求求情呢。”阿吉往前走过来，“你还想回来干吗？”

许默拒绝了：“不用了，钱已经够了。”

阿吉好奇：“怎么凑够的？”

“嗯，一位心地很善良的人给的。”许默仰躺在床上伸了个懒腰，似乎是回忆起了什么。

“快来说说啊，到底怎么回事，在哪儿遇见的？”

“就是上次在KTV帮我解围的那位客人啊。”许默想起李绪恩做的事，“我为了感谢他还去请他吃饭，结果结账的时候他看我可怜，他就心软啦！他把他兜里的钱一分不剩地全都给我啦！”

阿吉说：“你又没有去摸他的兜，你怎么知道他一分不剩全给你了？”

许默坐了起来，有点儿不高兴阿吉的反驳：“我就是知道！不用摸就知道。”

阿吉摇摇头，不跟他做这种无谓的争论。

第六章

元旦前A班通过班级投票，在办联欢会与休半天假中，休半天假以压倒性优势取胜。

对于高三年级的学生来说，半天的假期也十分来之不易。

沈安却是完全没体会到半点儿休假的喜悦，学习学得头脑发昏。自从上次跟林鹤的矛盾之后，他又一次理解到了林鹤对他学习的执念之深，而且他还很狠心，别的事好像还有商量的余地，唯独学习这件事，他从一开始软磨硬泡什么招都使了，终于在大雪夜在门外清醒了。

林鹤不关心他，只关心他的学习。

尽管他再三重申，想让自己跟林鹤考一个大学那是天方夜谭。林鹤却还是不为所动，只说让他继续学，别的先什么都别想。

沈安倒是想想点儿别的什么，可是他的时间已经被林鹤压榨得十分贫瘠。

林鹤到后来甚至已经丧心病狂地连他上厕所的时间，都要列在计划表里。

他们的寒假一共放了十天。

这个结果超出了所有人的预期，原本通知是只有一周的假的，到最后竟然多出来三天。

班级里沉闷的气氛被打破，同学们发出一阵欢呼。

紧接着欢呼声又被铺天盖地发下来的试卷打断。

每人手里拿着厚厚一沓试卷开始了寒假。

林鹤又去胡柯壬店里帮忙了。

他每天会给沈安留下一些生活费，又开始了每日早出晚归的生活。

这天夜里沈安被林鹤的动作弄醒，林鹤在掀开他脚那头的被子，一阵凉风进来，他皱着眉不愿意睁开眼，紧接着一个暖烘烘的软和东西就贴在了沈安脚边。

其实温度有点烫，但是实在是太暖和了，沈安有点忍不住又贴上去，碰碰，又挪开，复又贴上去。

几下碰得热水袋越滚越远，沈安费力地伸脚也够不着了。

林鹤刚洗漱完，就听见沈安闭着眼说话：“班长，热水袋……”

林鹤会意，把热水袋又给他丢回来。

“暖和吗？”林鹤低声问。

“有点儿热。”沈安嘟囔。

“难伺候。”林鹤这样讲，又拧着眉瞪沈安，“别玩了，睡觉。”

腊月二十八那天，沈安突然跟林鹤说自己要去妈妈那里过年了。

林鹤正在刷锅的动作顿住，然后扭头看着沈安，问不出“你还有妈啊”这样不礼貌的问题，但这件事却是冲击不小，林鹤原本以为沈安已经无依无靠，他们今年会一起过年。

刷锅的水已经凉透了，冰冷刺骨。

过了半晌，林鹤才听到自己的声音在问：“你妈妈，在哪儿？”

沈安有点儿别扭，说不出来哪里难受，但还是回答了：“在淮乡市。”

距离不远，大约两个小时的车程就可以到达。

那一瞬间林鹤有很多问题想问，比如你以前为什么不找她？这么久以来你们有在联系吗？你要去几天？为什么这时候走？过年后还回来吗……

念头纷杂，一个锅刷了十多分钟，林鹤沉默一阵，最后问：“什么时候去？”

沈安说：“今天下午去吧。”他脸色有些不自然：“我妈催了好几次了，我过完年初二回来。”

“嗯。”林鹤说，“我帮你买票，下午送你去。”

那天下午林鹤没有去胡柯壬那里帮忙。

他帮沈安收拾了几件衣服，又把试卷整了一下，分成好几份，标注每天要做的是哪几张，放进沈安书包里。

等到下午时间差不多，林鹤就骑着车载着沈安去了汽车站。

沈安买了车票还没进去，林鹤突然又让他站在那里等一下。

离发车的时间已经很近，沈安背着书包站在那儿等，时不时看一眼时间，有些焦急地张望着林鹤的身影。

等了六七分钟，林鹤才有些慌忙地赶过来，手里拎着两包东西。

他应该也是有些着急，说话的时候语气不是很平稳，有点喘。

“这一包是给阿姨的，一些水果。”他把另一包也递过去，“这一包是你的，有些零食，你路上饿了吃。”

沈安拎着两个包，看着林鹤大冬天的站在人来人往的车站里，鼻尖都溢出了小汗珠。

他想问林鹤怎么过年，又没忍心。

他突然感到一种没来由的难过，又跟林鹤说道：“班长，我年初二就回来了。”

“我知道，你已经说过了。”林鹤重复道，“你年初二回来。”就好像这样重复一下就会多一点安心似的。

时间到了。

沈安进去检票了。

路上的时候他吃了大半包零食，到淮乡市的时候，他妈温玥给他打电话说她跟叔叔一起来接他。

叔叔？应该就是他妈再婚后的老公了。

沈安还没见过，不知道是什么样的人。

沈安刚出车站，就看见他妈正在对面冲着他挥手：“安安！”

这是很小的时候他妈爱叫的他的小名，已经很久没有人叫过了。

他许久没见温玥，这会儿突地有些鼻酸，他看看他妈身边那个眉目和善的中年男人，又很快绷住脸，忍住了。

温玥看见他，伸手帮他接过东西。

看见沈安拎的一包水果，沈安告诉她：“这是给你的。”

温玥摸着沈安的脑袋：“傻安安，不嫌沉啊。”

那男人自然地伸手去接温玥手里的东西，然后拉开车门说：“回去再说吧，时间也不早了。”

天色确实是已经有些晚了。

沈安坐进车里，车子驶到一处环境优雅的小区里。

几人进了电梯，电梯达到五楼。

进门之后发现屋里装修也比较简洁，面积不大，但是也足够一个三口之家居住。

三口之家。

沈安看见了摆在电视机柜下的相框。那里面装着在海边游玩的照片，温玥与刚才那个男人牵着一个小男孩。

这个时候里屋的一间卧室门突然被推开。

一个男孩探出头来，有点儿好奇地打量着沈安。

沈安跟离了魂似的，看着那男孩，也得有七八岁了吧。

他爸跟他妈因为出轨的事情闹离婚是在他几岁的时候来着？

他妈离婚之后这么快就再婚了？

温玥之前身体那么差，竟然又生了孩子？

沈安几乎站不住脚，哪怕是早有预料，这么些年已经过去，温玥一定已经有了自己的新生活，但是如今事到眼前，他还是感觉难以心平气和地接受。

温玥现在的丈夫看到沈安在看着那半大男孩，于是笑着招招手："晓裴，过来跟哥哥打个招呼。"

男孩摇摇头，又退了回去，目光有些警惕地打量着沈安。

这样的眼神委实有些不友善。

那男人稍显尴尬地笑笑，又招呼沈安先坐下，说晓裴性格有些内向。

温玥倒是从进门就进了厨房忙活起来。

"我去帮你妈打打下手，桌子上有果汁，你自己拿着喝啊。"

这男人从一开始对沈安表现得就不是过分热络，也不是特别生疏，倒是看起来对他妈还挺不错的。

沈安在客厅里坐着看会儿电视，屋里暖气开得足，沈安把外套脱了放在了沙发上。

没一会儿，那小男孩就又从卧室里出来了。

他不跟沈安说话，看他两眼，又跑进厨房里。

"晓裴，饿了？给你个鸡腿先吃，别来厨房乱跑。"温玥柔和的声音响起。

晓裴啃着鸡腿出来了，也坐在沙发上，嘴上啃得都是油，然后跟沈安说："哥哥，我不想看这个，我要看动画片。"

"哦。"沈安只好把台转了，换到有动画片的电视台。

他又打量这孩子，觉得眉眼看起来跟温玥还有温玥丈夫没有一点儿相似的地方。

正走神儿，厨房里饭做好了。

沈安进厨房帮着端菜出来，温玥看起来心情很好，炒了很多菜。

总共就三个大人，一个小孩，菜却摆了满桌。

“路上辛苦，多吃点。”温玥这么说着，开始给沈安夹菜。

沈安回道：“没多辛苦，两个小时就到了。”

温玥又去夹烧鸡的大鸡腿，递给沈安：“我记得安安以前最爱吃鸡腿。”

“妈妈！我也要吃！”晓裴突然从板凳上站起来伸手去拽温玥的胳膊。

温玥的丈夫很反应很快地去制止他，板着脸严肃道：“别闹！你刚才已经吃过一个了。”

“我不，我还要！我还想吃！”他这样讲，盯着沈安，嘴一撇，就要哭起来。

场面一时混乱又尴尬。

温玥夹着鸡腿，胳膊僵在半空。

最后还是沈安先受不了了，他说：“给他吃吧，小孩子嘛。”他故作轻松的语态。

最后为了哄那小男孩，鸡腿还是落入了他的手中，他啃着鸡腿，又去看沈安，眼神无遮无拦的，像是在示威。

温玥的丈夫把他拽了起来，语气严肃：“你把这个鸡腿吃完，就去洗手，然后回屋里反省错误。”

沈安看着这教育现场，完全笑不出来。

温玥却习以为常的样子，脸上没有半点儿不适，她说：“安安，你小时候比他还淘呢。”

沈安没接话，觉得嘴里心里都在泛苦。

等那小男孩消失在视线里，沈安到底是忍不住开口问温玥："什么时候生的？看样是跟我爸离婚的第二年就有了？"

这样不留情面的一句话，说得温玥脸色一白。

那男人这时开口道："沈安，别不懂事，你妈为了你来辛苦准备了很久。"

"我跟我妈说话又关你什么事？！"沈安像是找到了发泄口，强迫自己的视线从温玥变了神色的脸上移开，心头一团火无处发一样。

"沈安！"温玥也忍不住严厉了起来。

这会儿怎么不故作亲昵叫安安了？

那男人突然回道："晓裴是我们领养的孩子，因为你妈想要孩子，但是身体又不好，我不同意让她再生，所以我们去领养的。"

温玥为什么身体不好？

沈安父亲那时候出轨，温玥还病着。

温玥那时候留下了病根儿。

温玥想要孩子。

但是离婚的时候，她问沈安要不要跟她回外婆家，沈安当时拿着他爸爸给他买来的遥控模型飞机，摇着头说不去，说外婆家房间太小，他的大飞机飞不开。

他拿着他的飞机模型玩具爬上爬下玩了好几天，兴奋劲儿过去，温玥却再也没有回来过。

而温玥的缺席在他生活中造成的空缺，在他与父亲的争吵中，不断地被越来越多的零花钱、更加新奇的玩具，一次次填补。

但这样的慰藉时效很短。

短得沈安都记不清到底是多少种玩具，又或者是哪一种玩具有多么好玩，能够让他稍微有些印象的。

他坐在椅子上，望着满桌散发着食物香味的可口饭菜，慢慢低下了头，他不是不能理解，但是他也是真的委屈。

温玥陪他长大的时间太少了，她的爱沈安还没有享受多久，她就拿走又给别的小孩儿了。

沈安红了眼睛，但是沈安还是说了对不起。

因为他已经长大了，在温玥面前好像已经没有筹码，于是只能变得懂事。

原本该是久别重逢气氛温馨的一顿饭，这时气氛已经有些冷凝。

温玥应该心里也挺不是滋味，她看着沈安低着头的模样，也慢慢有些鼻酸。饭桌上一阵沉默，半晌没有人开口说话，温玥最后手肘撑在桌面上，单手扶着脑袋，额前的发丝垂下来，遮住她小半张侧脸，她鼻音有些重地说道："其实……我以前有劝过你爸的……但是他……"

她这句话说得本就磕磕绊绊，沈安到底没给她说完的机会，他打断她说道："不要再提这件事了！"

沈安吸了一口气，克制住自己的表情，缓和着情绪，用通红的眼眶望着温玥，强颜欢笑道："吃饭吧，菜一会儿凉了。"

沈安离开以后，林鹤又回到了一个人的生活。

白天出去打工，晚上到极晚才回来，回到自己的屋里，躺在床上的时候，却开始有些不习惯。

以前这屋也没这么安静来着，他翻了翻身，裹了裹被子，好像也没这么冷。

他其实身体已经很疲惫了，但是却没什么困意。

不知道沈安在他妈妈那儿会怎么样，那里的床比这儿的床要大很多吧，家里应该也有暖气，他妈既然想着让他去过年，想必也是挂念着他的，她会在以后照顾沈安吗？

又或者说，沈安以后会不会就想要去找他妈妈？

沈安会怎么选择呢？他那么怕吃苦，如果他跟着他妈妈会生活条件好些，他会怎么选？他会惦念着自己对他的恩情吗？会在毕业以后还记得林鹤这个人吗？

林鹤很快就在心底给了自己答案。

沈安不会，他会把林鹤这个人忘记，他本来就是怕吃苦，忘性又很大的人。

林鹤此时甚至在心里有些阴暗地想，早知道当时就不应该那么快让他跟自己进了家门。

他该再吃些苦，跌得痛一点，在孤立无援，更加悲惨的时候，林鹤再出现，去拯救他，这样才对。

因为沈安这样的人其实根本就没吃过苦，他就像是一个从来没有淋过雨的人，他的那些生活波折，也不过是从前躲在一把大的雨伞下面，现在换成了一把小伞。

林鹤接住得太快了。

他没淋过雨。

他痛得不深刻。

林鹤在这样疲惫不堪的夜晚，缺觉又失眠，他简直没法形容这样矛盾的心情。

沈安有些冲动地不告而别了。

在那个他妈领养的小男孩儿大早上又吵又闹，把玩具砸到他门上之后。

那天已经是年三十了。

他给他妈发了一条短信，然后手揣在兜里，一个人去了车站。

好在两市临近，班次够多，沈安幸运地买上了最后一班车的票。

他回到林鹤那的时候，街道上已经没什么人了，夜幕降临，冷风吹过的时候，沈安忍不住缩了缩脖子。

胡柯壬的酒吧暂停营业了。

林鹤一个人在屋外扫雪，扫到一半，不远处响起脚步声。

他愣了一下，手拿着扫帚，动作顿住，怔怔望着手揣着兜突然出现的沈安。

过了好一会儿，他才后知后觉确认了，然后开口："你……怎么突然回来了……"

天色漆黑，他们院子实在沾不了那胡同里原本就昏暗的路灯的光，沈安低着头，脸上的表情看不真切。

沈安简直看起来像是徒步回来的那样，拖着慢吞吞的沉重的步伐，走到了林鹤身边。

等两人距离极近了，他声音闷闷地跟林鹤说："班长，我也想吃烧鸡，想吃大鸡腿……"

林鹤眼睫颤动，难得一见地有些手足无措的模样，他说："都年三十了，上哪儿给你弄烧鸡去，街上的店都关门了。"

话音刚落，沈安突然肩头耸动，喉咙里发出很细微的悲鸣。

"怎么了？沈安。"林鹤手里的扫帚掉在了地上，发出了"啪"的一声轻响。

沈安独自闷头哭了一会儿，才语气不稳地说起来："她竟然有了别的小孩了……"他哭得伤心至极："其实我知道……她肯定是早就发现我爸的钱不干净，所以离婚的时候一分钱都没要他的。"

"我知道……那时候我自己没选她跟她走，我跟我爸都对不起她……

"可是她说她一直很想我，放心不下我……说她心里很愧疚……

"我嘴上说对不起，却也很想问问她，问……问她为什么在我爸出事一个月后才联系我……

"问她为什么走了以后一次都没回来看过我……"

"问她为什么……"沈安难受得上不来气一样，他语句颠倒，自己都不知道自己嘴里到底在说些什么。

林鹤突然说道："沈安，别问了……别问了。"他一下一下拍着他的背。

时间仿佛过去了很久，沈安的情绪才勉强算平复下来。

外面有些冷，沈安哭得脸泛红，林鹤看得心惊，怕他再冻病了，拉着他去屋里关上门。

沈安哭完坐在床边垂着眼皮情绪低落。

林鹤看着他说：“你妈妈，很久之前就跟你联系过？”

沈安“嗯”了一声。

“那你怎么没说过？”

“她已经有了新的家庭了，这么多年没联系过，她那时候还给我转钱，但是我没要她的，我不想花她的钱。”沈安这样讲。

“为什么不想花她的钱？”林鹤继续问道。

沈安的语气有点儿别扭：“她身体不好所以没办法工作，哪儿来的钱啊，不还是她那个新丈夫的，我才不要花那个男人的钱。”

林鹤眼神慢慢变了，仿佛沈安给出了很出乎他意料的答案。

沈安看着林鹤仿佛陷入沉思的神情，过了会儿又开口说道：“其实她一开始联系我的时候我还是很高兴的，我告诉她我过得很好，也没有要她的钱。但是现在我看见她在照顾别的小孩，那个小孩也喊她妈妈的时候我就心里特别难受，我就又在怨恨她为什么没有在我们家出事的第一时刻联系我，她在我这里迟到，可能是因为她在照顾她的新家庭。”

沈安说完，又看看林鹤寡淡的表情，叹了口气说：“反正你是不会理解我的心情的，我自己也说不清楚，很矛盾。”

沈安摊了摊手：“而且你看，我走了这么久了，给她留了信息，她却到现在都没有给我打电话。”

沈安说了很多话，又哭了这么长时间，这会儿有点儿渴，他走过去给自己倒水。

喝了一口之后，沈安看着沉默不语的林鹤，顿时觉得自己一个人在这儿吐露心声，讲这些问题有点不合适。在这样的新春佳节，外面的阵阵烟花爆竹的声响，映衬得他们这残破小屋愈加清冷凄凉。

他以为林鹤也是在默默难过，突然难得地想要替他舒缓情绪，毕竟这么久都是他自己在说话。

“班长，你有时候会不会也很想自己的爸爸妈妈？”

林鹤听到这样的问题，慢慢抬起眼，然后眉微蹙：“太久远了，没什么印象了，怎么想？”

他像是在真的奇怪地反问。

那种困惑太过真实，直噎得沈安脸色一黯。

他因为自己妈妈疼爱别的小孩就在这儿委屈地哭，而林鹤却早就已经没了自己的父母。

当更悲惨的林鹤没有表现出应有的悲伤的时候，沈安会觉得自己的这点难过，也开始变得有些轻飘飘了。

沈安肚子叫了一声，打破了这有些沉闷的局面。

林鹤起身，换了衣服，像是要出门。

沈安也紧跟着站起来：“班长，你去哪儿？年三十了也要去打工吗？”

“不是你要吃烧鸡吗？我去街上看看……”

“别去了！我现在不想吃了，在家里随便做点就行。”沈安急忙道。

这个时候了，大家都回家过年了，他怎么也不能让林鹤这么晚出去给他满大街找烧鸡去，连沈安都觉得自己的要求有些过分，但是不知道为什么林鹤会这么认真，真的要出去。

他一时间又觉得林鹤真好。

等林鹤煮了饺子，两个人坐在凳子上吃的时候，沈安咬着饺子，被烫了一下，还在那含糊不清地重复着说：“班长，我以后一定会好好报答你的。”

吃完饭，林鹤在那儿刷碗。

沈安没忍住，掏出来手机想要看一眼，结果按了两下，屏幕还是暗着……手机竟然不知道什么时候关机了！

他慌忙找出充电器，然后插上手机充电。

等开了机，许多信息一股脑地涌进来，还有——很多来自温玥的电话。

在林鹤刷完碗的时候，沈安的手机又响了，他脸上闪过一丝纠结，最后还是接了电话。

“嗯，回来了。”

“不用担心。”

“我没什么事，就是……就是想着早点儿回来，有试卷没拿呢……”

“嗯，你也是，新年快乐。”

一时冲动就坐车回来，心绪大起大落之后，又发泄一通，到现在跟温玥又说了几句话，挂了电话后，沈安忍不住叹了一口气。

林鹤看他那样的表情，总觉得特别违和，沈安的脸长得太显嫩，稚嫩劲儿没褪去呢，在这儿唉声叹气，像历经沧桑似的。

沈安在林鹤眼皮子底下，开始拿出试卷自觉地写。倒不是他真的想这么刻苦，主要是他去淮乡市这么几天，压根儿一点学习没碰。回来的时候没多想，现在看见林鹤这张脸，又后知后觉回过来神，有点儿怕林鹤发现了又要发作一番，于是自己灰溜溜地摸出试卷在那儿写。

林鹤看他那样，心里就明白了个七七八八，但是沈安在年三十这晚回来这里，和他一起过年这件事显然比沈安没学习更出乎他意料一些。

他在这晚少有地宽宏大量，批改了一张卷子，讲完就让沈安休息了。

赶车回来，又哭得辛苦，沈安其实很疲惫了。外面的烟花声却时不时响起，此起彼伏的。沈安受不了了，脑袋钻进被窝里。

林鹤平躺着，半垂着眼皮，似睡非睡的模样。

林鹤的心头涌上来一阵开心，他几乎是无法控制地勾起了嘴角，怎么也没有想到今年会是沈安陪他一起过年。

窗外轰隆隆的烟花冲上天际炸开的声响，像是与他的心情彼此应合一般。

孤苦伶仃这么久，好不容易有人陪他一起过年，那烟花像是从心底炸开，热烈又温暖。

过年的时候大家一起吃团圆饭，年初二林明哲跟刘淑琴带着林濠回娘家。

刘淑琴的弟弟刘瀛跟自己姐夫酒过三巡之后又开始互相吹捧，从林濠在市重点中学上学、成绩如何如何又聊到林明哲的事业发展之类的。

最后刘瀛突然一拍脑瓜子，想起来什么要事一般，叫着刘淑琴：“哎，姐，我前阵子看新闻说老城区被划入拆迁规划里了，你知不知道啊！你这跟姐夫可不得了啊，得补偿好几十万吧！”

提到这，刘淑琴就不大高兴，像是讲起了什么要命的烦心事：“你可别提了！老头子把房子跟遗产全留给老三的那个小崽子了，到底是他带大的他偏心！”

刘瀛一开始其实就知道，在这儿跟刘淑琴一唱一和地作势敲打林明哲呢，他装作吃惊的样子：“那可不行啊，姐，老三留下那孩子是可怜了些，那也不能说一碗水端这么不平吧，现在谁生活容易啊，都是林家的种，都是亲孙子，凭什么林濠一分没有啊！”

“可不是怎么说呢！”刘淑琴冷笑一声。

在这刘淑琴娘家人聚集的饭桌上，林明哲冷汗直冒，有些下不来台。

刘瀛看他那样又开腔了：“姐夫，你说句话啊。”

林明哲跟刘瀛碰了个杯，抬手抹了头上的汗，干笑道："兄弟别担心，我心里有数！"

"有什么数你倒是说说啊！你就是个不成事的东西。"刘淑琴带着恨铁不成钢的语气说，"老头子算是一点儿都没想着咱们家！"

"等到时拆迁款真的下来了，我会去找我那侄子说的。"林明哲说道。

刘瀛看着这两口子说道："姐，姐夫，你们可别犯糊涂啊！等拆迁款下来就晚了！我听我姐说过你那小侄子可不是个好相与的，到时候钱往他账上一打，还有你们说话的份？他到时候真的一分不给你们，你们又能怎么着他？"

"那你说怎么办？"林明哲皱着眉。

"要我说，你们就趁现在。这才刚刚开始规划，一时半会儿拆不了呢，你让他把林濠的名字加在房产证上！"刘瀛说道，"他现在没见着钱呢，你觉得人家一小孩儿似的好拿捏，等真的等他见到这么多钱，你再去分，可就不是那么好分的了。"

夫妻两口子沉默下来，刘瀛确实说得对。这样才确保了万无一失。而且他们夫妻因为老头子的偏心没少发生争吵，这么多年下来，林明哲心力交瘁，甚至也开始对自己爹产生了些怨气。

刘淑琴听完表示认同："对，就应该趁早把这事先办妥，要不然我这心里总是不踏实。"

林明哲沉默不语，过一会儿突然想起来什么似的："林鹤……今年是该高考了吧，一时半会儿拆不了呢，等高考后我再去找他谈谈。"

"等什么高考后啊！等他考了大学直接远走高飞了……"刘瀛看起来倒是替他姐心急。

可见刘淑琴没少在娘家拿这事儿出来说，叫委屈。

林濠这时候突然开口了："不行！我哥成绩这么好，你们可不能在他这时候影响他！"他已经上了初二，也懂了些事，知道高考多么重要，对于他那苦命的堂哥应该是唯一改变命运的途径了，况且林鹤的成绩又是众所周知的那么优异。

“找他谈谈事情怎么能叫影响他呢！他成绩这么好，能有什么事能影响他！你还在这儿插嘴！你要是成绩能有他一半，我倒是省了心了！”刘淑琴张嘴就训自己儿子。

林明哲听林濠这话，也是脸色微变，他儿子都知道的事他怎么能不清楚，刘淑琴什么脾气他再清楚不过，怕是谈不拢就要闹，怎么能不影响林鹤？

他那侄子，没爹没娘的，自己一个人住，好不容易要考大学了……

“等他高考后吧！等他高考完，我去找他。”林明哲这样说道。

刘瀛看了他姐的神色，又要张口再劝。

林明哲直接捂着头起了身：“哎哟，这酒有些上头啊，我不能……不能再喝了……”

林濠这会儿难得机灵一次，跟着站起来说道：“爸，我扶你进屋歇会儿……小舅，你们继续吃……”

过完年开学后，时间仿佛被上了发条。

班级里每天都在发试卷，同学们埋头写，老师上课了再评讲。

在一套一套数不清的试卷里，沈安逐渐融入了这样的氛围，也跟着提心吊胆等自己每次模考的分数。

转眼间，黑板旁就挂上了一个小板子，上面进行着百天倒计时。

距离高考差不多还剩三个月的时候，沈安的模考成绩很缓慢又艰难地挤进了前一百的尾巴。

距离高考越来越近，他们重新穿上蓝白相间的长袖校服之后，又换上短袖。

拍毕业照那天，林鹤站在班级的中间，跟校领导还有班主任、任课老师在一起，沈安跟顾钦然站在倒数第二排的左边，顾钦然在旁边龇着大门牙。

沈安在高考前的最后一次联考的成绩是全校第八十九名，那是他最好的成绩，而且越到后来他的成绩进步就越慢，林鹤看他看得特别紧，沈安苦不堪言。

结果真到了高考前两天，林鹤看起来倒是比沈安还紧张，明明林鹤一直以来成绩都稳得不行，别说他自己，就是别人对他的成绩都很有底。

但是他那两天必须看着沈安喝完早上的那瓶奶，一滴也不能剩，还去买了很多蔬菜和肉，在家里给沈安做饭吃，好像很怕沈安这两天吃了外面什么不干净的东西不舒服。

高考前夜，林鹤反复检查了沈安的准考证还有墨水笔，最后还是沈安受不了了，叫了声班长，让他早些休息。

那几天过得令沈安有点儿不愿意回忆，林鹤甚至有些神经质地躺下了还要抽考沈安一些题型。

到了考试那天，林鹤起得很早，给沈安煮早餐，轻手轻脚地，怕吵醒沈安。

他蹬着自行车载着沈安，又跟沈安说："不要紧张。"

沈安原本一点儿也不紧张，现在有点紧张全是被林鹤带的，两人在考场大门前站着，入场的时候，他要走，林鹤又叫住他，语气认真地说："沈安，加油。"

沈安又摆出那一副有点不耐烦又很无奈的表情，犹豫了一下又说："你也是，班长。"

高考结束后的晚上，沈安从校门口就跟着顾钦然溜了。

刘绅跟王梓清跟着一起在前面等着，几个人碰了面，顾钦然提出来要去吃烧烤，去夜市地摊儿喝啤酒吃小龙虾。

原本几人商议先去网吧打会儿游戏，天黑了再去，结果这周围的网吧爆满，他们愣是没抢到位置。

几个人只好有一搭没一搭地说话，顾钦然又问沈安考得怎么样。

沈安的心情有些微妙，他原本以为考完自己会很兴奋的，或者跟朋友一阵欢呼，或者按照他很久之前的想法，当天夜里就连夜飞去国外度个假之类的，他爹应该会给他安排这样的惊喜来庆祝他的高考结束。

可是现在什么都没有，他心里也很平静，像是刚参加完一次小模拟考试，就连考完试之后想做的事情都一样——一起打打游戏，聚在一起吃顿饭。

沈安耸耸肩膀说："还能怎么样啊，会写的都写上了。"

刘绅这时候连连摆手："哎哎哎，你们俩这A班学霸别在这儿聊学习对答案啊，我们根本不想听！"

"啧，对答案了吗？你看看你这出息！"顾钦然取笑道。

他们几个是夜市上的第一桌，但可能是高考结束的缘故，上人很快，天色将暗未暗的时候周围已经坐满了人。

羊肉串上撒满了辣椒和孜然粉，烤串要了两大盘，还要了小龙虾。顾钦然吃麻辣小龙虾，辣得嘴唇红成一片。沈安嘴里咬着刚烤出来的微烫的羊肉串，举着酒杯跟大家一起碰杯。

"这回考完了，可算是不用学了，这样的日子再过个一年半载我就要疯了！"顾钦然一口气灌下去半杯啤酒。

沈安像是对顾钦然所说的"这样的日子"颇有同感，忙不迭点头："可不是说呢！"他咽下去嘴里的东西继续说："这都毕业了，连暑假也没作业了，你想好准备去哪儿了没？"

"没想好呢，这不是刚考完嘛。"顾钦然说。

刘绅这时候碰了碰沈安的胳膊肘："你呢？你打算怎么安排？"

"不知道。"

王梓清又插嘴："不知道咱们学校这次清北能出几个，感觉我们今年这届怎么比去年那届压力大很多啊？"

"反正沈安你那朋友该是稳的，他平时闷不吭声的，你怎么跟他后来玩这么好啊？"刘绅说。

沈安现在对于他们聊起林鹤是他的朋友已经是听之任之的状态，甚至有些来劲：“哎呀，你都不知道，他就跟个机器人儿似的，每天就那么一点儿事，学习然后打工，而且记忆力很变态，很多东西他看一遍就记住了……”

刘绅显然有些好奇：“那他也没别的兴趣爱好娱乐之类的？就光学习？”

“可不是吗，什么漫画小说游戏的，他统统不看不玩，真不知道他这样苦行僧的日子是怎么过下去的。”

沈安越说越来劲：“你们看，他除了我，根本没有别的朋友，别说旁人，就说是你——”他指指他们几个，“你们愿意跟这样的人玩吗，多没意思啊。”

“性格又冷又倔，讲什么就是什么不带半点儿回旋余地的。”沈安动作语气夸张，“而且你知道我们俩有一次吵架，他做错了事，还不承认，不讲道理。然后我生气不理他，你们猜他怎么着？”

沈安板起脸，学林鹤的样子：“沈安，不要生气。”

“哈哈哈，沈安，你学他学得太像啦！”顾钦然忍不住笑起来夸赞。

“就是干什么都是命令式的，叫人无语得很……”

“但是没办法，他看起来太孤独啦，我只能跟他做做好朋友啦。”沈安喝着啤酒，脸上染上红晕，好像在跟朋友炫耀自己在做一件大善事。

就在这个时候，坐在沈安对面的顾钦然对着沈安惊恐地挤眉弄眼起来。

沈安拧眉看着他那扭曲的面孔：“干吗？你怎么了……”

顾钦然看着他身后，嘴里直吸气。

沈安也循着他的目光往自己身后一看，林鹤竟然站在他的身后。

穿着洗得发白的校服的少年，面无表情地板着一张脸，站在那里。

沈安直接起身，吓得屁股下面的矮凳都坐不住了，他站起来，被矮凳绊了一下，凳子滚到林鹤脚边，沈安瞪圆了杏眼，望着林鹤背着光的身影，努克制住自己声音不要发颤：“班长……班长……你……”

在这一瞬间，桌上的每一个人的面目都有了不同程度的扭曲。

沈安更是吓得不轻，望着林鹤说不出话来。

林鹤眼睛直勾勾盯着沈安，语气平淡，但是任谁也听不出里面有半点儿愉悦的意思。

“我在学校门口等了你很久……”

沈安咽下去口口水，找回自己的声音，他摸不清林鹤到底有没有把他刚才说的那些话听去。

“我每次考完试都会跟朋友出来聚聚放松一下的啊……这你不是都知道的吗……”他越说到后面声音越小，有点儿不敢看林鹤的样子。

“哦？跟朋友聚聚？你刚才不是说跟我也是朋友？”林鹤说到这里甚至有些不冷不热地勾起了嘴角。

顾钦然倒吸一口冷气，别说是沈安，就是他这旁观者看着林鹤那盯着沈安的眼神，心里都发怵。

刘绅一看这场面，连忙打着圆场说道：“是是是，大家可不都是朋友，这会儿碰上了，赶紧加个座……”

沈安连忙把那滚到林鹤脚边的凳子捡了回来，然后放好了，拍拍上面不存在的灰，语气不太自然地邀请：“班长，你先坐，我再去拿一个凳子。”

沈安以为林鹤会拒绝的，他看起来不太适合这样的场合。

没想到林鹤竟然毫不客气地坐下了。

王梓清这会儿回过来神，也喊了一声：“服务员！加套餐具！”

林鹤这人给人的压迫感太强，整个桌上的人都有点不同程度地放不开。

刚才几人那大快朵颐、说说笑笑的场面不复存在了。

沈安也不说话了，在林鹤旁边缩着身子坐着，味同嚼蜡一样啃着羊肉串。

饭桌上没人吭声。

沈安伸手去拿自己的杯子，里面还剩下半杯啤酒，他的动作有些说不出的怪异，有些过于缓慢了，而且坐在沈安对面的顾钦然把沈安脸上的表情看得一清二楚。

沈安在不动声色又小心翼翼地打量林鹤的脸色。

而就在沈安的手好不容易碰到自己酒杯的时候，“啪”一声，是林鹤打在了沈安手上。

不算是很重的力道，但是沈安的手一抖，啤酒还是洒了一些出来。

沈安眉毛拧起来，嘴角往下耷拉着，颇不高兴的模样。

就在顾钦然以为沈安要发脾气的时候，没想到沈安竟然又压低了声音，用别扭得不行的语调说：“喝一点，太辣了。”他把手里吃了一半的沾满了辣椒孜然的羊肉串放下了。

几个人喝酒的喝酒，吃东西的吃东西，都眼神飘忽，各忙各的，那架势跟饿了三天三夜似的。

沈安可能真的觉得自己声音低，大家都没听见，说完看林鹤一眼，又去拿啤酒喝。

林鹤垂下眼皮，这次没有阻止他。

顾钦然看见沈安那样，眼珠子都快瞪出来了，突然心里又涌起一股怪异感，总觉得这两人的相处模式看起来哪哪都不太对劲。

就说那沈安的表情，从林鹤来了之后，那表情跟他高一逃课去玩游戏被他爹逮到，然后他爹一边冷笑着一边用手按住他的肩膀让他继续玩游戏的时候一模一样。

这沈安怎么这么听他的话，竟然沦落到看别人脸色生活的地步了。

顾钦然咬牙，心里暗暗要为沈安出口气，他突然地举起来酒杯，对着林鹤：“我得跟咱们班班长喝一杯，感谢他这么久以来对我们沈安的照顾！”

林鹤手旁边有王梓清刚给他倒上的一杯啤酒，但是林鹤并没有任何动作。

顾钦然举着酒杯的手被晾在那里，他胳膊都有些酸了，林鹤却还是一动也不动。

沈安看不过去，用腿碰了林鹤的腿一下。

结果林鹤并未理睬。

没有办法，于是沈安也跟着举起来酒杯："什么照顾我啊，是照顾我们大家，我们班长这给我出的押题卷你们可没少找我讨要吧。"

刘绅还有王梓清急忙一起举杯打着圆场："对对对，我们得一起敬林哥一杯。"

林鹤的眼神在沈安的脸上飘过，沈安又在桌子下面碰了他一下，如此林鹤才算给了面子，举起酒杯："不客气。"

饭吃到这份儿上，一点儿放松的意思也没有了。

沈安扭头冲着服务员喊道："服务员，给我们上面条吧。"又转回来问他们几个："你们都还加辣油？要大碗小碗？"

最后要了三大碗两小碗，除了林鹤都加了辣。

沈安属于不太能吃辣，看别人吃得热火朝天的又特别馋的，结果真等面条上来，自己那碗吃到一半就不到就吃不下去了。

他很习惯地就要把碗往林鹤那边推，结果动作做到一半反应过来，又慢慢把碗拉了回来。

结果林鹤却直接把沈安那碗面跟他的面换了一下，脸上神色不变："我还没吃，你吃吧。"

沈安低头"哦"了一声，吃了两口，突然心里有种说不出的滋味，抬起来头又说："班长，你是不是想吃辣的了？"

林鹤用筷子夹起来沈安霍霍一半的那碗面条，上面漂着一层辣油，他说："我都行。"他这样说，结果刚吃第一口就被呛了一下。

林鹤沉默着吃完那碗面，然后擦了擦嘴，他可能也是感觉到了，他在这里大家都不太自在，于是吃完就起身了。

沈安扭头看他往前走，愣了一下。

林鹤停在了老板的摊前。

过了会儿，林鹤又回来站在他们桌前说："我先走了，账给你们结过了，一会儿别玩得太晚，早点回去。"他嘴上说"你们"，最后这句却是看着沈安在说。

"怎么能让你结账啊林哥！"王梓清也跟着起身，"再吃点吧，桌上菜还这么多呢！"

"是啊，是啊，这才刚开始呢！"刘绅附和着，"你这也太客气不是！"

林鹤不太有诚意地客套了两句，然后转身走了。

沈安闷着头吃那碗面。

等林鹤走远了，王梓清还皱着眉头呢，又在那里说："早知道刚才先给老板押几百块钱了，没料到他来会付钱。"

刘绅撇撇嘴："可不是，要叫人家知道咱们让学校里尽人皆知的贫困生请吃饭了，这多不合适啊。"

"你懂什么啊。"王梓清声音稍微放低了点，"我跟你们说这林鹤真的是很牛，你知道他为了打工能拼到什么地步。"王梓清手指敲了敲桌子："有次周末，巧得很，我中午去的餐馆有他端盘子上菜，下午跟女朋友去的奶茶店是他在做奶茶，晚上了去酒吧，是他在搬酒。"

刘绅不可置信："连轴转，一个人一天打三份工啊？"

"就是呢，所以说根本不想花他的钱，他挣钱太不容易了。"王梓清说。

顾钦然听到这儿，看见沈安低头吃面，快把脸都埋进碗里去了，于是说道："快别说他了，下次见到他把钱还给他就是了，或者……或者我们请回来。"他又试图活跃一下气氛，"刚才咱们常去的那家网吧的老板给我回信息了，说空出来几个包间，问咱们去不去，一会儿吃完了走吧？”

“行啊！”刘绅眼睛放光，连连点头。

王梓清也说了去。

顾钦然看着沈安，沈安突然抬起来头说：“你们去吧，我先回去了，太累了，考完试我要好好休息。”他这样说着就动作很快地起身。

顾钦然甚至都没能看清他脸上的神情，沈安就已经转过身去冲他们摆摆手了：“你们去玩吧！”

“哎，他今天怎么……”刘绅看着沈安的背影，有些困惑又欲言又止。

王梓清嘴里“啧”一声摇了摇头，把剩下的烧烤收拾了。

只有顾钦然坐在那里，像是陷入了沉思。

沈安走回去的时候热了一身汗，到家看见林鹤在屋里在刷着什么，沈安抬头看见空调过滤网被拆了下来。

他立在那里，绷着小脸。

林鹤也不搭理他，弯着腰在那儿刷。

同一个地方刷了好久，不带挪地方的。

最后还是沈安憋不住了，扒着门问林鹤：“你今天为什么要结账……”

林鹤不跟他讲话，拿着刷干净滴着水的过滤网往外走，沈安站在门里，林鹤很不客气地用肩膀撞开他。

沈安踉跄一下，退后两步，又硬往前凑，嘴里又说道：“他们零花钱很多，不用你付账……”

他挡住路，林鹤手里的东西滴水已经滴湿了衣服，他有些不耐烦地推了沈安的肩膀一下：“走开。”

沈安被推得往后退，脾气有点儿上来，又说不出来浑身上下哪里难受，看见林鹤心里就不舒服，特别是看见林鹤抬起来胳膊把东西晾晒起来时，那随着他动作支棱起来的肩胛骨。

他好像记得，以前他刚来的时候林鹤不像如今这样瘦削的。

沈安不再往前凑了。

他内心酸涩，有点难过地回到屋里去洗澡。

等到林鹤进屋又洗完澡躺下，沈安才又有些忐忑不安地开口：“是不是听到我讲的话，在生气？”

林鹤不理他。

沈安在黑暗中看不清楚林鹤的脸色，不知道林鹤为何要这样早熄灯，这明明这不符合他们俩的生物钟。

沈安自讨没趣，又不太想轻易罢休。

他也想问林鹤为什么要打这么多工，一个人一天干三份工作，身体会不会累垮。

他又想起来林鹤比旁人跳得要快的心脏。

出于一种难安的担心，沈安又颤颤巍巍在黑暗中伸出手，想要拍拍林鹤。

手刚碰到就被打掉了。

林鹤力道有点重，沈安收回手，用另一只手捂住：“好疼。”

“活该。”

沈安皱着眉头，自知理亏，难免有些心虚：“怎么要生这么久的气？”他又有些担心林鹤的心脏，“你不要生气，我觉得对心脏不好。”

林鹤冷哼一声：“我生气？要真跟你计较你逞的那点儿口舌之快，我早就被你活活气死了！”

沈安知道林鹤在撒谎。

不计较还从他进门就冷着脸，还很用力推他。

“不生气怎么不高兴？”沈安继续说着，坐起来，在黑暗中看着林鹤。

林鹤似乎被他缠得烦了，直接侧过身去背对着他。

“班长——”沈安不罢休地叫他，看林鹤不理他，又去伸手拽林鹤的衣角。

他又在拖着嗓子叫林鹤了。

林鹤还是绷着脸。

沈安后来好像还在林鹤背后小声嘀嘀咕咕着什么“小气……冷脸怪……”之类的，林鹤听不太清。这段时间神经一直有些紧张，如今考试结束，这根弦猛地一松，林鹤就后知后觉感到了一些疲惫。

沈安第二天醒过来的时候林鹤已经不在屋里了。

他转动脑袋，看见桌面上的水杯下面压着两张十块的，还有一张五块的钞票。

这应该是一顿早餐还有一顿午饭加一顿晚饭的饭钱。

这说明，林鹤今天又是一整天不回来。

昨天刚高考结束，今天林鹤就又去打工了？！

沈安九点多钟从床上起来，洗漱完之后看着桌面上的钱，突然特别没有胃口。

他打开手机，上面弹出顾钦然邀请他出去玩的消息，他回过去问顾钦然要去哪儿，然后坐在凳子上捧着脸，有点情绪低落。

心中纠结片刻，再也忍不住了，他点开了王梓清的消息对话框，

“你昨天说你见我们班班长都是在哪儿打工来着？”他把这条消息发过去，然后就把屏幕按灭，过了一会儿复又按亮。

来来回回盯着，屏幕亮亮暗暗五六次，突然手机振动了一下，沈安一激灵，结果却看见的是顾钦然回的消息。

“还能去哪儿，网吧打游戏啊！快速上线！快速上线！

“或者你想去打台球吗！那边的网咖三楼新装了。

“中午先出来吃个饭？还是以前你爱吃的那家。”

顾钦然的消息突突突地连续发过来三条。

沈安刚想回复个“好”，一抬头就又看见那桌面上放着的二十五块钱，钞票的边缘都有些卷边了。

沈安皱着脸，那个“好”字半晌没发出去，就在这个时候突然门外响起一阵敲门声。

沈安坐直了，因为他听见门外不止一个人的脚步声，至少是四五个人。

他慢慢起身，从床上下来，然后贴近了门：“谁啊？”

“拆迁办。”

沈安愣住，好一会儿没能消化这几个字什么意思。

门外的人又敲了敲门：“方便开一下门吗？我们要量一下房子。”

沈安又看了一眼窗户，然后跑过去趴到玻璃上，探头探脑地看门口那几个人。

“怎么证明你们是拆迁办的？”

为首的一位女士看见沈安，似乎是很轻地笑了一下，好像是觉得沈安像是一位家长不在家不敢给陌生人开门的小朋友，很警惕的模样。

那人还算有耐心，又对沈安说道：“我们可以给你看一下工作证件。”

沈安最后开门了，进来的几人向沈安出示了一下工作证，然后又问沈安：“你是户主？”

沈安摇头：“不是，但是我是户主的好朋友。”

几位工作人员态度都还很礼貌：“行，那不妨碍，我们先量一下房子，到时候等他回来再确认一下啊。”

他们拿着测量工具开始忙活起来，沈安眼睛紧盯着，看着那位女士不时记录一下，最后停下来的时候他赶紧凑过去了：“有多少平啊？”

“连上卫生间那些一起，五十七平方。”女士回答。

等这群量房子的人走了，沈安久久回不过神。

他过了会儿，又去院子里站站，看着墙壁上刚喷上去的一个硕大的“拆”字，嘴里重复着喃喃两遍：“拆迁啦……拆迁啦……”

他拐进屋里，拿起手机，看见王梓清终于给他回了消息。

他发来了林鹤这个时段可能要去打工的饭店的地址。

沈安打消了要给林鹤打电话通知拆迁这个消息的念头，他想这样的惊喜，他应该当面通知他！

他其实有些兴奋得不知如何是好了，甚至忘记了回复顾钦然的消息。

六月份的大中午，他热出一身汗，找到了林鹤打工的餐馆。

进去之前他停住脚步，微微抬起来下巴，然后才迈开脚步走进去。

大中午的，餐馆生意不怎么好，大厅里零星坐着几位客人。

沈安选了一个位置，坐下来之后就东张西望地寻找林鹤的身影。

林鹤从后厨端着一个大汤盆出来，给客人上菜，出来就看见沈安在那儿坐着。

沈安看见林鹤，他小臂上肌肉紧绷，上面还汗津津的，额前的头发也有些湿了，在餐馆里做这样的工作应该是很辛苦，不知道林鹤用不用刷盘子。

“你怎么来这儿了？”林鹤把汤给前桌的客人端上之后走到沈安面前问他。

沈安坐不住了，噌地站起来，他跟林鹤说：“班长，家里要拆迁啦！你不用再在这儿端盘子了，一下能补偿好多钱呢！”

老板娘这时候从外面拎着菜回来，看见他俩，路过的时候跟林鹤说：“后厨挺忙的，你去帮帮师傅切切菜吧。”

“他不切啦！”沈安听见她使唤林鹤，于是回道。

老板娘看见沈安，少年人模样白净，长得煞是惹人喜欢。

沈安看见她看着自己，有些不满：“看什么看，没见过拆迁户啊！”

老板娘扑哧一声笑了出来，拍了拍林鹤的肩膀："这小孩儿谁啊，你弟弟啊？"

"谁是弟弟？"沈安回道。

林鹤有些抱歉地跟老板娘说："给我十分钟，一会儿就去后厨。"

老板娘也不怎么计较，拎着菜进了后厨房去。

林鹤再去看沈安，他看起来有些得意的小模样。

他看起来很高兴，就好像拆的不是林鹤的房子，是他沈安的房子一样。

沈安好像经常很容易就得意扬扬。

在这有着食物香气、人来人往的餐馆里，沈安兴奋得眼睛发光地望着林鹤。

他在不分场合地翘尾巴了。

但是林鹤没有打击他，脸上闪过一个很淡然的笑，他跟沈安说："那恭喜啊。"

沈安好像一点儿也没有觉得这话里有什么不对的地方，嘴里讲着："也恭喜你！"

他笑得杏眼眯起来。

"我们走吧，我们应该去吃顿大餐庆祝一下！"他伸手去拽林鹤的胳膊。

林鹤把他拉开："别闹了，我还在上班呢。"

"怎么还上班啊！"

"又不是今天就拆了，钱已经打到账上了，当然要继续工作。"林鹤说着，看着沈安明显兴致慢慢低落，突然顿了一下，然后让沈安坐下，在这里点几个菜吃。

"你跟我一起吃吗？"沈安抬眼问他。

林鹤说："我要等客人都走了才能下班，你先吃吧。"

"那我还是等着你吧。"沈安坐在那里有点儿蔫了吧唧的样子。

沈安在那里吃完饭就被林鹤赶回家去了，好像他在那里很碍事的模样。

半夜林鹤回来，看见沈安躺在床上竟然还很精神地瞪着大眼，看见他回来，又嘟嘟囔囔地问：“那到底什么时候能拆呢？补偿款啊。”

那样子倒是比林鹤这个户主还要着急了。

这会儿都这么晚了，他竟然还不睡觉在那里琢磨这事，林鹤不得不多说两句给他消消这兴奋劲。

“那不知道，晚了指不定得等几年呢，你瞎着急什么，反正明天肯定不拆，赶紧闭眼睡觉！”

六月份的天气已经有几分炎热，沈安开了空调，温度开得有些低。

其实老房子本就有些潮湿阴凉，往常这个时节，吹个风扇已经足够凉快，而且林鹤回来的时候还刮了凉风，要降温的样子。

他没想到沈安会这么早开空调，但是他累了一天，也不想多说什么了，洗完澡就躺在床上睡了。

林鹤早上醒来的时候就觉得鼻子有些不太通气儿，浑身有些凉，坐起来一看，床上唯一一张毛毯让沈安自己裹在身上，裹得严严实实的，跟一条蚕似的。

林鹤都要气笑了，动作有些粗暴地从沈安里侧的墙边扒拉出空调的遥控器，把空调关上了。

林鹤的身体像是一直不会生病一样，哪怕工作强度再大，他也能硬挺过去。

而最近有人给他介绍了一份工作，去给附中的一位初中生补课，工钱日结，要比下午在奶茶店兼职赚得多得多。下午学生补课的时间是两个小时。

胡柯壬的酒吧在晚上八点之后才营业，林鹤晚上七点四十到就可以。

于是林鹤就难得地在下午有了空闲可以回家。

这几日阴雨连绵，林鹤从那天有些受凉之后，感冒就一直拖着，一直没好也没再加重。

他没吃药，觉得只是感冒，应该可以自己好。

这天下午，林鹤在家里收拾一些旧书，整理一下试卷之类的，准备拉去卖废纸。

沈安倒是不知道又跑去哪儿玩了，林鹤从中午从餐馆回来就没见着他人影。

刘瀛的电话打到刘淑琴那里的时候，刘淑琴正在跟人家搓麻将。

“姐！干什么呢你们！你知不知道老城区西边的房子都量完了啊！”

刘淑琴手一滑，碰倒了一张牌：“真的假的？！这么快就量房子了？”

“可不是呢！你跟姐夫忙什么呢，这都高考结束多久了，你们还不抓紧？还是姐夫那头又找借口推三阻四往后拖延了？”刘瀛说着似乎有些来气，“你可不能任姐夫这么偏心他那侄子啊！”

刘淑琴都还没来得及插话，刘瀛就又压低声音说道：“换句话说了姐，就他那大侄子，谁不知道成绩好，他那脑袋瓜子以后想没出路都难吧。咱们林濠成绩一直这么不上不下的，我不是说林濠不聪明或者以后没潜力，但是你总也要为林濠多想想，多给他留点东西吧。”

“我知道了，咱们今天就去，我现在就给林明哲打电话，你也……你也一块儿过来，到时候你姐夫犯糊涂你得多提点他！”刘淑琴麻将也不打了，挂了电话给急得招呼都没跟桌上的几位打，就赶忙往家里赶去。

林鹤借了一辆三轮车，从卖废品的那里骑过来，然后把书一摞一摞往上抬。

天气有些阴沉沉的，飘起来点蒙蒙雨，滴在脸上有些微凉，林鹤并不觉得有什么影响，也没打伞，倒是骑车的动作快了些。

来回两趟，把家里的一些旧废纸也都整理卖干净了。

狭窄的老房子里难得又收拾出来一小片空地儿。

六点多钟，林鹤正要出去买饭，准备吃完了去胡柯壬的酒吧时，他二伯跟二婶，还有一个长相有些痞气的男人来了。

林鹤停住锁门的动作，往他们那儿望了一眼，觉得有些头晕。

他想或许感冒又加重了。

“哎，小鹤要出门啊？”林明哲先开的口。

林鹤看见他们这副样子，定是有事来找，于是不得不重新开开门，让他们进来：“怎么了二伯？”

他敞开门，又摆好凳子让他们坐：“二婶先坐下吧，我去给你们倒杯茶。”

刘淑琴脸色温和，本来就是跟林鹤来商量房产的事，这时候对林鹤态度也好了一些：“不用这么麻烦，你也坐下吧。”她看林鹤看向刘瀛，介绍道，“这是我弟弟，你叫叔就行。”

林鹤又倒杯水递过去，低着头叫了声：“叔。”

刘瀛点点头，打量着林鹤，倒是没想到林鹤不仅成绩这么好，模样长得也俊俏。

几人落了座，这老房子的破旧程度有些超出刘瀛的想象，怪不得当初他姐跟他姐夫不怎么当回事呢。

刘淑琴坐在林明哲旁边，用胳膊肘碰了碰林明哲，又用眼神示意，瞅瞅林鹤。

林明哲咽了口口水，似乎也觉得有些不太好开口。但是事情已经到这份上了，林鹤也已经高考结束，想以他的成绩，定然不会考得不好，再加上到时候房子一拆，补偿款一到账，可不就苦尽甘来，光明的未来在路上吗。

可是他儿子林濠还年纪小，脑袋瓜子也不如林鹤，现在升学教育压力这么大，刘淑琴也不工作，他一个人养活这一家，每个月那点儿死工资还要应酬，相比之下，林鹤只顾自己一个人就行，能有多大的开销？需要多少钱？

林明哲心思转过几个来回，再忍不住开口道：“林鹤啊，二伯有些事想跟你商量商量。”

林鹤的目光落到他身上。

“这房子我刚才进门前就看见了，上面都喷上字了，听说已经量完房了，估计距离拆也不远了。”林明哲喝了口水继续说，“我今天跟你二婶来呢，说实话也不瞒你，就是为这事。”

林鹤脸上表情寡淡，点点头：“嗯。”

几人看林鹤态度反应都不怎么强烈，都不约而同地松了口气。

林明哲也有了勇气继续说：“我们是希望呢，你能把房产证上加上林濠的名字。”

“为什么？”林鹤这时候突然问了，他目光近似平静地望着林明哲，发表自己的困惑，“这不是爷爷留给我的吗？”

林明哲被噎了一下，还没等张口，刘淑琴就道：“为什么！就因为林濠也是你爷爷的亲孙子，他就有权力继承！你不能说到时候拆迁款下来，你一个人全拿完吧！”

林明哲也跟着语重心长地说：“虽然当初遗嘱上是写了你的名字，但是当时也没有人预料这里会拆迁。你在我家也生活过几年，到时候这房子一拆，你去哪里住呢，上大学寒暑假回来都没个去处，你还是到二伯家里来。在二伯心里，你就跟亲儿子没什么两样，而且我们两口子身边就你跟林濠，这都是你的亲人，你跟林濠也应该相互帮衬才是。”

刘瀛很清晰地看见，在他姐夫说完这些话之后，那少年极轻地笑了一下。

“不用说这么多，反正我今天话就撂到这儿，拆迁款必须有我们一份，怎么说你好歹也在我们家生活过几年吧，我们也没亏待你吧，你可不能说这点恩情都不记！我从嫁入你们林家，辛苦操劳这么多年，伺候老的伺候小的，老爷子的一分钱都落不着？合着我们这老林不是你们林家的人？什么都得你独占？”

林明哲跟着说：“我们要这个钱也不是为了别的，都是为了你跟林濠不是，你现在年纪小，到时候一下子这么多钱到你手里，二伯也不放心，我们也不是不讲理，你跟林濠一人一半，这总算公平吧。”

林鹤坐在那里听他们夫妻俩一唱一和，红脸白脸都各自扮上，闹这么半天是听到了拆迁的风声了，来讨要拆迁款来了。

其实二伯跟二婶把话说到这个份上，林鹤确实可能会愿意把拆迁款给出去一半来避免一些麻烦。他清楚地了解他二婶的为人，她不是善茬。

但是现在林鹤不是自己一个人，他还拖着一个沈安。

现在的林鹤对于金钱已经有了一种近乎疯狂的渴求，这种迫切感使得他片刻都不敢停歇，怕下一刻他和沈安就要喝西北风。

“不给。”林鹤听到自己声音很清晰，“我不会在房产证上加林濠的名字，拆迁款现在是没到，到了我也要全部。”

林明哲眼睛眨了一下，脸上表情僵住，似乎是有些不敢相信林鹤这样坚决的态度。

刘淑琴几乎是瞬间就站了起来，音量拔高，声音变得尖利：“你个白眼狼！你再说一遍！”

“我……”林鹤刚要眼神冷漠地开口重复，门就突然响了一下。

是沈安推门进来了，看见屋里有好几个人，很是吃惊。

林鹤的脸色变了，他很快起身，然后把沈安拉了出去，拽到门外，他看着有些忐忑地看着自己的沈安，先开口说了句：“没事。”哪怕沈安还没有开口问什么。

他掏出来一张二十的钞票，塞给沈安：“你去街上买个西瓜吧，不用买太大。”

“是你亲戚？”沈安皱着眉还是问出口。

林鹤沉默着点点头，然后又催促一样：“快去吧。”

沈安低头“哦”了一声，知道林鹤这是想把他支走的意思。他也不愿意让林鹤为难，拿着二十块钱就转身又走了。

林鹤站在门前，吸了一口气，揉了揉眉心，觉得脸颊微微有些烫。

他推开门又进去。

林明哲看起来正在低声下气地劝说着刘淑琴，安抚着她的情绪。

刘瀛这时候看见他进来就开始冷笑一声开口了：“不是我说你，这补偿下来的钱可不是小数目，你二婶这么多年也没少帮衬你吧，你就这么没良心，要狠心一个人独占？你二伯那点儿工资你看看能负担得起他们一家的开销吗？你也不是没和他们一起生活过，不能体谅体谅他们的难处？

“你作为林濠的哥哥，平时给他辅导过功课，就这么做他的榜样？他知道你这样，你就不怕他怨你？别人又会怎么看你？”刘瀛连声质问，面目显得有几分凶恶。

林鹤不为所动的样子彻底惹怒了刘淑琴，她从凳子上站起来，然后直接动手去拽林鹤，跟刘瀛说：“别跟他废话了，你没看他死白眼狼样，根本听不进去的！”她攥住了林鹤的胳膊：“你给我去把林濠的名字加上！把房产证先拿出来！拿出来先给我！”

林鹤说：“这还没开始拆呢，就这么等不及？”

“没开始拆你小子就在这儿霸着房产证不放，等钱到你账上那就晚了！”刘瀛帮腔道。

林明哲看刘淑琴那副样子正要去拽她，叫她冷静一些，没想到她这弟弟还在旁边拱火。

林明哲急得汗都要出来了，嘴里不住劝道：“有话咱们先坐下继续聊啊，再商量商量，小鹤他这会儿脑子转不过来，我们给他点时间……”

没想到林鹤这时候突然冷冷道：“不用想了，我跟你们已经说清楚了。”他伸手去拽刘淑琴把他抓疼的手，他的衣服袖子全被扯变形了。

屋里瞬间乱作一团，充斥着刘淑琴的叫骂声，林鹤到底也是个男人，这些年来又干过不少体力活，挣脱刘淑琴并不困难，结果刘淑琴由于抓他的时候过于用力，被他挣脱之后没了着力点，身子一下往后仰倒去，被刘瀛赶紧扶住了。

刘淑琴又尖叫起来："你竟然跟我动手！"她抬起来手就要往林鹤脸上招呼，林鹤第一下没躲开，没想到她突然动手，第二下就往后退，刘淑琴脚下绊到凳子，一下跌倒，这回刘瀛没能拉住，刘淑琴半跪下，膝盖磕了一下，整个人情绪失控地指着林鹤："推我？！你个没良心的小浑蛋！"

刘瀛这时候也脾气上来了，他本来就是村头地痞流氓那一帮人里混日子的，原本想趁他姐这次拆迁也分些零头花花，结果没想到他姐这竟然一分也要不下来，他姐夫这侄子语气那么硬，竟然还跟他姐动起手来，他上去就拎起板凳往林鹤砸去。

林鹤也被刘淑琴的动作弄得一蒙，嘴里正说着："我没推你……你自己……"话还没说完就被刘瀛一板凳砸到了脑袋上。

林鹤原本就昏沉的头一瞬间更加混沌起来，太阳穴传来尖锐的疼痛，他眼前一黑，整个人倒在地上。

林明哲一看，看见刘瀛还要动手："你干吗！你怎么能照他脑袋上打呢！"

刘瀛嘴里骂骂咧咧："他都没大没小敢跟我姐动手了，你个尿包还在这里说呢！"

他过去正要揪着林鹤的领子放几句狠话："你给我听着，你只要一天不在房产证上加林濠的名字，我就带人天天来找你……"

沈安进门的时候就听到了屋里动静，等他进去，看见林鹤竟然倒在地上，额头上流着血。

他瞪大眼，嘴里尖叫一声，手里的西瓜也掉到地上，瞬间一声闷响，摔了个两半。

他扑过去，伸手去推刘瀛："你干吗！你是谁！我要报警了！"

刘瀛看都没看他一眼，伸手一把把他甩到一边去："你又是个什么东西！关你什么事！"

结果没想到他刚动手，林鹤就从地上起来一拳砸到了他脸上，两个男人在这狭窄的屋里打了起来。

沈安手抖着去拿出来手机打报警电话，林明哲又过来拦："小同学，可不能报警啊，我们都是亲戚……"

刘淑琴看刘瀛也挨揍了，霎时间坐在地上哭天抢地号起来。

混乱的场面像是一场闹剧，林鹤的屋里原本就没几件能看的家具在这晚都被打烂了，事情直到警车过来才算结束。

第七章

雨淅淅沥沥下了半个下午，此刻越下越大，豆大的雨点噼里啪啦落下来。

晚上快到十点钟，顾钦然家的大门被沈安用力拍打着，沈安站在门口，脸上淋了一脸水，他从医院里飞奔而出，连把伞都没有，在这儿给顾钦然打了几个电话都没人接。

沈安喘着粗气，雨水顺着他的头发丝，滑过脸颊，又往脖颈儿里灌去，整个人近乎湿透了，好在气温还不算低，他并未觉得寒冷。

顾钦然在卧室里，音效声开得很大，戴着耳麦摇头晃脑的，不时嘴里骂一句脏话又或者为自己喝一句彩，完全没听到楼底下门已经被拍得震天响。

等他这一局十多分钟后打完，去碰手机，才看到沈安给他打了这么多个电话，定是有什么急事。

沈安都已经打算走了，以为顾钦然下午和他分开之后又大雨天的跑出去玩了。结果在这个时候顾钦然的电话回了过来。

"沈安，怎么了啊，发生什么事了？你怎么给我打这么多电话？"电话一接通顾钦然的声音就传了过来。

沈安语气很急："我在你家门口呢！你快下来开门啊！"

顾钦然惊呼一声，挂掉电话从楼上跑下来开门，打开门看见落汤鸡似的沈安，吓了一跳："你怎么搞的？"他脸色变得难看，不敢相信地问："班长大半夜下着雨把你赶出来了？"

"什么啊！班长被人打了，现在正在医院呢！你快借我点钱，我手里一分钱都没有，人家医院要呢。"沈安跟着顾钦然进门，身上的水顺着衣服滴落在光洁的地板上，他停住脚步，不再往里进了。

"被人打了？他还能被人打了？"顾钦然惊诧万分，又赶忙去从抽屉里拿出一小沓子钞票塞给沈安："你先拿着，看看够不够，不够再给我打电话。"

沈安看都没看就往兜里塞。

顾钦然看不过去了，又叫沈安："你这样子怎么回事啊，你先去洗个澡换身我的衣服吧，一会儿别冻病了。"

沈安摆着手就要走："不了，我先走了，有事再联系，他那边人还没醒过来呢，我……我……"他喘气有些急，语无伦次的，十分惊惶。

顾钦然不放心，跟在他后面："我跟你一起去看看吧。"

"不用……不用……"沈安拒绝道。

他看起来很着急，话都顾不上跟顾钦然好好说。

顾钦然拿起客厅门口摆放着的伞递给沈安："拿着伞，有事一定找我。"

林鹤先是闻到了一股消毒水味，然后耳朵上像是隔了一层膜，什么声音也听不真切，模模糊糊恍惚觉得是有人在哭。

他睫毛轻颤，很费力地半睁开眼睛，看见自己身侧，是沈安趴在他的病床上在哭。

他最后失去意识的时候是有听到救护车的声响的，应该是沈安报的警。

林鹤浑身难受，头痛欲裂，稍微动一下，就有想呕吐的冲动，于是只能躺那儿复又闭上眼，缓了缓才动作很轻微地偏了一下头，开口想要叫一声沈安。

沈安哭得很是伤心，肩头耸动，眼泪把胳膊那块儿都打湿了。

他从顾钦然那里拿了钱，来到医院，把费用交上，站在医院的空调口，打了一个喷嚏，又打着伞回去拿了换洗的衣服。

等到了十一点钟，他坐在病床前看着脑袋被纱布裹起来的林鹤，苍白着一张脸，躺在病床上紧闭着眼，他才愣愣地开始后知后觉被恐惧笼罩住。

他从小到大一路顺风顺水惯了，哪怕到后来在林鹤这里，也没吃过大苦，这会儿看见林鹤在这一身伤醒不过来的模样，手脚都吓得发凉。

十一点钟了，他还没有吃过晚饭，钱都给林鹤交医疗费了。从慌乱地打电话又跟着上救护车，一路叫着林鹤的名字，到冒着雨去顾钦然家拍门借钱，他都没有哭，这会儿停下来，魂回了身，才又在这儿掉眼泪。

医生当时说的什么来着，沈安头脑慌乱，一句也听不清，记不起来。

林鹤声音虚弱地叫了他两遍，沈安才慢慢从自己胳膊上抬起来脸来。他表情怔愣，看着林鹤醒过来，一滴眼泪顺着他的脸颊滑到下巴滴下来，砸到床单上。

林鹤声音很不好听，他的喉咙很干涩：“哭……什么？”他的目光落到沈安脸上。

沈安霎时间将嘴一撇，哭着说：“我以为你要死了……”

林鹤：“……”

林鹤一时气闷，平复一下情绪又说：“没什么事，就是皮肉伤，看着吓人。”

他这样讲，结果沈安还是看起来很担忧的模样，他眼睛哭得通红，不知道一个人在这里哭了多久，他没醒来的时候沈安就一直在这里这样守着他？

林鹤脑袋慢慢转回来，头顶是医院里白炽灯，他很缓慢地动了动一只没那么酸痛的手，然后抬起来。

他顺着光张了张五指，光就从指尖透过来，从他的指缝间落到他的脸上。

林鹤很是突兀地笑了一下，甚至笑出了声。

这一下可把沈安吓得不轻，林鹤都被伤成这样了，还能笑出来，他目光落到林鹤被纱布包起来的脑袋上，难过得不行："不会是被打脑袋打傻了吧？"

想一想，林鹤有着那样聪明的脑袋瓜。

沈安声音小了点，像是怕惊扰了他："医生说你有点儿发烧，伤口有炎症就会好得慢……"他小声絮叨着，讲到一半就被林鹤打断了。

林鹤开口看着他说："原本我以为我这辈子也就这样了。"

沈安问："什么样？"他觉得林鹤从头到尾就没有跟"就这样"这三个字搭边的。

林鹤顿了一下，眼神望着天花板，变得有些茫然，好像过了一会儿才想好了形容词，他回答说："就是死了都没人哭那样。"

他的目光很平静，不是反讽不是自嘲也没有愤慨怨恨，他就是平铺直叙地、很直白地描述。

沈安又想哭了，他说："班长，你不要讲这么不吉利的话，我听了很害怕。"

于是林鹤不再说了。

过了一会儿，沈安看林鹤醒过来之后状态还算不错，他小声说道："班长，我可不可以躺一下？我的腿都麻了。"

林鹤听起来像是叹了一口气，他的目光移到沈安脸上，然后就很缓慢地挪动了一下身子："上来吧。"

于是沈安动作很利索地蹬掉鞋子，挤在病床上。

沈安很累，闭上眼就又想睡觉。

林鹤讲自己没事，他就安下心来。

就在他要睡着的时候，林鹤突然又开口叫了一声："沈安。"

沈安睡意上涌："嗯？"

林鹤提醒说："你压到我的伤口了。"

沈安就赶紧又往下缩一缩："好吧，这样呢？"

林鹤没有讲话了，想必是没有碰到的。

沈安看起来像是真的累极了，他不多时就呼吸平稳。林鹤却是完全清醒过来，身体很痛，但是心里却是觉得无比的愉悦。

这样的愉悦甚至使他二伯一家的那些糟心事儿都变得不值一提了。

林鹤这天在医院的病床上想了很多，他本来想醒过来就应该出院的。他以前跟人家打架也被揍过，比这重的都有，也是去医院医治，又很快回家自己休养，左右不过是一些皮外伤，这次可能还有点脑震荡，但是对他来讲也没有觉得很严重。

但是沈安觉得很严重。

他看起来无比惶恐不安，担忧着林鹤的身体，就好像林鹤这样的人，受了伤也是数一数二的脆弱，值得他心疼害怕得掉眼泪。

他自少时失去父母起，就被左右推脱，像是一个惹人嫌的累赘，哪怕他表现得再好。好不容易被爷爷带走，可爷爷年迈，没能陪他几年就又离开，他这样浮萍一般的人，像是不被任何人需要，他也同样表现得不需要任何人，独来独往，强大又冷漠。他也曾经想问，为何偏偏是他遭遇这些命运的不公，也曾心生怨恨，刻薄冷漠待人，可如今看来，有沈安这样关心他的人存在，他也可以原谅命运。

林明哲这一家今晚没一个能舒心安睡的。夫妻两人暗自心惊，明明上次老爷子遗产那事儿，林鹤压根儿没表现出什么情绪，这次竟然态度如此坚决，半点儿回旋的余地都不留的模样。

他的那位同学还报了警，林明哲跟刘淑琴从警察局做完笔录回来，刘瀛却是被拘留了。

刘瀛本来以前就有案底，这回又被扣走，一路上朝刘淑琴叫姐，说这都是为了她，她可能不能不管。

谁也没想到事情会闹成这副样子。

但事实看来，确实是刘瀛入室伤人先动的手。

两人缠斗了半天，奇怪的是刘瀛身上压根儿没什么伤，看起来都是些小磕碰，但是林鹤的模样可就够唬人了，送上救护车的时候衣服上还都是血。

他们这个时候还不知道林鹤会把事情做那么绝。

他醒来之后就要告刘瀛，一副誓要把他再送进去的样子，他的验伤报告显示已经构成轻伤。

刘淑琴气得在家里躺了两天，每天哎哟哎哟的，嘴里说着："我这是作了什么孽啊，碰见这白眼狼……"

刘瀛是他亲弟弟，她要是真撒手不管，她娘跟她爹指不定也要闹到家里来，老两口就这么一个儿子养在身边。况且，刘瀛确实也是为她去动的手。

这事儿林明哲去出的面，他左右觉得他这大侄子应该会给他些面子，结果没想到他去医院看林鹤的时候，林鹤看他的眼神跟看陌生人根本没什么区别。

不过倒是松了松口，说是私了也行，他们家得赔他医疗费还有精神损失费。

合着他们一个子儿没捞着，反倒先赔上钱了。

林明哲这一家几天不安生，果然没过多久，刘淑琴的娘家人也来了，在林明哲家里闹完又去病房找林鹤，先是指着人破口大骂，看到林鹤不为所动又毫无办法地哭号起来，要给人跪下的样子。

沈安没见过这场面，吓得不轻，攥着林鹤的衣服不敢讲话。

最后是这里的动静太大，引来医院的人把他们赶了出去。

如果是小数目，林明哲自己藏的些私房钱确实可以给林鹤。

但是林鹤张嘴就要了三万，林明哲自己实在没这么多钱，家里的账都是刘淑琴在管，别说是让她给，她光是听林明哲说这个数，都气得差点儿晕过去。

林濠也跟不信他哥能干出来这种事，打归打，闹归闹，他们总是林鹤的亲人，林鹤怎么可能讲出这种话，他根本不是这样的人。

沈安那天睡床上被第二天来的护士看见，骂了他一顿，沈安面色泛红，有点儿无措又不好意思，后来就去交钱付了押金领来一个折叠小床，挨着墙角，在林鹤的床旁边。

他最近对林鹤的态度也很奇怪，看林鹤的眼神有些复杂，但是照顾林鹤还算用心，可他实在没什么伺候人的经验，动作有时候有些鲁莽，不甚熟练。

林鹤一开始看他有些反常也没当回事，只以为他被自己家里这群人的作态吓到，还安抚性地想要拍一拍沈安。

结果沈安躲开了。

林鹤在医院住了一个星期就坚持着要出院了。

他二伯一家来了好几趟，林鹤一点儿没松口，还是那句话，要么赔钱，要么刘瀛就再进去，好话坏话说尽，就是软硬不吃。

沈安跟他一起出院那天，林鹤脑袋上的纱布还没拆，他看着林鹤欲言又止。

林鹤转头看他："有话就说。"

"你真要给他们要三万块钱？"沈安也觉得这不是林鹤的行事风格。

林鹤摇摇头："就是吓吓他们，要我二婶那种人拿出三万块钱来给我，那是要她的命了。"他语气不咸不淡的，"越是这样贪得无厌的人就越不能让步，他们很会得寸进尺，光是拒绝是拦不住他们的，得表现出一种同样的贪欲。”

毕竟他住院确实是没花到三万块钱的。

沈安听完没有讲话，又看了林鹤一眼，低下了头，像是没听懂，也像是觉得林鹤没法理解。

“过两天我就继续去上班了，他们再来找你就反锁门，骂你你就报警说有人寻衅滋事。”林鹤走在他身边，继续说道。

“你这样去哪儿上班啊！”沈安不可置信看着林鹤，“这脑袋上缝的线还没拆呢！”

就在这个时候，林鹤像是察觉到了什么，然后停住了脚步，他塞给沈安钱：“你先打车回去。”

沈安一愣，林鹤微微侧了侧身，沈安看见了他们身后跟着的人，偷偷摸摸的、神色古怪地看着他俩的林濠。

林鹤看起来是有话跟他这堂弟说，于是沈安听话地先走了。

林濠看见林鹤转过身来，视线直接落到了他身上，于是也不再遮掩，站直了身体。

两人距离拉近，是林鹤先走了过来，他问林濠：“有事？”

林濠简直不知道他这哥哥是怎么回事。这几天家里都快翻了天了，他出现在林鹤面前的时候，林鹤还一脸冷淡跟没事人一样，问他是不是有事。

他打量着林鹤被包扎起来的头，这时候心里已经有些埋怨他小舅下手不分轻重了。

他又看看林鹤脑袋上的伤，心里又琢磨着，怎么会呢，明明林鹤上初中时就很能打，他现在的初中都还在流传着他哥那时候如何凶狠的传说，怎么会在他小舅手底下毫无还手之力呢，他不会是故意挨打，然后好要挟他们家吧？

林濠越想越是胆寒，望着林鹤的眼神变了又变。

他脑子里乱成一团，最后脸色苍白地问：“你到底为什么要这样啊？！”他甚至看着林鹤面无表情的脸情绪上来，激动地往前走了两步：“明明你以前在我们家，我们一起生活得很好的啊，我爸妈说了，你以后可以搬回我们家，我们像以前一样不好吗？”

难道住他们家的小区房不比林鹤自己住的那小破屋条件好吗？

林鹤到底又是为什么不愿意了？明明那时候他妈都松口同意了。

林鹤看林濠，眼神里像是有着掩盖不住的嘲讽，还夹杂着一丝不太明显的怜悯。

他说：“像以前一样跟你们一起生活？很好？”他偏了偏头，“我每天只要有空闲时间就要干家务，早上起来做一家人的饭，晚上回来要先给你辅导功课，检查完你的作业才能去完成自己的。你的房间里贴满了海报，还有自己的电脑，我的房间……哦忘了，我没有房间，那只是你们家的杂物室。”

“你是不是要说，那也是给了我一口饭吃，一个地方住？”林鹤说，“觉得我不识好歹贪得无厌？”

他唇角勾起一个淡淡的笑，他说：“林濠，你有没有想过你们家怎么突然之间有了这么多钱买新城区的小区房，你又是怎么能从乡下转过来上学的？明明以二伯的工资，根本买不起房，也供养不了你们在这儿生活。”

林濠咬紧了嘴唇，他其实一直明里暗里听说过一些，从父母争吵或者悄声谈话时得到了一些线索。

“我知道，就是爷爷的遗产给我们家了，但是我们家也相应照顾你了啊……”

林鹤眼里的怜悯越加明显了，像是觉得不知道为何到这个时候林濠还是这样愚钝。

他轻声问：“爷爷的遗产？”他笑得有些明显了，“爷爷哪来的遗产？！爷爷他连工作单位都没有，也没有退休金，他怎么会剩下这么多钱？”他的眼神逐渐变冷，落在林濠身上：“那是我父母出事之后他们的房子被卖掉了——当时没有人愿意接手我，爷爷来照顾我，我们没法生活，才卖掉的房子。就算是那样，爷爷还是省吃俭用，不敢多花，想要省下那些钱，以后他走了，我也能继续靠这些钱生活。”

“可是没想到，爷爷走后，二婶跟二伯会来争这笔遗产。”他说，“你们家拿着这笔钱，从乡下过来，买了小区房，给你转了学。”

林濠仿佛受到了很大的冲击，他被林鹤嘴里说出来的话刺痛，满眼不可置信：“那你就给？我爸妈抢你就给？明明……”

明明林鹤也不是性格软弱任人欺负的人，如果林鹤那样好讲话，这次的事情就不会发生。

林鹤这个时候似乎也沉默了一下，而后又缓缓开口：“那时候爷爷去世，二伯来找我，说要来接我回家，说我们是一家人，我父母出事时你们日子过得苦没能力养活我，现在不一样了，他把我领回去，告诉我以后你们家就是我的家。”

“我信了。”林鹤眨了眨眼，“而且那时候我还没成年，我也需要监护人。”

一开始的时候二伯对他很好的，甚至刘淑琴都对他态度和善，这样的情况持续了一阵，林濠那时候还很小，见到林鹤时被刘淑琴提醒着叫哥哥。

后来一年、两年……日子往后过，有些事情就在潜移默化地改变了。

对林鹤，从最开始的心存感激，到后来的视如累赘，根本不用几年的光景。

饶是如此，林鹤也在拼命表现，表现得懂事，做家务，照顾弟弟，不叫人操心。

但是没想到最后会演变到，他留在这里吃一口饭，他二婶都嫌。

贪得无厌的人，尝了一次甜头，就还会想第二次，果然这就又来了。

他二伯竟然还是跟当年差不多的说辞，说什么他们都是林鹤的亲人，说身边只有他和林濠，要他们相互帮衬，就像是他不在房产证上加林濠的名字就是不懂事、薄情寡义、不知感恩。

林鹤以前相信过一次，也不怀疑当初二伯带他回去，是真心想对他好，想照顾他，所以这么多年来他也没有多说过什么，甚至搬出去住之后每周也还是会去给林濠辅导学习。

但是这远远不够……

林濠哭了，林濠不知道什么时候就哭了起来，眼泪挂了一脸，他长得跟刘淑琴有些像，性子却像是随了他二伯。

他说："哥，我不相信……怎么会是这样呢……我爸妈怎么会做这样的事……"他哭起来，话说得也断断续续，他又跟林鹤说："对不起……哥……"

但硬要说来他并没有什么错，他只是有点笨。

林鹤听见他道歉，脸上嘲讽的笑意也淡了，他最后说："回去吧，林濠。"他不想再多说了，他跟林濠这么多年以来甚少交流，如今唯一一次说了这么多话，倒惹得人在这儿哭。

结果林鹤转身要走的关口，林濠又一把抓住了他的胳膊："你别走呢！你……你听我说……"他吸了一口气，平复情绪一样："我……我回去会跟我爸妈说不让他们跟你争了……"

林明哲在一个雨天，神色灰败，怀里夹着三万块钱来找了林鹤。

他看起来心灰意冷，看着林鹤，递过去钱，说林鹤再不高抬贵手，他这个家就要散了。

林濠也不知回去发了什么疯，嚷着闹着要退学，不上了。

又是绝食又是反锁门的，说他们再去找林鹤要钱，自己就再也不花这个家里的钱。

刘淑琴气得病倒，娘家人三天两头来闹，一家子没个安生时候。

林鹤最后没要那三万块钱，只跟他二伯说，以后就不要联系了。

这是要跟他们一家断了。

林明哲不知道事情怎么就走到如今这一地步了，拿着三万块钱的手抖了一下，望着林鹤说："你这……你这是在怨二伯。"

林鹤没有说话。

他看着二伯稍显佝偻的背影，慢慢消失在雨里。

林鹤这边松口，他们家这边的事还要再处理一段时间，应该是没什么闲工夫再来找林鹤的麻烦。

拆迁款的事算是告了一段落。

胡柯壬听说林鹤受伤的事，说林鹤旷工这么长时间算是带薪假，没扣工资。

林鹤的脑袋拆了线，左边的位置剃秃了一块，长出来硬硬的发茬儿。

他买了一顶帽子，戴在头上，每天出去打工，日子跟往常无异。

倒是沈安从医院回来之后就怪怪的，自以为不动声色地躲着林鹤。

林鹤心里闪过什么，但是也不动声色地没有多说。

他明白沈安是察觉了什么，也想给沈安一些时间。

结果没想到的是他给沈安时间，沈安却不要。

林鹤这天从餐馆打完工回来，结果看到沈安难得没跑出去玩，竟然坐在家里的书桌前埋头写着什么。

沈安听见林鹤进来的声响，动也没动，还趴在那儿写。

林鹤走近了，看见沈安手底下压着的是张粉色的纸。

"你在写什么？"林鹤靠近了，在那张信纸上打下来一片阴影。

沈安回答说："我写情书。"

林鹤鼻腔里发出来一个气音："你给谁写啊？"

沈安觉得那个气音跟嘲笑自己似的，他抿着嘴，然后又用听起来很认真的语气讲："我要给咱们班的宋晓媛写，她长得漂亮还成绩好，性格还很温柔，我就喜欢这样的女生！”他最后两个字咬重了，故意说给林鹤听一样。

他低着头，没看见林鹤现在什么脸色，继续在那儿说：“我都安排好了，等我们谢师宴结束之后，我就把我的信交给她。”

林鹤哼笑一声，眼里是半分笑意也没有：“谢师宴？谢师宴那是有钱才能参加的，我没给咱俩交，咱俩不参加。”

饶是沈安再觉得自己了解他的性子，此时也吃惊于林鹤骨子里的凉薄。

他们班主任对林鹤可不能说是不好，林鹤竟然谢师宴都不去参加，他张嘴就道：“不可能！你是班长！班费都在你这儿，你肯定要参加谢师宴！”

“我把班费交给学委了，谢师宴学委组织。”

沈安仿佛情路受阻，不管不顾地又喊：“反正我不管！我不参加我就在门口等她，我要把我给她写的情书交给她！我要恋爱！”

他计划得有鼻子有眼的，颇为认真的样子，在那把情书一叠，往一个带着小花的信封里塞。

林鹤脸色彻底阴沉下来，他劈手夺下沈安手里给人家写的情书，看都没看就在他面前撕了个粉碎，他的声音里是盖不住的怒意：“你要恋爱？！”他怒极反笑，“我看你是要作死！”

沈安看着他的举动，硬着头皮在林鹤的视线下喊出声：“你凭什么撕我的情书！”他也猛地一下从凳子上站起来，凳子被他身体带动，摩擦地面发出不甚悦耳的声响。

“我就是撕了又怎么样？”林鹤脚下是被他恶狠狠撕碎了的纸屑，他站在那里望着沈安，皮笑肉不笑的：“才刚高考完多久成绩还没出呢，学费生活费还没着落呢，你就想着要谈恋爱了！”

沈安却开始有些气恼地打断他：“什么意思呀！你发这么大的火干什么？”他看着林鹤的脸色不由得狐疑，又有些不可置信地猜测道：“难道说你也喜欢她？！”他语气急促，脸都急红了。

这样的猜测可又把林鹤的火又拱了起来："你能不能别这么幼稚任性！就拿现在的你来说，自己都照顾不了自己！生存都成问题你还……"

林鹤话还没说完沈安就打断了他，他脸上是气愤不已的表情："什么意思啊，嫌弃我是个拖油瓶？！你这话憋心里很久了吧！"

林鹤声音骤冷："我没有这样说！"

"你这还叫没有这样说？！你话里就是这个意思！有什么不敢承认的啊！"沈安也破罐子破摔一样，他咬着牙说道，"你要是嫌我拖累你，我就走好了！"

沈安心里也慢慢起了火，还夹杂着一丝说不清道不明的伤心，他觉得林鹤背叛了他们的友谊。

好朋友之间应该互相帮助，这是幼儿园时候就学过的事情，而林鹤怎么可以这样，表面在帮助他，内心里却还是觉得自己是个累赘，什么也干不好，只会拖累别人。

林鹤目光阴沉得吓人，他看着沈安的表情，然后说："行！你要是想走就走好了！我也没那么多余力去做慈善，上赶着求你留在我这儿！"

这话说得实在是太伤人了，沈安当即气红了眼眶，他心里其实有很多次都怕林鹤会不高兴赶他走，他就真的无处可去了。如今不受控制脱口而出这么多带有情绪的话，有些色厉内荏的味道。沈安听着林鹤说他麻烦，说他什么也不会，胸口剧烈起伏起来，他想起住在林鹤家的这段时间，自己没有半分成长，除了被林鹤一手拉上去的成绩，他在生活方面还是一片空白，他跟刚来到林鹤面前的第一天没什么两样。

这样回想起来，他确实是过于不懂事，过于没长进了一些。

沈安羞愤难当，伸手一把推开站在面前的林鹤："走就走！我再也不会回来了！"

林鹤被推开，后腰磕在书桌的边缘，发出一声闷响，他看着沈安情绪激动的脸，渐渐抿紧了嘴唇。

空气中只能听见沈安气得发出的短促的呼吸声。

沉默片刻，林鹤最后说："好，那就滚吧！"

沈安气得手都在发颤："你这样的人活该没有朋友！"

"滚！"林鹤再控制不住地低吼出声，眼睛变得赤红，他一点儿也没有因为自己这段时间对他的好，对他的付出，说这些话的时候产生半点儿犹豫。

沈安这次也是气恼得失了心智，跟头被惹急了的小牛犊似的闷着头就往外跑，嘴里还叫嚷着："滚就滚！我不会再回来了！"

沈安一路头也不抬就往外奔，一直到自己跑不动了才停下来。街道上人来人往，他拖着疲惫的脚步，漫无目的地走着。

他的心情糟糕透了，也不想跟任何人联系，心里后知后觉除了恼火也觉得委屈。他自己一个人偷偷郁闷，低着头走路。

结果在这个时候听到了一道熟悉的声音，是李绪恩。

沈安抬头一看，看见自己不知不觉走到了医院门口，是李绪恩从医院门口出来，旁边还有个人在搀扶他，李绪恩不知怎么腿受了伤，右腿打着石膏，正拄着拐艰难地移动着。

沈安赶紧往墙边靠了靠，李绪恩看起来并没有注意到自己。

他看见李绪恩拄着拐还不老实，伸手很是厌烦地去推他旁边那个要搀扶他的男生。

沈安看不清楚那男生的脸，只看得出身材很是瘦小。

"我扶着你呀，你这不是还没使习惯拐杖嘛。"男生对李绪恩说道。话音刚落，李绪恩跟被这句点着了一样："走开行不行！我没使习惯！你腿摔断试试，把双拐给你看看你习不习惯！"

他这样讲话，那男生竟然也不生气，还在一旁搀扶着他。

两人行动缓慢地越走越远了，声音沈安也听不真切了，只看见李绪恩没再推开那个男生了。

沈安听这些对话，心下大震，不知道李绪恩这种恶霸怎么会跟一个瘦弱得小鸡仔似的男生玩到一起去。

他看着李绪恩走远了腿上还分外显眼的雪白石膏，又是一阵心绪飘忽，眨了眨眼，想起以前被李绪恩欺负的时候还是林鹤来帮助了自己。

沈安快走不动路了，他出了汗，肚子也有点儿饿，在街头晃晃悠悠，最后犹豫再三，决定回去了。

他似乎已经完全忘记他跑出来的时候放出来的狠话，哭过以后看起来坏情绪已经发泄出去不少。

他饿的时候，或者冷了热了，都会很容易想起林鹤，想林鹤给他买烧鸡，给他开空调，那时候林鹤也不讨厌。

只是吵了一架，又有什么呢。

林鹤在沈安跑出去之后，有些不受控制地朝门走了一步，然后又攥着拳头很快顿住脚步，胸腔里被各种情绪堵塞住，闷得喘不过来气，一呼吸就疼，又像是身体有个补不上的洞，呼呼地冒凉气。

他独自身体僵硬地在那站了好一会儿，才慢慢找回了自己的四肢似的，退回到墙角，蹲下来，哭不出来，又有点想笑，想嘲笑自己，总是拼尽全力，最后还是什么都得不到。

人人厌他，避开他。

就连流浪到他这里的沈安也一样。从来没有什么应得的礼物，全是他自欺欺人罢了。

就好像他不编造出一个美好一点儿谎言，他的生活就真的全是苦涩，一点儿甜头都没有。

林鹤从旁边的抽屉里拿出一盒烟，摸到打火机，打了两下都没打着，应该是太久没用的缘故。

第三下把烟点着，林鹤后脑磕在墙上，眼神迷茫。

自从沈安走后，他就像是一只被遗落在角落的可怜小兽，可明明这里是他的屋子，沈安也是他自己赶走的。

地上落满了烟灰，屋里一股儿呛人的烟味。

林鹤不知过了多久才动作了一下，他看到烟灰抖落下来的火星落到他撕碎的沈安写的情书上。

林鹤的视线停在那里。

只是残存的一块有些大的纸屑，上面写着“尊敬的宋小圆”，后面被撕掉的内容不知在哪一块纸屑上。

宋小圆。

林鹤眼皮颤了一下，还说喜欢人家，宋晓媛给人写个宋小圆，三个字错了两个。

烦人精不知道跑去了哪里，会去找自己的朋友吗，他朋友总是很多，或者回自己妈妈家?

林鹤不愿意再想了，他闭上了眼睛，头靠在墙上，觉得很难受，他可能真的像沈安说的，心脏不好。

沈安进来的时候被他吓了一跳。

他从来没有见过那样的林鹤，就好像别人都在夏天，他一个人到了冬天，所有的霜雪都落到他一个人身上。

林鹤听见声响，还以为自己听错了，一开始只是半睁开眼睛，看见是沈安之后眼睛立刻全睁开了。

两个人大眼瞪小眼，相对无言。

他们鲜少产生这么激烈的争吵，大多时候沈安很怕林鹤，所以吵不起来。

林鹤两眼通红，看着沈安，想张嘴问他为什么回来，又怕再把人激走，可不能再大晚上跑出去找他。

最后还是沈安别别扭扭地皱着眉头先开口了：“怎么坐在地上呢，衣服都要弄脏了。”

林鹤愣了一下，然后起身站了起来。

他抬起眼望着沈安，声音有些嘶哑，问他：“那……不生气了？”

他紧紧盯着沈安，声音里似乎透着股说不出的紧张感。

好朋友之间吵架总是有些伤感情的。

沈安也看着他，把林鹤从头到尾打量了一遍，目光又收回来。

然后他像是在心中做了一个重要的决定，他也深吸一口气，双手在腿侧攥紧了，他冲林鹤说道：“好吧！我跟你道歉，是我太不懂事了！”

林鹤一步步朝沈安走过来，眼睛一眨不眨地望着他，然后站到了他面前。

沈安看见他靠近自己，竭力克制住自己后退的冲动，身子紧绷起来，还以为林鹤气不过还是想动手揍自己。

沈安闻到了一股很清淡的肥皂香同烟草味混杂在一起的气息。

林鹤走过去跟他擦肩而过，就好像是他们之间没有发生过争吵一样。他走到煤气灶旁边，打起火，若无其事地问：“晚上想吃点什么？”

林鹤的眼睫半垂着，偏头对着沈安，两人的视线撞上，沈安有些不太自然地揉了揉鼻子。

“番茄……番茄炒蛋吧……”

林鹤很轻地点了点头。

这场原本激烈到气得沈安离家出走的争吵，就在一道番茄炒蛋之后不痛不痒地翻篇了。

高考成绩出来的那天下午，沈安去顾钦然家查的分数，网页刷了几遍都刷不出来，他紧张得手心冒汗，等了十多分钟终于查到自己的分数，看见那个数字之后眼神都直了，等顾钦然一巴掌拍到他的肩膀上喊了声：“牛啊！”沈安才骤然回神。

他又开始装模作样地控制住自己喜悦激动的心情，下巴微微仰起来跟顾钦然讲一些虚情假意的话：“还行吧，就是正常发挥。”

顾钦然都懒得戳穿他，在电脑上输自己的准考证号，自己闭着眼不敢看，让沈安先给他看，告诉他成绩好不好，做个心理准备。

沈安看见页面上显示的分数，直接给他念了出来。

高考成绩是比顾钦然的平时成绩好一些的，顾钦然悄然松了口气，总算是能给他爹一个交代了。

两人的成绩自己都还算满意，顾钦然在他们的四人群里开始欢呼，让大家都出来玩，今天晚上他请客。

王梓清："这么高兴，考得不错？"

刘绅："还出去玩！我这会儿在网吧查出来分数，今天晚上我都不敢回去了，怕被打死。"

顾钦然直接很嚣张地甩了一张自己的成绩截图过去，很嘚瑟地学沈安："还行吧，正常发挥。"

群里看见他的分数又沸腾了。

顾钦然看见沈安也拿着手机，手指在屏幕上打着字，结果在群里并没看见沈安发的消息，不知道这会儿是在跟谁分享呢。

顾钦然伸手要关电脑的时候沈安拦住了他："等一下。"

"怎么了？"顾钦然问。

"查查班长的分。"沈安低着头然后又抬起来，"我刚要到他的准考证号，他还在打工呢，我给他查。"

"他的还用查？不得人家打电话通知他？"顾钦然这样讲，还是帮沈安又重新登录了高考查分的页面。

沈安输入林鹤的信息，这会儿倒是不紧张了，因为林鹤一直干什么都让人觉得很稳，很靠谱。

结果分数查出来，顾钦然看了一眼，愣了一下，旋即又很快地说："考得不错。"

考得确实是不错，比沈安高了将近六十分，但是于林鹤自己而言，其实成绩是有些下降的。

他几乎是学校里市理科状元的预备人选了，在模考的时候成绩也一直很出色，哪怕在高三下学期他跟第二名的分数一度拉得很近，但是第一名一直都是他。

“快看看群里，谷栗的成绩出来没？班级群里在聊分数没？”沈安看起来几乎是有些焦急了。

顾钦然点开群消息看，往上划了几下，最后脸色也有些不自在地说：“出来了，跟林鹤一分之差。”

沈安紧接着问：“差了林鹤一分？”

顾钦然看着沈安的脸色，又慢吞吞开口：“林鹤差了他一分。”

沈安似乎有些不敢相信，他也不再盯着电脑屏幕上林鹤的成绩看了，打开自己的手机往班级群里查看消息。

直到最后确认了，他才放下手机，眼睫毛颤了两下，嘴里喃喃问：“怎么会这样呢？”

顾钦然看着他，心里又涌起一阵难言的怪异感，沈安这模样，跟他自己没考好似的，人家林鹤就是最差的成绩都已经甩了他们俩这么一大截了，还用得着沈安在这儿替他伤心？

“啧，差不多行了，他这成绩也不错了，其实咱们高三下学期，谷栗的成绩到后来已经和林鹤的很接近了，高考能反超他也不是说特别不可置信。我记得那时候咱们班主任还找林鹤谈过几次话呢，他那段时间确实看起来有些分心……”顾钦然讲这话的意思其实是想宽慰沈安一下，结果说着说着觉得有些不对，又赶紧住口了。

有些分心……

旁人不知，难道沈安还不知道在很重要的高三时段，越是重要，林鹤就对他倾注的心血越多，他自然知晓林鹤的心最后分去了哪里。

沈安失落地回家了，那模样跟他自己与第一名失之交臂似的。

亏得林鹤心态沉稳得不似常人，把准考证号发给沈安之后连问都没问一句，跟往常似的在胡柯壬酒吧打工打到凌晨才回家。

林鹤回来的时候屋里竟然没有熄灯，沈安在床上侧躺着望着门，他一推门沈安就看见了他。

林鹤没事人一样进屋洗澡关灯睡觉，一副今天出高考分跟他无关的模样。

沈安难得没有吭声。

林鹤问他：“怎么了？”

沈安声音闷闷地：“班长，你不是第一名了……”

“嗯，我知道了。”林鹤语气里没有什么起伏，好像并不怎么在意这件事。

“你知道了自己的分数？”沈安问完又很快反应过来，林鹤这样的尖子生，肯定学校第一时间就会跟他联系，班主任也指不定给他打了多少通电话呢。

林鹤果然又“嗯”了一声，算是回应沈安的问题。

“但其实也是很好的成绩。”沈安这样讲，又在黑暗中抬眼问他，“你会去首都吗？”他想起以前林鹤跟他说过的话，心里涌起一阵说不出来的滋味，感觉好像今天刚出成绩，两人明天就要分离似的。尽管林鹤对他一直很严格，但是同样对他很好，他俩以后要是分开，林鹤还会管他吗？

沈安心里有些没底，难得有些纠结起来，心绪乱成一团，又觉得他已经拖累林鹤太多了，林鹤原本可以更好，也可以不用那么辛苦，但是因为他，林鹤的生活好像变得更加艰难了。

林鹤还没有回答他，沈安就已经又开口了：“那……那你以后去上了大学，可不能乱交奇怪的朋友呀。”他好像又有些担心林鹤。

林鹤说：“应该不去吧，咱俩可能去省会。”

沈安脑袋猛地一抬：“咱俩……咱俩差了快六十分了！上不了一个大学！”

林鹤慢慢垂下眼皮，然后讲：“我当时好像把话说反了，不是你要和我上一个大学，是我要和你上一个大学才对。”他又侧脸，睁开眼睛，声音里似乎沾染上了一丝笑意：“我没考第一名你难受什么？分已经够用了。”

第八章

沈安很反常地失眠了。

屋里空调温度正合适，林鹤已经呼吸平稳。

沈安眼睛闭上，复又睁开，一向不太爱思考的脑子里乱成一团。

在林鹤说要和他上一个大学之后，他在这晚想了很多东西。

他知道上什么大学这件事情意味着什么，而且对于林鹤这样开局就一手烂牌，什么都没有的人更是尤为重要。

林鹤不应该这样选。

他其实做了很多不应该做的事，在沈安这里变得不太像同学们口中那个精明理智清醒的人。

他花费自己大量的时间和精力去提高沈安的成绩，自己都生活艰难，却还是尽力地在照顾沈安，花费本就所剩无几的钱。

他其实最不应该“捡”沈安回来，让沈安进门。

这很不精明。

沈安开始渐渐意识到，林鹤其实并不是他想象中的那样无所不能、无坚不摧，不能像一个铁人一样连轴转打三份工还要辅导沈安的学习，像不需要睡眠。

他也会像一个正常的普通人一样生病倒下，也会因为分心而高考失利。他慢慢从沈安一直仰望并且可以让人一直依靠的高台上走下来，肩膀变得单薄。

沈安有一些难过，不是为自己，而是为了遇见自己的林鹤而难过，他觉得他是林鹤高考失利的因素，是他把林鹤从神坛扯下来。

他把林鹤变得普通，变得不那么厉害，变得也会做一些很不理智的选择。

是很难以形容的酸涩的感觉，沈安到了天蒙蒙亮才合眼，他想他或许应该也去找一份工作，上大学可能会花很多钱。

他可以为林鹤分担一点。

这样的念头一出来，一直没怎么成长的沈安好像变得有些懂事。

他也不知道为什么，他的成长规律会是这样。他的心智前面的十几年都停留在一个阶段没有动静，甚至他们家破产他爸被抓起来的时候他都没有任何变化，而在这样一个夏天的夜晚，他在林鹤的小房子里，舒适地吹着那嗡嗡作响的二手空调，他的高考成绩刚出来，还出乎意料地好，在这样的时刻，他微微像是试探着迈开了一小步。

可能是因为林鹤没考好，也可能是因为他说要跟自己上一个大学，也可能单纯因为林鹤背对着自己，后背的骨头看上去有些突出……

沈安第二天起来晚了，到了上午十点钟才醒过来。

他这样的人做事总是有些容易冲动，想一出是一出，这会儿做了决定要去打工挣钱，就恨不得下一秒就已经奋斗在工作岗位上了。

他一直以来也没接触过这方面，于是就先在网上搜索了一番，找到了当地的求职网站，然后看了一会儿又关掉了，嫌兼职的钱太少。

他抽掉杯子下面林鹤给他留下的二十五块钱的饭钱揣进兜里，决定去街上看看。

端盘子不行，发传单不行，也不能站街头乞讨，大夏天的太晒不说，还很容易碰见熟人，到时候得多跌面儿啊。

沈安从上午溜达到下午，招工的几家店很多都只要长期的，收学徒，兼职的都不需要，因为夏天这段时间本来就是淡季。

他走到最后天都暗下来，脚步逐渐疲惫，最终停到了一家酒吧前，上面贴着一张很大的招聘海报。

标注的工资是他今天目前为止看到的最高的了。

沈安皱着的眉头微微松了松，他想这样的薪酬才算是稍微符合了点他的心理预期。

沈安拨打了海报上的联系电话，酒吧门现在还紧闭着，时间还早，酒吧还没有开始营业。

联系好了挂了电话，沈安开始有些紧张也有些新奇，这毕竟是他要做的第一份工作。

真不知道等他挣到钱以后林鹤会怎么夸他。

他晚上去面试的时候很顺利，酒吧的老板是位很年轻的男人，很和气，看见沈安的时候打量着沈安，带着笑意问了一句，成年了没有。

沈安回答成年了，有点儿紧张地挺了挺胸脯，稍微站直了点，像是要给自己一些底气。

在这儿灯光昏暗的店里，沈安有点儿忐忑地不自觉地攥了攥衣角。

他递过去身份证，人家酒吧老板看了一眼，就让他去后面换衣服，准备上班了。

沈安换好衣服才知道自己是来做服务员的，什么酒水品鉴，写得倒是好听。但是沈安已经逛了不少店了，这里的工钱是最高的，想了想还是接受了。

夜色加深，酒吧里渐渐上人了。

零零散散几桌，沈安倚靠在吧台，看调酒师在那里调酒，颜色很漂亮，吸引了沈安不少注意力。

酒吧里音乐开始响了起来，吧台的调酒小哥看见他，跟他说："新来的？"

沈安点点头。

那小哥笑了一下，左边有一个酒窝，把手里那杯调好的酒推了过去："请你。"

沈安早就眼馋了，这会儿看见他推过来，又客气了几句，才拿起来好奇闷了一大口。有点儿辣嗓子，味又冲又呛，这会儿沈安呛得咳嗽起来。

这跟沈安想象的不一样，他觉得自己有被这杯颜色柔和治愈的酒的外貌欺骗到。

那调酒小哥看着他这样又笑起来，甚至都笑出声了，沈安都听到了。

沈安听到自己被嘲笑，当然有点不高兴，不再倚着吧台了，转身就要走远一些。

调酒小哥看他这样叫住他："嘿，脾气还不小呢。"他从后面拿了五瓶洋酒，然后用托盘托住递给沈安。

沈安接过去，然后问："给谁？"

"后面的6号桌，只要了两瓶。"调酒小哥说。

"那怎么给送去五瓶？"沈安看那洋酒，看起来就价格不菲。

调酒小哥朝那里扬扬下巴："你没看那桌中间位置那人的眼神正落你这儿呢，你去多卖两三瓶，提成都给你。"他眉毛动了动，跟沈安说："你长这张脸，估计能卖出很多酒呢！"

沈安听罢浑身不自在地端着酒过去了。

沈安不知道事情为什么会变成这样，他晕乎乎地想起来，这位6号桌的客人说什么来着？好像是说自己能喝下几杯，他就买下几瓶洋酒。

沈安喝下去三杯，这会儿浑身上下都泛起一种燥热，嗓子眼儿辣得疼，头也沉，再被这叫人眼花缭乱的灯光一晃，瞧人都有些重影了。

沈安站不稳了，6号桌的客人对他很热情，邀请他坐下，最中间位置的是个大约三十多岁的男人，把沈安扯到旁边坐下之后还想拿着酒再劝，周围都是起哄的声音，还有一些扰人的音乐，沈安脑袋瓜子感觉都要炸了。

沈安皱着眉用手推拒了一下，想起身站起来，结果被旁边坐着的一位女生拦下来了，那女孩红着脸低声凑到沈安耳边，想要沈安的联系方式。

沈安喝了酒脑袋晕晕乎乎的还没来得及反应过来什么，就被一把拽住了衣服领子。

沈安直接惊叫了一声："你干吗！"

周围起哄的声音更响了，那位客人也看他这么大反应更是怒意十足："怎么着？不服气？！就凭你这小身板还有胆子勾引我女朋友？！"

林鹤从二楼抬下来一箱子空酒瓶，看见楼下已经一片灯红酒绿，今天酒吧上人倒是上得挺早。他路过吧台的时候眼睛往店里一瞥，突然动作顿住。

那一瞬间他还以为自己是看错了，认错了人。

他眼睛眨了一下，直直望过去，看见沈安穿着他们酒吧里服务员的制服，衬衣的下摆都被人扯出来了，一个男人正拽着他不让他走，沈安没什么力道地推拒，几次想起身都被又按回座位上，看起来又急又恼的模样。

调酒小哥看见林鹤在望着那处还跟林鹤介绍了一下："今天刚新来的，啧啧，瞧瞧刚端过去五瓶洋酒都给开了瓶了……"他看着沈安那里的情况又说："现在是有点麻烦了，我让咱们保安过去……"

话音刚落，林鹤手里的空酒瓶直接往吧台上一掷，发出很重的声响。

调酒小哥愣了一下，只看见林鹤往那里走去的背影颇为气势汹汹的模样。他的步伐没有丝毫的停顿，穿过人群，直直往沈安那里走去。

调酒小哥心里涌起一阵不太妙的预感。

沈安看见林鹤的身影出现在他们桌前的时候，还以为自己已经急得头脑不清醒出现幻觉了。

林鹤面无表情地望着他们，桌上的人都是一阵莫名其妙。

但是林鹤的模样看起来来者不善，他的目光阴沉地望着坐在中间位置的那个男人。

“有事？”那男人语气还很嚣张，手还压制着沈安。

沈安叫了一声：“班长……”语气听起来又急又怕，尾音轻，在这样嘈杂的环境里，林鹤可能压根儿听不见他叫了什么。

他这个时候趁旁边的男人不注意，用力从座位上起来，动作很快地奔向林鹤，手紧紧抓住林鹤的胳膊，他都有些站不稳了。

“你怎么……你怎么在这里……”沈安醉醺醺的，头有些难受地低垂着，“班长……有……有坏人……”他听起来难过极了，在很委屈地告状一样。

“你怎么也在这儿呢……这里……这里太危险了……”沈安还在那儿提醒林鹤，“你真是……真是的！”

好像林鹤做了让他很不省心的事一样。

那男人显然也是喝多了酒，看见林鹤这样嘴里开始不干不净地骂了起来。

林鹤停了很久，视线停留在那人的手上。

林鹤的手慢慢放到了桌面上摆着的一瓶刚开的洋酒上，他缓缓握紧瓶口，还没等拎起来，就被一只手按住了。

是调酒小哥，身后还跟着保安，他拼命朝林鹤使眼色：“林哥，怎么回事，消消气，咱们老板这就到了……你可……你可别冲动啊……”

两拨人气氛变得有些剑拔弩张，保安也过来伸手拦住对面的男人。

林鹤也不愿意罢休的样子，眼睛红得像是要把对面那男人吃掉一样，他的下颌那块紧绷着。

调酒小哥看得出来，他一定是在很用力地咬着后槽牙，他看着林鹤这副模样不由心惊："怎么了这是……这是你弟弟啊……"他看着明显已经喝得晕头转向的沈安，沈安还很不老实地一会儿喊热一会儿又叫唤着难受。

胡柯壬从后面出来的时候看见店里这状况，赶紧快步走了过去，他看见林鹤那副恨不得要打人的模样，嘴里说着："怎么了这是？"他又用胳膊肘碰了碰店里的调酒师："这还不赶紧把这几位请出去？等着闹事呢！"

几位保安得了话，手下不再留劲，把那几位喝得上头嘴里骂骂咧咧还想比画着动手的客人都拖拽了出去。

调酒小哥也不知道今天事情会变成这样，手下一度按不住林鹤握着酒瓶的手，汗都下来了。

那几位客人走了之后，场面也并没得到什么缓和的迹象。

林鹤一声不吭，脸色难看得吓人，周身气压低得过分。

胡柯壬看着林鹤身后挂着的他今天新面试的服务员，看着林鹤的脸色，心里一咯噔，因为他有些后知后觉回忆起了什么，这新服务员身份证上的名字好像跟以前他偷瞄的林鹤小账本上记的人名一样。

安安？

胡柯壬暗道一声坏了。

没等他再张嘴说几句缓和场面的话，林鹤就伸手拽着他身后的安安走了。

胡柯壬脸上挂不住，在这些人面前不尴不尬地说着："瞧瞧他这驴脾气……"

沈安一路被很粗暴地拽着，被推上了林鹤的车后座。

夜风吹着，沈安身上的燥热感下去了点儿，但是他还是有些搞不清楚状况，就比如他到现在还没看见林鹤的脸色已经多么吓人，酒精作祟，他嘴里有些啰唆又委屈地讲一些重复的话，翻来覆去骂那个男人……

他自己骂了一路，却没听见林鹤的一句回应，有些不满，在自行车后座踹了空气两脚，脑子里又不知道想到了什么。

“班长……班长你不会在那里打工吧……”他的语气变得很不可置信，他几乎是带着哭腔在喊了，“是不是也有人经常欺负你！”

林鹤一路闷着头狂蹬，到了他们家附近，路况变差，沈安的声音被颠簸得破碎。

他在林鹤后面哭了起来，仿佛林鹤背着他一个人遭受了很大的委屈，还坚持了这么久。

他哭着说：“我不允许……你以后不要去打工……”

林鹤终于忍无可忍，觉得沈安跟在他已经火得不行的胸腔里添柴火似的，怕他气不死。

“闭嘴！”林鹤厉声呵道。

沈安突地噤声，手又攥紧了林鹤的衣服。

虽然看不到林鹤的表情，但是听到林鹤这样极度不悦的声音，沈安还是心里本能地一颤。

他憋着了，哭也不敢大声哭了。

等到了家，林鹤停下车，沈安从自行车上下来。

林鹤先开门进屋了，沈安跟着慢吞吞走进来。

等两人在屋里站定，林鹤才将目光落到沈安身上，目光冷得吓人。

他吸了一口气，然后极力克制住自己已经濒临失控的情绪。

“来，跟我说说，你去酒吧干吗。”他问沈安。

沈安还在那皱着眉，脸上挂着未干的泪痕，但他还是回答了林鹤：

"我去……我去打工挣钱。"他带着很浓重的鼻音。

林鹤的脸色并没有因为他这个答案而缓和半分，他甚至冷笑了一声："有人说需要你去打工吗？！"他的声音都忍不住拔高了起来。

沈安看着他的脸色，撇着嘴要哭不哭的，不说话了。

林鹤更是恼火，冲他说道："哑巴了？！"

沈安本来经今天这一遭心里就委屈得紧，这会儿被林鹤接二连三地吼，脾气也上来了。

他倚着门，两颊泛着酡红，酒壮人胆，甚至想要用比林鹤更大的声音唬住林鹤："我觉得你不应该这么大声吼我！"

他想毕竟他的初衷是想要帮林鹤的忙。

他打了个嗝，有些口齿不清地冲林鹤嚷："你这样我真的是有嗲（点）……生气！"

生气？

到底是谁应该生气？！

林鹤胸口剧烈起伏起来，原本就十分勉强才得以克制的情绪此刻已经濒临失控，他看着脸蛋儿红扑扑的沈安，他一身酒味，身上穿着他们店里的衣服，顶着这张挨欺负的脸，还敢去酒吧。

这是他发现得早，万一他要是再晚下来一会儿，沈安指不定又被欺负成什么样了。

"你觉得你去酒吧打工合适吗？！"林鹤被气得头疼，"你怎么能这么想一出是一出啊，谁需要你去打工了？再退一步说，你就非得去酒吧打工，那地方这么乱，万一你今天没碰见我呢，你自己在那儿该怎么办？"

沈安皱着一张脸听林鹤训自己的话，心里想想这会儿也觉得有些后怕，他最后软下来梗着脖子说道："好吧，我知道了，我以后会注意的。"

这事儿给沈安的挫败感太沉重了，林鹤换了衣服进去浴室冲澡，出来的时候原本还想再训话，就看见沈安嘴角耷拉着睡着了。

沈安第二天醒过来的时候眼睛肿得差点儿睁不开，酸涩难受得紧，头也痛。

他很缓慢地坐起来，慢慢抿紧了嘴唇，心情沮丧到了极点。

结果没想到这么晚了林鹤竟然没走，还买了饭回来。

明明沈安昨天还敢跟林鹤顶嘴，这会儿酒醒了看见林鹤回来却有点不敢看他，止不住地胆怯，怕哪个动作再惹了他，再让他想起昨天的事把自己再骂一顿。

林鹤从衣柜里抽出衣服丢给沈安："起床吃饭。"

沈安想开口说什么，一开口就被自己沙哑的声音惊到，于是又耷拉着嘴角不说话了。他委屈又伤心，情绪低落地躺回床上，不愿意吃林鹤买的饭。

林鹤看他那样，懒得搭理他，自己一个人在那儿吃饭，也不再叫他。

沈安背对着林鹤侧躺着，不愿意看到他。

过了一会儿，沈安听到了林鹤脚步靠近的声音，于是连眼睛也闭上了。

而林鹤居高临下望着他，视线在他脸上停顿片刻，有些没忍住，把他微微鼓起来的腮帮子按平了，就好像这样沈安就不再不高兴了。

"别碰我！"沈安叫了一声，抬手就想要去把林鹤的手打掉。

林鹤躲了一下，他没有打到。

两人这么相对无言沉默了片刻，突然同时地开口。

"你知道错了吗？"

"你知不知道你真的是很过分！"

林鹤难以理解地望着他，不知道沈安做出这样没有头脑叫人不省心的事，怎么还自己气成这样。

但是林鹤已经在昨晚发泄过一通了，这会儿情绪已经冷静下来。而且沈安的模样看起来实在是太可怜了，头发翘起来，脸色看起来也没休息好，身上还穿着他们店里皱了吧唧的服务员制服。

沈安感觉到林鹤在扯自己的手腕子，一个冰凉的环状物贴了上来。

沈安一惊，赶紧甩手："你干吗？！"

他这么一挣扎，林鹤一时不察真的差点儿被他甩掉了那小玩意儿。

林鹤一边皱着眉用了点儿劲攥住他的手腕，一边又说："怎么了，你以为要干吗！"他把那个手环给沈安戴上了。

他戴上之后就松开沈安了，看见沈安这会儿脸上都气得浮上来一层薄红。

沈安心里恼得要死，心里还没有原谅林鹤，在林鹤松开他之后他很快地抽回手，看见手腕上戴着的是一个绿色的橡胶材质的环，还是卡通的，是一个青蛙大眼仔形象。

大眼仔的大眼跟沈安肿起来的杏眼对视着。

林鹤说："驱蚊的，不知道管不管用。"

夏天一来，沈安身上又有很多蚊子咬出来的包。他夜里痒得直挠，睡不安生，小嘴就一直叨叨叨，让林鹤也睡得不好。

沈安抿着嘴唇，又呛声说："有的人比蚊子还烦人呢！"

林鹤不讲话了。

但是沈安却好像听到林鹤叹了一口气。可是他肯定不觉得自己做错了，因为他根本没有一点儿要向沈安道歉，讲对不起的样子。

他还对着被欺负成这样的沈安叹气。好像沈安真的很不懂事，总会惹麻烦，是他在迁就沈安，纵容沈安。

沈安望着手上被林鹤刚戴上的驱蚊手环，眼睛突然变得很疼又酸涩。

林鹤看着他，声音有些低："可不能再哭了。"

"可是我只是想替你分担一点儿……"沈安的眼皮颤动两下，眼睛真的变得湿润起来，到底还是哭了。

当真是委屈坏了。

他还不如跟自己顶嘴再吵上两句，他越是这样讲，林鹤心里就越烦躁。

他说："不用。"他重复着，"真的不用。"

"我不用你替我分担什么事情，你就像平常那样生活就可以，不用你去打工挣钱。"

"可是我已经不是小孩了！"沈安反驳着说。

他觉得林鹤不让他去做这些是觉得他做不好，他什么都不会。

"但是你的那些朋友他们高考后也没有要去打工，他们不需要是不是？所以你也不需要，你学习就好了，不用为钱财发愁，也不用感到有压力。"林鹤顿了一下，"我会做好的。"

林鹤觉得沈安能够想到也去打工挣钱，就已经在说明他自己没有做好。

"你这样让我觉得我自己很没用……"林鹤吸了一口气，有些庆幸沈安还在抽抽搭搭，所以不必看见他这样稍显狼狈的模样。

林鹤的情绪也变得有些不稳，他这样性子的鲜少说出这样的话。

沈安没有再说话了，他有些恍惚，林鹤怎么能用"没用"这样的词形容自己，他突然心里皱成一团，简直觉得这话说出来比林鹤骂他没用还要让他难受。

他没有再讲话，但是眼泪倒是流得更凶了一点。

他听到林鹤说："沈安，不要去打工了，如果昨天晚上我们没有碰巧碰到，你该怎么办呢？"他越说声音越轻。

但是沈安还是听出来了，不止他自己，林鹤也在后怕。

林鹤出门前把两本书放到了书桌上，告诉沈安："你在家里没事可以看看，我已经选好了几所学校，你可以挑选一下。"

沈安等听到林鹤离开关门的声音才从床上坐了起来。

他看见煤气灶上的锅盖着锅盖，走过去掀开，看见里面真的焖着饭。

林鹤晚上去胡柯壬那儿打工的时候在后面更衣室，把铁柜子的门开开关关都弄得震天响。胡柯壬站在那儿，看着林鹤板着脸，脸色不太自然。

他把沈安丢在这里的衣服从柜子里掏出来然后叠了叠。

胡柯壬看见他那样，特别受不了地说："得了祖宗，我又不知道他是你朋友……"

林鹤却还是气儿不太顺，声音冷硬地回道："他身上穿的是我的衣服！我就那么来回几件衣服，你认不出来？"

胡柯壬不知道林鹤在这件事上能小心眼成这样，又吐了口气解释着："那不是灯光暗嘛，我没认出来啊……"

林鹤其实也知道这有些强人所难，胡柯壬人那么忙，又不是只有这一家店，要顾着这么多生意，就算是真的记不住林鹤都穿过什么衣服，那也再正常不过了。

而且胡柯壬说到底还是有恩于他的人，帮过他不少。

林鹤把衣服叠好用胳膊夹住走出更衣室了，胡柯壬还跟在后面："行了行了，祖宗别气了，这会儿没人，你撒撒气也就算了，一会儿出去外面人多你可不能再不给我面子……"

胡柯壬倒是觉得林鹤在这儿给他打工这么久了，天天板着一张脸，性格又冷，这会儿好不容易有个能说上话的朋友，结果差点儿在他店里出了事，人又是他面试过的，他在林鹤面前总是自居长辈惯了，这会儿还真觉得有些不好意思。

从林鹤那天说了那些话之后，沈安好像是勉强原谅林鹤了，也不出门了，好像也认清了自己，不再琢磨打工，又琢磨起别的了。

他开始学习做饭了，研究了一下煤气灶朝哪个方向拧动。这个煤气灶看起来真是太旧了，但是林鹤平时打理得很干净。

头一天中午他煮了稀饭，炒了个番茄鸡蛋。

稀饭煮得有点煳了，但是林鹤那天中午回来还是显得有些惊讶，而且还把沈安给他盛的一碗喝完了。

虽然他很给面子地把碗里的粥喝干净了，但是他并没有骗沈安说他做得很好吃之类的。他只提醒沈安，火不要开太大，也不用煮的时间太长。

沈安歪着脑袋用筷子戳着米，有点儿心不在焉的样子，这跟他想好的怎么不一样。

从这天起，林鹤上午打完工回来也能吃上一口热乎饭了，味道也挺一般，但是不算难吃。

有时候两人会发信息交流，林鹤回来的时候会买一些沈安喜欢吃的。

沈安在家里闷了三天之后彻底憋不住了，把手机小游戏打了个遍，还不小心手一滑把手机屏幕摔了一道裂痕。

最后百无聊赖地决定拿起桌上的两本书去顾钦然家。

他提前给顾钦然发了消息，到顾钦然家的时候顾钦然刚好给他下来开门。

顾钦然的父母外出旅行去了，家里就顾钦然一个人。

沈安进到他屋里，总算是凉快了，空调温度开得很低，桌子上摆的全是汽水零食，电脑上正是游戏的界面。

顾钦然看他大夏天的戴着口罩捂着脸，身上就更夸张了，套着他们的校服外套，一下子拉到脖子。

于是狐疑地问他：“你怎么了？捂这么结实干吗？”

“我……我感冒。”沈安走过来的时候都快中暑了，脸热得通红，额头都有汗珠子往下滑。

“你这声音听着也不像啊。”顾钦然看着他都快觉得透不过来气儿了。

沈安赶紧瓮声瓮气地说：“我真的……”他还很做作地又咳嗽两声。

“你这别不是热感冒吧。”顾钦然看不太下去了，走过去要查看，

“大夏天的你弄成这样，能不生病吗！”

结果没想到沈安竟然一脸惊恐地摆着手往后退，那模样看着像是顾钦然要剥他的皮。

“你干吗呀！”沈安一边往后退，一边伸手去护住自己外套的领口拉链。

顾钦然越是看他这样越是觉得他可疑，使劲去扒拉他的领口，两厢较劲：“你咋回事！你遮遮掩掩的干啥！”

沈安急得脸都红了：“你赶紧给我撒手！”

就在这个时候，顾钦然出其不意地抬手扯掉了沈安的口罩。

沈安惊呼一声，抬手去捂住自己的脸。

他松开一只手，领口那块已经被两人较劲拧得不成样了。

顾钦然终于撒开手了，眼神直愣愣落在沈安脸上，眼神慢慢变得不可置信，紧接着手指都隐隐颤抖：“他……他掐你脸啦？还是戳你脸了？使这么大劲？！”他不由心想，沈安在林鹤手底下日子果然不好过！

沈安知道他已经看见了，悻悻然地松开了捂住脸的手。

结果没等沈安想出来一个什么好的理由，顾钦然又不罢休地扑上来：“身上呢！叫我看看，他不会还打你吧！我就知道他个浑蛋……他当时初中的时候就跟人爱打架……”他嘴里愤愤不平地说着，连声怒道：“欺人太甚！欺人太甚！”

沈安看事情已经暴露，也索性就不再遮掩了，他把衣服外套彻底拉开了，坐到了顾钦然床上，这里的位置刚好对着空调的出风口，比较凉快一点，沈安真的是热坏了。

他吹着凉风吐出一口气，叫顾钦然：“你别吵了！”

顾钦然显然已经陷入了自己想象的场景里无法自拔，望着沈安的目光越发怜惜，还包含着悲痛。

“你放心，你今晚就住在我这里，不要回去了，不用怕他，我这就帮你报仇！”顾钦然说着就真的要往外走。

沈安听见连忙从床上蹦下来去拽住顾钦然，眼神落在顾钦然悲愤交加的脸上，问道：“怎么？连全校第一也敢打？”

沈安说完，又猛然想起来什么，林鹤这回已经不是全校第一了。

他脸色微变，然后语气有些不自然地说：“你知道吧，班长这次没考第一是因为他发挥失常，可不是他没有那个实力……”

顾钦然觉得他在这样的时候嘴里还跟替林鹤解释什么似的样子有些莫名其妙。

就好像生怕别人怀疑林鹤不够厉害一样。

顾钦然被这样一提醒又想起来林鹤打架时下手有多狠，穿着凉拖鞋的脚步猛地一顿，然后他强迫自己镇定下来，然后掏出手机说：“对，我自己肯定打不过他，我现在就打电话叫人……”

沈安受不了了，劈手夺下来他的手机：“你叫什么人啊，你赶紧去歇着吧！这是我前几天去酒吧打工的时候跟客人起了争执，身上都是那天磕碰的印子。”

顾钦然听罢，脸色变得古怪，看着沈安那副样子，语气变缓：“你……你还去酒吧打工了？”

沈安又坐回了床上，有点儿回答不好这个问题的模样。

毕竟他也不过只去了一天。

他有些犹豫地回答了：“是啊。”

顾钦然还挺想不到沈安也会去打工，看他身上那些痕迹，忍不住又追问：“到底怎么回事啊？”

但是沈安低着头，像是一棵营养不良的豆芽菜，蔫不唧儿的。

“唉，就是去酒吧做服务员然后就去推销卖酒嘛，刚推了一桌我就醉了，然后那桌的一位女生突然要我的联系方式，带她来的那男的就不乐意了。”

顾钦然不站在门口了，也走过去坐到床上，到沈安身边来：“你怎么想着要去酒吧打工啊，也太危险了吧。”

沈安沉默了一会儿，最后讲：“一开始的时候没想那么多嘛，只觉得开的工资挺高的。”

顾钦然又是一阵唉声叹气。

沈安烦了，嚷着说：“不聊这个了！”他拿起来带过来的书说：“我是来找你干正事的，班长帮我找了几个学校，我来你这儿查查。”他岔开话题去掀开报考志愿的书：“你呢？你的学校选好了没？不是快报志愿了嘛。”

“别提了，我爸就差整宿整宿地研究了，还去找他以前的老同学，让人家帮忙选选。”顾钦然把游戏关掉，把座位让出来给沈安。

等沈安把林鹤勾选出来的那几个学校看了个遍的时候都已经到了五点多钟了。

沈安不再看了，从电脑前走开，去开顾钦然家的冰箱。

顾钦然也去给他找吃的，以为他饿了。

结果看见沈安把汽水拿出来两瓶，打开一瓶揣着一瓶。

他回顾钦然屋里拿回书，说：“我得走了。”

顾钦然看他：“咋还喝一瓶拿一瓶呢？”语气里都是明知故问的刻意感。

沈安背对着他还没听出来，嘴里还怪认真地回答他：“我给班长带一瓶。”

“你都来了，晚上不一块儿吃饭？”顾钦然还想留他。

沈安说：“我得回去做……”他说到一半停住了“做饭”两个字险些脱口而出。

这叫顾钦然听去得是叫他多跌面儿的一件事啊，沈安庆幸自己还好及时反应过来。

他下楼走到门口，又把外套拉链拉好了，戴上口罩。

沈安转身跟顾钦然挥了挥手。

顾钦然最后看着沈安走远了，身影变得越来越小，目光忍不住变得惆怅。

林鹤跟沈安去学校机房报志愿的那天碰到了班级里的不少人。

机房里空调开得很足，沈安掏出林鹤给他写好的纸。

这几天光选学校还有专业，两人还起了点小争执。

林鹤还说让沈安跟自己学一个专业，以后大学的时候还可以帮沈安补课。

沈安一听汗毛都竖起来了，到了大学还不放过他，他当着林鹤的面把那个跟林鹤一样的专业画掉了。

他解释着说，自己这个分根本够不着那个专业，这是浪费，又在那儿劝林鹤，一个大学就好了，不一定非要学一个专业。

林鹤最后在这一点上没有过多勉强，但是沈安的分确实不能像他一样在那个学校里任选专业。

可是他还是有点儿不高兴。

两人坐在一块儿报志愿，林鹤选填好确认好自己的，到最后确认的时候沈安突然又转头看他："班长？你真这样选？"他紧紧盯着林鹤的第一志愿，以林鹤这个分数报这个学校，哪怕是最好的专业，分也是高出来的。

沈安咽了一口口水，他看起来有点紧张，电脑屏幕的亮光打在林鹤高挺的鼻梁骨上，映出一片阴影。

"你以后……你以后万一要是后悔了呢……"沈安到了这个时候，越想越是觉得胸口像是压了块石头。

但是他们俩之间，沈安的话语权太少了，几乎没有什么在林鹤面前置喙的余地。

甚至连沈安报考的学校也是林鹤帮他做主选的。

他根本左右不了林鹤做了决定的事情。

沈安突然的出声打断了林鹤的动作，他像是想起了什么，又或者出于某一种不放心，他看着沈安说："你先报。"

他要先看着沈安把志愿报好，点了确认才安心。

沈安倒是没什么可犹豫的，就在林鹤监督一样的目光下确认了志愿信息。

身边人来人往，有班里的同学看见他们过来打招呼。

还有报好志愿的来到林鹤身边，探头探脑地问林鹤：“你都报的哪儿啊？”

林鹤倒是没什么遮掩，扬扬下巴，示意就是电脑屏幕上选好的那些。

那同学的目光凝住了，语气有些不可置信：“班长……你这……你这……班主任知道你这么报吗？”

林鹤觉得这儿有点儿吵了，看见身边紧绷着身子的沈安报好了，于是也没什么迟疑地点了确认。

这件事的消息传得很快，林鹤没能走出校门就被闻讯而来的A班班主任拦住了。

班主任脸色难看得很，说要林鹤去办公室，要和他谈谈。

林鹤脸上表情还是很寡淡，也没多说什么，只跟沈安讲：“等我一下。”

沈安不敢抬头看他们班主任，低声“哦”了一声。

林鹤跟班主任去办公室了。

沈安一个人站在树底下的阴凉地儿等。

季茉雨打着一柄蕾丝边遮阳伞走了过来，她穿着颜色很淡雅的碎花裙，整个人气质出尘，眉眼精致。

但是与她整个人气质极为不符的是，她看沈安的眼神几乎可以称得上是怨毒。

她开口对沈安说：“你早晚要把他拖死。”

她没指名道姓，但是他们都知道她说的这个“他”是谁。

沈安脸色唰地一下变得惨白，他甚至连装模作样地问一句“你在说什么”或者“你说的是谁”都做不到。

他被这句杀伤力很强的话钉在原地，动弹不得，丧失了一切反击的能力。

那女孩留下这么一句话就走了，看起来是不愿与沈安多说，看沈安的目光也带着几分鄙夷。

沈安后背倚着树，目光久久落不到实处。

林鹤回来的时候看见沈安在那里发呆，去拽了沈安一下，但是沈安躲了。

林鹤的眉毛微微蹙起，看着沈安的模样，以为他是嫌等自己太久了，于是也没再多说什么，叫了沈安一声："走了。"

把他自己跟沈安的志愿报好，一切就尘埃落定，算是都在按着林鹤努力的方向发展。

林鹤决定今天不跟沈安多做计较。

但是出乎林鹤意料的，沈安竟然情绪低落一直持续到他半夜从胡柯壬店里回来。

他进屋轻手轻脚冲了澡，躺回床上，结果发现沈安在翻身，眼睛还瞪得老大，在黑暗中微微有些反光。

"怎么了？"林鹤先问。

沈安不讲话。

"今天我可没惹你。"林鹤语气冷了点，"怎么，不想和我上一个大学？这会儿反应过来可是晚了。"

沈安嘴唇抿紧了，最后声音紧绷着说："你……你会不会觉得我很不懂事，又或者是个累赘负担……"

林鹤不知道沈安这时候的多愁善感是从哪里来的，似乎还真的仔细思考了一下，他跟沈安讲了很坦诚的话："虽然是个累赘，但是没有关系。"

他告诉沈安："而且你也不用很懂事，因为我已经很懂事。"

沈安听不懂这句话的因果关系，怎么听怎么没逻辑。

好在林鹤这会儿觉得已经跟沈安算是真正的朋友了，于是也足够坦诚。

“沈安可以慢一点成长，可爱的人应该有一些特权。”他语气轻了些，继续跟沈安讲，“要是我跟你做朋友，什么也不用付出，你一点儿好处都没有，我算哪门子朋友？你说呢，沈安。”

你说呢，沈安。

沈安这会儿可说不了了，他晕头转向的，被林鹤的话劈头盖脸砸了个措手不及。

他气儿都喘不上了，哪能说什么话。

心里活像是一颗酸枣的酸劲刚透出来，就被浇了一桶蜂蜜。

沈安晕乎乎的，没多久又想起来什么似的，在那儿告状：“班长，咱们班有人说我，说得可难听呢。”

林鹤问他：“谁啊，谁说你了？”

沈安又不说，在那说：“算了，我不跟她计较。”

你不计较你在这儿告状。林鹤挑起眉：“人家说你你不高兴了，回来就跟我摆脸色？”

沈安就爱跟班长告状，其实他不要结果，光有告状这个过程过过嘴瘾就舒坦了。结果他愣是没有想到林鹤会把话头岔到这个上面来。

沈安根本不承认他跟林鹤摆脸色，只在那儿含糊其辞。

第二天一早，沈安的手机响了起来，沈安拿起来看见是他妈打来的电话。

温玥的声音很轻柔地从手机里传来。

沈安还没睡醒，他这段时间被林鹤养成的生物钟又彻底被打破了。

他睡眼惺忪地跟温玥说话。

“嗯……报好了……”

“离得不远，就在省会……”

“不去了，我还有事呢。”

“好吧，等过几天有空了再说吧。”沈安最后挂了电话，翻个身从床上起来。

事实上温玥从他高考后就一直在不断跟他联系，高考前反倒少一些，可能是怕影响他的学习之类的。

他去卫生间洗漱去了，手机在桌面上不断振动，弹出消息提醒。

沈安出来，点开手机看见他们班级群里已经热闹非凡。

林鹤报考志愿的事情在学校他们这一届到底还是引起了轩然大波。

“不会吧！这怎么可能！”

“就算是再怎么发挥失常，那分数也很牛了好吗！竟然这么报志愿！”

“这也太浪费了，多出来的分能匀给我吗……”

“校领导估计都得气够呛，本来还指着咱班长这招牌考上名校，好往校门口挂红榜呢……”

“谷栗这回不是市理科状元嘛，要挂也得挂他吧。”

……

沈安忍住不往上划动了，这么一夜过去，未读消息太多了，他就这么看了几条，心里又止不住地烦躁。

这帮人到底是毕业了，以前在班里，哪有谁敢这么议论林鹤啊。

估计都得是在背地里说。

沈安眼不见心不烦地关上了手机屏幕。

林鹤这天回来得有些早，下午回来之后告诉沈安他今天不去胡柯壬店里了，要带沈安出去买东西。

林鹤表现出来的状态与沈安截然不同，在报完志愿之后，林鹤表现得简直就像是只是决定了今天中午吃什么这样简单。

沈安被林鹤拽着出去，坐在他的自行车后座，闷闷不乐的。

林鹤的声音传来，听着有些不耐烦。

“又来？”林鹤觉得沈安这两天根本就在是没完没了地闹情绪，他又不想惯沈安这小性子。

沈安还保持着那个姿势，然后声音沉闷地说道：“你没看班级里的消息吗，他们都在说你疯了……”

“说我你难受个什么劲！”林鹤不以为意。

“这！”沈安被堵得气短。

他又接着说：“那昨天也有同学说我呢，今天又有这么多人在说你。”

“说就让他们说呗，又妨碍不了什么。”林鹤看起来像是已经对这种事情习以为常。

他确实不在意，他本来就是那种自己主意很大的，什么事自己都能有清楚明确的目标，也知道自己想要什么、想做什么，并且根本不会轻易被别人影响，他对别人的看法何止是不在意，他简直太过冷漠了。

但是沈安不一样，所以在别人说他的时候他难受，别人说林鹤疯了的时候他更不好过。

天色暗下来，温度也稍微降下来了一点，林鹤带着他，有些凉风就穿梭在他们身边。

林鹤停顿了一段时间，复又开口：“没有必要在意他们说的那些，你不在意他们那些话就会变得轻飘飘的，在你身上什么也落不下，你在意那些话才会变得有重量。”

林鹤望着前方街道上，车流穿行在新城区的街道上，车灯闪烁。

“其实他们也不是真的多么关心，他们只是单纯地想说。

“毕竟我真的很困难的时候也并没有谁来出手帮过我，可是当我做出一些他们不理解的觉得出格的事情，他们又会站出来点评我，指责我，说我以后一定会后悔。

“但是，哪怕以后二十多岁的林鹤真的后悔，又关现在的林鹤什么事呢？我很小的时候父母就出车祸去世，那时候也有很多人过来抚着我的肩膀安慰我，告诉我会过去的，一切会过去的，可我当时深夜一个人站在屋里哭，却没有一个人听见。我那时候就很困惑，我此时此刻这么痛苦，他们告诉我会过去，以后会好，那我现在呢？现在怎么办？以后会好就可以减轻我现在的痛苦吗？后来我就知道了，不会的，哪怕现在的我，又或者以后的我，都不会救得了当时九岁一个人在房间里绝望恐惧的林鹤。

“时间不会因为任何一个人停住，我们改变不了以前，也控制不了未来的所有走向，所以我能做的就只能是紧紧握住现在拥有的。”林鹤这个时候甚至还轻声笑了一下，“毕竟我能有的实在是太少了，所以在有些时刻总是会控制不住，显得有些……奇怪。”

林鹤其实一直以来都像是一张绷得很紧的弦，他无论做什么都有一种又狠又绝、不死不休的拼劲。

他一个人在一条路上已经走得太久了，独自一人成长了十几年，那些不幸的经历使得他从年幼的孩子不断地快速抽条拔高，变成身姿挺拔的少年。

那些成长所应该经历的阵痛都与他割裂，被此前一种更大的苦痛掩盖，而始终不变的是，他一直只有自己一个人，甚至每个年龄段的林鹤都只与其他年龄段的林鹤遥遥相望，却从不安慰，也不怨恨与憎恶。

林鹤其实是对自己都很冷漠的人，更何况让他去在意别人的看法。

他当然知道自己的分数能上什么大学，也知道最利于自己走的是什么样子的路，根本不用别人做指导。

他想，他只是用极小的代价换取了生命中的一些温暖。

沈安听他说完这些，眨眨眼睛，想起林鹤这么久以来都是怎么艰辛地生活着，可是他却没有自哀自怨，抱怨憎恨着什么。

他表现得太云淡风轻了，像是只是经历了一些不大不小的事。

这导致沈安的愁苦情绪都没有办法持续得很久。

毕竟他那些小挫折，对于林鹤以前经历的来说又算得了什么呢。

沈安沉默了一小会儿，然后在车后座对林鹤说：“可是你带着我，以后会更辛苦。”

他以为林鹤会说不辛苦之类的，但是林鹤并没有。

他跟沈安说："所以你要记得。"

于是沈安就想起林鹤那个一直记录着自己花过他多少钱，账目零碎又清晰的小账本。

林鹤带着沈安到达了目的地。

沈安抬头看见是新城区的购物商场。

他有些局促不安，问林鹤："怎么了？要来买什么？"

林鹤看他一眼，拽着他往里走。

两人停在一楼的手机专卖店，林鹤拉着他来到柜台前。

沈安忍不住小声说："你干吗呀，发工资了？"

林鹤"嗯"了一声。

沈安也不知道他说的是真是假。

柜员来笑盈盈地介绍产品了。

林鹤的目光落在柜面上，然后干脆地说："拿最新款吧。"

沈安忍不住瞪大眼了。

这个是他用的手机的牌子，最新款都七八千了。

这要是以前的沈安，买这个手机估计连眼睛都不会眨一下，这会儿看见林鹤来买，他不由觉得心抽痛。

"咱……咱没必要吧……"沈安凑近了点，又怕店员听见一样。

但是林鹤行动力太强了，从付钱到拿到店员给的包装袋，前后不过几分钟。

林鹤紧接着又拉着他去二楼，沈安越来越觉得奇怪，过去又问："还要干吗，我们去吃饭吗？"

林鹤说："先去买衣服，买完下去吃饭，然后回家。"

沈安觉得今天可能是什么特殊的日子。

林鹤太不对劲了。

"不用……不用给我买衣服了。"沈安有些别扭地讲。

以前林鹤都是带他去那大服装批发市场买衣服，今天突然带他来这里，这里可都是一些品牌店，衣服都价格不菲。

“你说了算？”林鹤说。

沈安现在觉得班级群里的同学们说得对，林鹤就是疯了。

沈安被拽着去二楼试了几件衣服，买了两套，是林鹤满意的款式。

沈安抱着自己的衣服，跟着林鹤走。

走了几步他又按捺不住地问：“你今天到底怎么了？”

林鹤视线落到他身上，然后又转开：“要上大学了，要买几件像样的衣服。”

沈安故意问他：“平常普通人家的小孩都这样？”他挑着眉。

结果林鹤真的板着脸点了点头。

两个人难得放松了一次，沈安抱着新衣服，慢慢有点儿高兴了，仿佛这两天的烦心事也变得不那么重要了。

他们在商场外的商业街吃了顿明显高出他们以往消费水平的饭，沈安吃得嘴上油乎乎的，跟林鹤讲：“上大学真好！”

林鹤抽了张纸递给他，皱着眉：“擦擦。”

沈安觉得林鹤没意思，吃个饭还端着，严肃得跟学校里的教导主任似的。

两个人回去的路上，林鹤骑着自行车带他，到他们旧城区老房子附近，路又变得颠簸起来。

沈安坐在后面左摇右晃的：“你慢点，我吃得太饱了，你这样我快吐了。”

到家之后，沈安还抑制不住兴奋，去袋子里拿自己的新衣服，在那往身上比画。

他其实已经很久没有添过新衣服了，大多时候他都穿林鹤的旧衣服，或者是校服。

林鹤先进浴室里冲澡了，出来之后催沈安快点去。

沈安确实也热了一身汗，浑身黏糊糊的。

沈安去浴室冲澡，门没关紧，林鹤闻到了沈安的沐浴露的味道，还听见他在那哼小调。

明明走的时候还愁眉苦脸的，这会儿又高兴得不行了。

沈安果然是忘性很大的人，就好像什么东西在他身上能停留的时间都很短。

林鹤一直觉得如果沈安不借住自己家，很快就会交到一堆新的朋友，他本身就是很爱交朋友的人，然后跟新朋友打成一片，被更多新鲜的事物所填满，就会忘记林鹤这个人。

沈安出来的时候看见林鹤坐在桌前在摆弄自己的手机，虽然他没什么秘密，但也是赶紧快步走了过去，正要去夺，却发现林鹤是在帮他换手机。

“这……这也是给我买的？”沈安眼神直了。

林鹤把他的手机卡换到了新手机里，然后把自己的手机卡换到了沈安用过的旧手机里。

沈安的旧手机上有一道很长的裂痕，是他不小心摔的，但他一直没说过。

林鹤这会儿摸了摸那道裂痕，然后又很随意地占为己有了。

沈安捧着林鹤塞给自己的新手机，眼睛望着林鹤，说：“那我要是知道你给我买，我就不让你买了……”

林鹤戳穿他：“说什么瞎话呢，你这嘴角快咧到耳朵根了。”

沈安真怪不好意思的，但是他又确实掩饰不了他对这些东西的喜爱。

他被戳穿，脸色一下涨红，正要开口说些什么。

林鹤就又说了：“以后都会是这样。”

沈安问：“什么样？”

“我们一起努力奋斗。”林鹤的睫毛很长，眼睛垂下来，在下眼睑处打出一小片阴影。

再是没心没肺的沈安也难免会被这句话触动，他知道林鹤说的是真的，因为他一直以来也是这么做的。

第九章

日子如常，沈安会跟朋友三两天聚一次，炫耀自己的新手机，跟顾钦然去打游戏。

但是他也会赶回去做饭。

在一个雾雨蒙蒙的一天，沈安要去看看自己的老爹。

监狱不管是距离新城区还是他们居住的旧城区都很远，林鹤说要请一天假陪他去，被沈安拒绝了。

于是林鹤也没有强求。

沈安那天穿了自己的新衣服，去之前又洗了个澡，然后打着伞出门了。

沈安第一次探监，有点儿忐忑不安，等到了监狱门口，又强迫自己镇定一点。

探监的时间不长，沈安跟沈父讲了很多自己已经提前想好的话。

他告诉沈父自己高考考了他想都不敢想的分数，要上大学了，又说他有了新朋友，特牛。

沈父看起来不太信，但是又没有戳穿他。

沈安说自己一切都很好，希望自己的老爹也安心。

他一刻不停地噼里啪啦讲了一堆，似乎是喘气儿的空都没有了，探视的时间到了，沈父都没能说上几句话，都是在听沈安说。

沈安走的时候还挺正常的，转过来身眼睛就瞬间红了。

他走出监狱的大门，雨下得大了点，他看见林鹤打着伞站在对面等他。

他又改不掉习惯地过去叫班长，他说："我爸怎么头发白那么多啊？"他难过得哭起来。

林鹤就默不作声地给他撑着伞。

沈安哭了一会儿，情绪发泄完了不哭了，又跟着林鹤走，等两人坐上车了。在回去的路上了，他才后知后觉地反应过来，问林鹤："你怎么在这儿？"

林鹤回答他说："觉得你会难过，我不来的话，你就只能一个人哭着回家了。"

沈安在网吧的卫生间看到李绪恩的时候都觉得恍惚得厉害，感觉这个人已经消失在自己生活中很久了。

他第一反应还是躲，但是又想起来他被打断的腿，不知道现在好了没有，于是又控制不住地眼睛往他腿上瞄。

李绪恩这时候已经从厕所的镜子里看到了在厕所隔间里探头探脑的沈安。

"鬼鬼祟祟干什么呢你！"李绪恩拧着眉毛，关掉了水龙头。

沈安从厕所里出来，现在看着李绪恩的心态就变得有些不一样，觉得他变化挺大的。

以前觉得李绪恩这种人最会恃强凌弱，仗着自己长得身形高大就会欺负一些看起来比较弱小的同龄男生，现在竟然也会跟那天沈安见到的瘦小男生成为朋友。

李绪恩看他欲言又止，吞吞吐吐的样子有些不耐烦了："你有事？"

沈安还是跟他保持了一些距离，然后鼓起勇气，告诉他："我前段时间在医院撞见你了，你断了腿，有人扶着你。"

李绪恩眉毛挑起来，他的面相看起来有点凶："所以呢？"

"所以那是你的新朋友吗？"沈安忍不住问了。

李绪恩本来想说关你屁事，结果突然又从头到尾仔细打量了沈安一下，他发出一声很不屑的气音："就只准你们班长发发善心保护弱小？"

他好像多看不起林鹤似的。

这让沈安很不爽。

李绪恩继续说了："我可不像你们，我跟他才不是朋友呢，那是我新收的小弟。"

沈安理解不了，只是觉得那与他跟林鹤不一样，他才不是林鹤的小弟。

"但是如果他想跟我做朋友我也可以勉强接受。"李绪恩这样说，眼睛瞥着沈安，似乎是想让他继续问，然后他好再解释解释这件事。

但是显然沈安没想知道，只是"哦"了一声，点了点头。

李绪恩不知道沈安怎么会这么不上道。

他觉得沈安不懂，又有点被戳了痛处气急败坏的感觉，他掏出手机，像是在亮出什么证据："我表妹给我发的武侠小说上就是这么写的，先行侠仗义，然后保护弱小，战胜困难，走向圆满！"李绪恩这会儿有点得意了，他那个手机屏幕在沈安眼前虚晃了一下。

沈安有些好奇了，又问李绪恩能不能发给他看看。

李绪恩差点儿一口气上不来被沈安气死，觉得沈安怎么说话这么烦人。

沈安没要到小说心里有点遗憾，不仅如此还收获了李绪恩的一句"滚"。沈安没敢上去再缠着要。

很快他们的录取通知书下来了。

林鹤没时间，于是沈安去拿了他俩的录取通知书。

大中午的太阳正大，沈安被晒得脸通红，拿到自己的录取通知书之后往回走。

突然一辆线条流畅的奔驰车停在了他的面前。

沈安停住脚步一愣。

车门打开，沈安看见里面坐着的人。

他脸上表情变了，微微有些不可置信，他结结巴巴地望着里面的人试探着似的叫了声："姑……姑妈？"

林鹤这天晚上回来，看着桌面上没有开封的两份信封一样的录取通知书，垂下眼皮端详了片刻，又看了看躺着床上搂着毯子呼呼大睡的沈安，心里划过一丝什么，但是夜深了，他也并未多想。

他冲洗完，躺到床上。

就好像只有在这个时候，才有一丝真实感。

林鹤是心思很敏感的人，但是他每天打三份工实在是太忙了，他有时下午才有几个小时的时间可以回家，而且沈安还有时候并不在。不过在前不久开始沈安开始做一些不算美味的饭菜了，林鹤没有打击他的积极性，每次都吃完饭菜，但是他还是以为按照沈安的性子，他应该坚持不了许久的。

如今，果不其然。林鹤回来之后没见到沈安在屋里，甚至昨天拿回来的录取通知书也还在桌上没人碰。

林鹤拿出来手机翻了翻，他没有什么联系人，消息记录也大都是他跟沈安两个人的。

沈安今天并没有给他发消息。

到了要上班的时间，林鹤很随便在街边买了饼对付着吃了，吃的时候又拿出来手机看了看。

还是没有动静。

林鹤推着自己的单车，三两口把饼吃干净，然后长腿跨上车就要赶去胡柯壬店里。

路的对面停了一辆深灰色的车，就在林鹤要骑车走的时候，那辆车的车窗打了下来。

车中坐着一位气质有些冰冷的女士，她面容姣好，眼尾有些往上挑，嘴唇的弧度配上那唇色，微微有些凌厉的感觉。

她穿着看起来就价值不菲的乳白色女士西装，眼神落在林鹤脸上。

饶是林鹤这种经历过旁人百般冷眼，见识过各种刁难的人，也无法判断出对方的情绪，更不能明了对方的目的。

气质高雅的女士打量了林鹤片刻，然后才端起桌上的一杯红茶，她只抿了一口，似乎是有些挑剔地微蹙了一下眉毛。

她看起来对新城区这家刚开业没多久的，仿欧式风格的茶餐厅的茶水并不满意。

他们坐在二楼的包厢隔间，相比一楼更安静一些，隐秘性也更强。

林鹤没有碰面前的茶，他的手也垂在桌下，像是与这环境有股格格不入的感觉。

“你好，我先自我介绍一下，我是沈安的姑妈，沈绮。”

女士先开口了，望着对面端坐着的林鹤。

少年看起来没有怯意，眼神里更多的是警惕，看起来防备心很强，但是依然很冷静。

林鹤还没开口。

沈绮又紧接着说：“我听说你现在是沈安的监护人？”

她说这句话的语气尾音有些微微上扬，听起来像是开玩笑，但是那脸色又过于沉静了，叫人看不出来半点儿想要与人调笑的意思。

林鹤的手微微攥紧了，他是真没想到沈安真的有一个姑妈，他原本以为那是他虚荣心使然在朋友面前扯的谎话。

他姑妈？他姑妈看起来真的很有钱，为什么这时候突然出现？要干什么？

林鹤尽管面上不显露什么，但是心里已经有些乱了。

他也说：“你好，我是林鹤。”

沈绮点了点头，然后说：“嗯，我知道。”她脸上这时候露出来点笑意，跟林鹤说：“我一直在国外生活，最近两天刚回来，去学校找沈安的时候，你们已经毕业放假了，我联系到了你们班主任，她说让我找你，说你是班长，你和沈安关系也很好。”

林鹤眼皮抬了起来，然后问她：“沈安刚出事的时候你不知道？现在才来找他？”

这话问得有些不客气了。

但是沈绮并没有表现出任何不悦的情绪，她不紧不慢地解释着说：“我近三年在丹麦推展公司的新项目，国内的消息并没有过多关注过，我与沈安平时的联系也不多，毕竟相隔太远，但是我每年会给他邮寄生日礼物，直到今年，我寄出的东西他这边一直显示未签收，联系不到人，我才知道我哥出事了。”

她讲这些话的时候很冷淡，似乎沈安的父亲出事，也并未引起她太大的情绪变化。

“我听说这段时间他一直和你生活在一起，这是一点小小的心意。”沈绮从包里拿出几沓子现金，推到了林鹤面前。

林鹤望着对面的人，喉结动了动。

“什么意思？”

沈绮笑了一下：“算是辛苦费，这孩子我知道，跟他爸一样，被惯坏了，去你们学校看到了你们校门口挂的红榜，他的成绩有些出乎我的意料，我想这都是你的功劳。”

“我的时间有限，在这里待不了几天，我会带他一起走，这些钱如果你觉得不满意我还可以再加。”沈绮说道。

“我们已经报完志愿了，再过一个多月就要去上大学了，你这时候要带他走？！”林鹤手心都被自己攥得生疼，眼睛望着对面的沈绮。

“我不会要你这些钱。”林鹤语气很重地说道。

沈绮又似乎对他这样的反应早有预料，她很无所谓地说：“我并不强求。”她话锋一转：“但是你要知道这并不会影响我要带他走的结果，并不是你不收下这些钱，他就会留下，这不是交易，这只是谢礼。”

谢礼？

因为他收留沈安，照顾沈安，然后他的家人现在找到他要接他走，感谢他这个外人帮助过沈安。

就这样简单吗？

“你的成绩很好，脑子聪明，应该知道就你目前的情况来说，收下这些钱才是最合适的。”沈绮讲这些话时语气像平铺直叙。

可是越是如此，越是能够伤人。

林鹤情绪已经有些不稳了，觉得有些难以接受，甚至他都没有办法再去掩饰他的情绪：“我们的录取通知书都已经下来了！”

沈绮像并不觉得这是很重要的事情，她回答说：“到国外我会把一切安排好的，实在不行他还可以再读一年，这不是什么大问题。”

“他自己呢？他自己愿意跟你走吗？”林鹤胸口像是被一只无形的手挤压着，有些透不过来气。

沈绮又轻笑了一下：“他又没有什么能力能够照顾自己，怎么叫他自己选？”

“可是我会……”

沈绮突然打断了他：“你会什么？你会一直拼命地打工，攒够你们的学费，然后去大学再勤工俭学，挣你们的生活费，你同时打三份工，又或者再拼一点打四份，不眠不休，去支撑生活？”沈绮脸上的笑意彻底收敛了。

林鹤在这样的时刻，心里混乱，又好像很急切地想要找到一些有力的反驳筹码。

他不太平稳地呼吸，然后语气有些急促：“我住的房子快拆迁了……很快就可以不用这么辛苦……”他连这样的话都说了出来，他原本不爱说这种还发生的事情。

沈绮在这一刻变得异常残忍，她说：“我昨天和你们市里领导一起吃过饭，你们那里三年内都拆不到。”

林鹤的睫毛颤动了一下，他张张嘴，还要再说。

沈绮却没有给他机会。

“你做了很蠢的选择。”沈绮目光落在林鹤身上，少年脸色苍白，但是身姿依然挺拔，整个人都绷得极紧，但是他的眼神已经变了，他看着沈绮的眼神是不加掩饰的敌意。

“我们以后……我们以后也可以有很好的生活条件……”林鹤字句咬得很重，好像这样就能显得他态度很坚定，描述的事情也很快就能变成事实：“我们可以做到，可以做得很好，不比你差。”

很稚嫩的年龄，却敢跟沈绮叫嚣了。

但是他跟沈绮之间隔着的不是一点距离，他们相隔着很深的沟壑。

“林鹤，母亲顾颖，生前在卫校毕业之后进了县区医院做护士，两年后认识了林明锡，跟林明锡一起来到市区。林明锡早前在工厂做技术员，后来进了市里的一家小公司做技术管理人员。他们花了近乎所有的积蓄买到一套小区房，你跟沈安做了邻居，但其实那是沈安家最开始住得最差的一套房。”沈绮继续不留情面地说道，“我知道你很聪明，我查了你以前的成绩，原本不出意外你应该是市理科状元，但是你高考的时候考了你三年来最差的一次校排名。但其实这都没有什么关系，别说你不是今年的市理科状元，你就算是，那又怎么样呢？

“你自己一个人搏，后续资源跟不上，幸运的话拼个十年十五年，能到达我如今的条件。沈安不像你这么优秀，但他也不用拼搏奋斗十几年，他本来可以现在就拥有啊。

“再说你报志愿，比沈安高考分多六十分，却选择跟沈安上一个大学，他要是不懂事你就能一直看着他，他要是以后懂事，这就是可以挟恩求报一辈子的筹码。

“旁人看来这是可叹的牺牲，在我看来不过是愚不可及的私心！”

她的字字句句如同利刃，穿过林鹤身上洗得褪色的衣服，透过少年单薄的身躯，扎进他心里。

林鹤坐在那里，很久都没有办法做出任何表情，甚至动弹一下，这些话如同这世间最尖利的钉子，洞穿他的一切，乃至他那自以为坚韧的自我防护。

他确实弱了，他做的一些都在沈绮面前显得太不够看了。

他那些自以为是的拼尽全力去争取的一切，就被面前的人三言两语轻描淡写地否定。

而他甚至都没有办法去找到有力的证据再去反驳。

他几欲破碎，却又在勉强支撑着镇定。

“但是沈安不愿意是不是？”林鹤竭尽全力使自己的声音稳定一点。

沈绮这时候却抬起眼来看了他一眼，似乎是没有想到和林鹤说到这个份上他还能思考到这里。

沈绮并未有所隐瞒，她点了点头：“他确实是不愿意。”她的神色微动，然后望着林鹤，从手边推过去一张卡纸。

“他躲着不愿意见我，我还没有他的联系方式，你能把他的号码写给我吗？”沈绮这样说。

“他总是想法不太成熟，但是你明白怎么做才是最正确的选择对不对？”这话的语气稍微缓和了点，甚至带着点循循善诱的意思。

她好像觉得林鹤就应该比沈安成熟一样。

林鹤接过来那支有些沉重的钢笔，黑色的笔墨在纸上写下一串数字。

他写得很快，中间没有任何停顿。

沈绮接过那张纸，看了一眼。

两人的谈话到此结束，林鹤从二楼下去，沈绮在二楼的窗口看着少年往前走了数十步。

他的手攥得极紧，背部绷得直挺，像是在用力克制着什么。

每一步都像是走在刀尖上那样艰难。

在他的身影快要消失在这个街道的时候，他突然猛地转过了身，然后飞奔向了刚才的茶餐厅。

很短的距离，他却喘息得很厉害，但是脸色依旧很苍白。

沈绮神态自若，她甚至让服务生已经给她换掉了红茶，换了另一种茶，已经喝掉了一小半。

“怎么了？”她语气里带着惊讶。

林鹤并未仔细观察她的神色，而是目光紧盯着桌面上他刚刚写过号码的那张卡纸。

他抿紧了嘴唇，最后缓慢而又清晰地说：“不好意思，我记错了。”

他很快地拔开桌面上的那支钢笔的盖，然后把手机号码中间的一个数字画掉了，重新在下面写了一个数字。

他画的时候下笔很重，那里留下来一个漆黑的墨点，他应该是有停顿了一下。

这次林鹤离开了得有十五分钟左右，沈绮隔壁包厢的门才打开。

沈安从里面走出来，里面还有一位头发齐肩的女士，看起来跟她姑妈年纪相仿。

那是她姑妈的助理，沈安几次坐不住的时候都被她阻拦住。

沈安这时候绷着小脸，坐到了林鹤刚才坐过的位置。

他浑身上下写满了“我不高兴”，结果他在那憋了一会儿，他姑妈却一句话也不说，故意晾着他呢。

他最后憋不住了，先朝沈绮开口：“你怎么能这么说他！”林鹤在他心里是自尊心那么强的一个人。

“我只是在描述事实而已。”沈绮并不觉得她有在攻击林鹤什么，她蹙眉点了点桌面上的卡纸，她指尖点在那个污点上，她说："这就是你嘴里说的很厉害的人。"

她觉得沈安太好骗了，崇拜，控制，再加上一点点好处，就足够沈安依赖别人，被人家骗得团团转。

"即使我向他摆明了利弊，也告诉他我可以带给你更好的生活，提供更好的条件，但是他还是不想让我和你联系上。"沈绮说，"我认为他品德不行。"

"你没有办法要求他那样，你根本不知道他经历过什么，他如果不是这样的性子他早就被他那些亲戚欺负得渣都不剩了！"沈安说，"他从小到大受过这么多冷眼刁难，又没有人保护他，你不能要求这样的人完全的无私温柔善良，毕竟又没有人那样对过他！"

沈绮有些被他据理力争的模样惹到，她对待沈安比对待林鹤显然情绪外露更明显一些。

沈安还在说："而且他最后还折返回来改了……"提及此，沈安望着那张卡片，没由来地心底泛起一阵酸涩。

"我不需要理解他的苦衷，他的过去也不是你我造成的，但是因为他单方面要你放弃更好的未来，而你还在认同他的自私！"沈绮忍不住音量有些高了。

"我认同他的自私？！那你呢姑妈，我为了这场高考付出了那么多的努力，熬了那么多个日日夜夜，你一句要我出国，我就要放弃我在这里报考的大学跟你走？那我这么久的煎熬付出又算什么？凭什么你一句话就要抹除掉别人所有的努力！"

两人的争吵的声音在包厢里响起来。

沈安一激动，情绪就容易外露，在那儿气恼得脸通红，指着桌面上的现金："你看你给我班长这么多钱他都不要呢！你到现在才回来，最开始我流落街头，兜里都没一分钱，都快饿死了，要不是他收留我带我回去了，这会儿你就只能来递纸钱了！"

"沈安！"沈绮脸色变了，她显然是被这话刺得不轻。

但是沈安被林鹤语气凝重地叫过太多次了，这会儿气昏了头，一点也不怕的。

沈绮在此刻却沉默了下来。

沈安掀起眼皮看他姑妈，她姑妈妆容精致的脸上流露出一丝受伤的神情。

于是沈安也不再说那些伤人的话了，声音很低地叫了一声：“姑妈……”

沈绮很快就收敛起了神色，然后看起来像是叹了一口气。

这是不欢而散的一次谈话。

林鹤从茶餐厅走了之后一路都心神不宁，但是他并没有宽裕的时间可以让他消化自己的情绪。

他打工的时间已经到了。

晚上回去的时候沈安也已经睡着了，林鹤没有叫醒他，哪怕他心里憋了很多事也想问问沈安。

但是他又会没由来地胆怯，像是很惧怕得到一个自己并不想要的答案，于是干脆连答案都逃避。

林鹤的心里藏了很多事情，在沈安没回来的下午，他反复地盯着手机看，又去衣柜里看沈安的衣服有没有少。

可是说不定沈安并不会带走这些衣服，他有钱的姑妈可以给他买更好的。

他会一声不吭就离开吗？

或许会的吧，也没什么好说的，沈安以前没选择，现在有选择，可以过更好的生活，怎么可能会不走。

林鹤像是被这个念头击溃了，他夜里梦见，他骑着自行车，还是骑在他们家附近的路况很差的小道，扭头叫了一声沈安，转过头，车后座已经空了。

没有人再回应他，只剩他自己一个人，入目的只有空荡荡的后车座，和破败的失了色的胡同小道。

沈安离开了，离开了，他又变成了一个人了。

哪怕他一开始就觉得，这段友谊是很珍贵的，须得他竭尽所能才能留住，而如今看来他所做的全是徒劳。

他的努力太廉价了。

再怎么努力，再怎么拼命也还是改变不了……

林鹤跌坐在墙角。

他忍不住双手覆盖在脸上揉了揉脸，喉咙里发出一种很难听的笑。

沈安回来的时候吓了一跳，他伸手按开灯，看见角落里那颓废的人影，嘴里叫道："怎么不开灯啊，我还以为没人呢！"

林鹤的眼睛被突如其来的灯光刺了一下，他皱着眉，缓缓抬起来头，眼神落在沈安身上："你……"

沈安朝他走过来了。

林鹤声音有些哑地问道："最近有人跟你……联系吗……"

沈安逆着光，神情叫人瞧不真切，他停顿了一会儿，而后走到了林鹤身边，告诉林鹤："没有，没有人跟我联系过。"

林鹤看着他的笑容，突然闭了闭眼睛，他很深地吸一口气，说："你是不是要走了，沈安？"

林鹤的呼吸突然变得急促起来，他好像很难堪："可是虽然我们现在还什么都没有……但是……"

沈安看他这样对着他突然笑了一下："我知道，班长，我都知道，我们共同努力了这么多天才考上同一所大学，我不会走的。"

"我不会走的。"

林鹤的呼吸骤停，他几乎无法思考，脑海里就只能浮现出来这一句话。

他一直都不信任沈安，他甚至在心里笃定，沈安一定会离开。

是他自己太过天真了，以为沈安过上平常普通小孩都在过的生活那便是最好了。但其实沈安根本不必过这样的生活，他有更优的选择。

沈安一直以来会陪在他身边，和他做朋友，同住一个屋檐下，是迫不得已。

但是沈安现在跟自己说他不会离开，说会跟他一起上大学，要珍惜他们共同努力的结果。

沈绮的车从旧城区开到新城区，这座她从小生活过的城市给她一种很陌生的感觉，她勉强能从几座陈旧的建筑物上找到零星的熟悉感。

新城区与旧城区之间有很明显的割裂感，旧城区好像还停留在很缓慢的旧时光里，参差不齐的青石板路，破旧的小市场。

李晴在前面开着车，当她听见后面手指敲击键盘的声响停下来的时候，不动声色地从后视镜里看了沈绮一眼。

沈绮今日脸上有些遮掩不住的疲态，她像是昨晚没有休息好。

李晴最后还是忍不住开口："其实你也不用思虑过多，丹麦那个项目对你的升职至关重要，你当时忙昏了头了，谁也没有料到你哥会发生这样的事。"

"可是我没想到沈安会现在变化会这么大，我以为他吃不了一点苦头，没想到同龄人会给他带来这么大的影响，让他成长了不少，他甚至还给自己订制了未来目标！"沈绮忍不住揉了揉眉心。

李晴轻笑了一下："成长嘛，总归要有个过程。"

"小小年纪心思深沉，你知道他家那亲戚去找他分房产的时候他做了什么。他被他亲戚那边的人打了个轻伤住了院，以此反过来胁迫那家人让步，用的是伤敌一千自损八百的损招！"

李晴也摇了摇头："你也不必把自己的愧疚发泄到对那小孩的不满上。"她看着沈绮紧锁的眉头，"你也不准备要孩子，你哥就留下这么一个小孩，你觉得为他好，他这会儿可是觉得你就是那毁灭他劳动成果的大恶人呢。而且小孩流落街头的时候你没出现，被人家捡回去辅导学习都考上大学了，你这会儿要把人领走。”

红灯倒计时结束，李晴转动方向盘：“你就让他怎么高兴怎么来，快快乐乐不就行了，他那大学也不错啊，凭自己本事考的，你不让上放谁谁乐意啊……”

沈绮轻轻吐出一口气，然后又看了一下日程：“就订明天下午的机票吧。”她紧接着说了个地址。

李晴惊讶道：“你连人家亲戚也不放过？！”

沈绮没好气地：“你懂什么？这会儿是拆迁款没到，那家人又被林鹤那小子唬住了，等过个两三年真到拆迁款下来，指不定又要惦记。我又不能经常回来，得把这事处理干净。”

奔驰车驶向林明哲一家居住的小区，沈绮下了车，李晴在后面给她拎着包。

这事处理得还算利索，因为单纯牵扯钱的事，对于沈绮来讲这是最容易处理的事。

车门再次打开，沈绮坐进去，李晴到前面，车子启动的时候说了句：“你侄子的朋友倒是跟他这家亲戚一点儿也不像。”

沈绮处理完这事，微微闭了眼，头枕在椅背上，思绪飘忽。

不知道一贯性格强势的自己怎么就这么轻易让步了，又觉得心怀愧疚的大人可能面对小孩就会比较容易心软。

但是她又会想到那一天她的车刚停在沈安面前的时候，车门打开，她看见沈安双手捧着两本录取通知书，跟捧着宝贝似的。他看起来没有吃过一点儿苦头的样子，脸颊白皙，泛着点健康的粉，露出来的手腕上戴着一个绿色的手环，是卡通大眼青蛙。

有点儿幼稚，像是小孩子戴的东西。

他看起来眼神干净，还有着股未知苦楚的懵懂劲。

在得知沈绮要来带他走的时候，他朝着他这位有生以来近乎三分之二的时光都在国外度过的姑妈有点焦急地喊："姑妈，来不及啦，我已经考上大学，正等开学呢！"

沈安坐在沈绮的对面，嘴里塞着意大利面，沈绮对着满桌的餐食几乎没怎么动筷，就坐在那儿看着沈安吃。

过了一会儿沈绮问道："你跟林鹤没有录到一个专业吧？"

沈安点点头："我俩分差着这么多呢，怎么能上一个专业。"他着急说话，勉强把嘴里的面条咽下去。

沈绮的视线轻飘飘地滑过他，然后装作不经意似的问了句："那你想跟他上一个专业吗？"

沈安反问："你能把我转去跟他一个专业？"问完之后，他又很快住了嘴，觉得自己的话很多余。

他反应过来什么，当即连连摇头："可不能跟他一个专业！都上大学了，给我留一条活路吧！"

沈绮似乎是露出一个很无可奈何的表情，很轻地叹了一口气，说了句："算了。"

她推过去一张卡，然后告诉沈安："我今天下午的飞机，就要走了。"

沈安看了一眼那张卡，说："好吧，姑妈。"又擦擦嘴问她："下回什么时候回来呢？"

这句话让沈绮的表情微微有了些变化，她又问了一遍："真不跟我走？"

沈安也没想到沈绮会走这么快，但是想想也是，他姑妈总是很忙。

他说："姑妈，放心吧。"

他伸手把桌上那张卡收下了。

暑假过半的时候，林鹤有天让沈安找找证件，跟他一起出去。

沈安问："干吗呀？"

林鹤已经去抽屉里去找身份证了，他一边拿出来一边回答他：“去办助学贷款。”

沈安拽住他，好像有点儿不明白：“为什么还要去办助学贷款？我们可以花我姑妈的钱啊。”

林鹤的动作顿住，然后抬起眼来看了沈安一眼，脸色肉眼可见地变了。

他说：“那你花你姑妈的钱吧。”他说完就把紧贴着他身份证的沈安的证件丢回了抽屉里，转身就离开了。

沈安一愣，也不知道怎么就又惹了他了。

夜里林鹤回来，沈安睡眼蒙眬地看见他的身影，听见卫生间响起水声。

等他出来，沈安又去叫他：“怎么不高兴？”

林鹤声音很低地否认：“没有。”

“还不承认？”沈安去扯自己身上的毯子，扯到林鹤身上，“给你盖。”

林鹤又像是很嫌弃地掀开：“不要，热。”

沈安说：“等我们以后有钱了，可以还钱给我姑妈。”

过了许久，林鹤才轻不可闻地“嗯”了一声。

大学开学前一周，林鹤已经不打工了。

沈安早上五点钟被叫醒，脑袋还晕乎着，人也不清醒，就被林鹤叫起来。

“干吗呀？！”沈安苦着脸，还想睡觉。

林鹤说：“咱提前去两天。”

“去哪儿？”

林鹤回答：“去省会。”

沈安叫嚷得更响了：“那你怎么不提前说啊！”

林鹤用湿毛巾擦了一把脸，嘴里说："怪我。"

两人都没怎么收拾东西，林鹤自己也根本没多少需要带的，收拾了些衣物，别的生活用品准备到那儿再买，家里的东西都很旧了。

沈安还在那儿絮絮叨叨数落林鹤。

林鹤不时应他一声，然后把两人的身份证塞给他："拿好了，一会儿取票。"

林鹤拎着两人的衣服走了。

沈安跟着他走，觉得林鹤一点儿也不尊重人，但是还是听话地把两人的身份证攥紧了塞进了兜里。

两人到了火车站，沈安才知道他们要坐火车。

他嘴里又开始了："或许我们应该坐飞机。"他皱着眉，因为他们这里距离省会并不近，坐火车要很久。

沈安问道："要几个小时呢？"

林鹤想了想说："五个半小时。"

"买的软卧？"

林鹤有点儿不忍心说了："……硬座。"

"铁公鸡！抠死算了！……"光这么几句话沈安来回骂，一直到取票机前。

林鹤去火车站的便利店买吃的，沈安站在那儿排队取票。

取票的时候沈安拿出他俩的身份证，他这个时候看见林鹤证件照上那张青涩的面无表情的脸，目光又移动到旁边的信息上。

他发现，林鹤竟然还比他小了快两个月。

等两个人坐到火车里，沈安虽然早上很困倦，但是他骂得嘴有些干了，林鹤看他舔了舔嘴唇，拧开一瓶矿泉水给他喝。

沈安接过去，看见林鹤在剥茶鸡蛋的壳。

沈安喝下去小半瓶水，拿过茶鸡蛋咬了一口。

火车发出轰鸣声，他们的火车开始动了。

沈安吃饱了，火车行驶了三十多分钟，他就又上眼皮碰下眼皮了。

沈安靠在窗户边，小声说：“不舒服。”

林鹤又往外挪了挪，给他多腾点空间。

沈安找了个相对舒服的姿势不动了。

对面坐着的大婶儿这时候看乐了，嘴里朝林鹤说道：“你们兄弟感情真好，这是你弟弟？”

结果林鹤还没有回话，沈安都快睡着了也要怪不服气地在那儿强撑着说：“谁呀，我是哥哥，他是弟弟，我比他大呢！”

他脸长得显小，嘴里说这样的话，周围人没一个信的，还在那笑话他。

林鹤看他困成那样还舍不得睡，还想跟人争辩，忍不住对着沈安说：“好了，哥，快睡吧。”

沈安满意了，相信大家都听见了。

火车载着他们驶向远方，路过杂乱的树林，还有偏僻的村庄。

林鹤望着窗外，不时又回过头来看已经睡熟了的沈安。

他很恍惚地想起，一开始的时候好像并不是这样的，他好像觉得沈安叽叽喳喳，又娇气又麻烦，嫌弃他的破屋小，不想要睡在地上，夏天吵着要吹空调，不然就要长痱子，都到高三了学习还是不自觉，逼他学习跟刀架到他脖子上似的，很招人烦。

但是同样也很招人可怜，林鹤在那样的条件下却还是让他进了自己家门，有了第一次的心软让步，就会有下一次。

他对人又毫不设防，很善于接受别人的好意，并且心无芥蒂。

他的眼神太干净了，是没吃过苦，被宠着长大的小孩才会有的眼神。

就像他以前请他们那群朋友吃过那么多次饭，在他没钱的时候朋友就要请他吃饭，他觉得这样很理所应当。

他每次跟林鹤生气，都很容易被他哄好。

容易生气，却又忘得也快，就好像他这样不计较，别人也不会太跟他计较。

他很崇拜林鹤，觉得林鹤厉害，超过了他周围同龄人一大截，在林鹤自己装空调的时候他觉得林鹤怎么什么都会，但是林鹤也会嫉妒他，嫉妒他可以什么也不会。

是恨不得也叫他吃点苦头的嫉妒。

但是最后林鹤又会舍不得。

林鹤有时候也会想问自己，当时性格冷硬的自己怎么就让他进了门了，明明自己的生活就已经够困难的了，可是也会想问沈安，为什么没跟自己的有钱姑妈坐飞机去国外，要在这里跟自己挤硬座火车。

但其实这样问题的答案，林鹤会在夜里安静时很清晰地触碰到。

林鹤对于面对自己会咄咄逼人的沈绮最后会让步的行为似乎有了理解。

沈安这样的人，性子单纯，什么情绪都写在脸上，身上还带着一股难得的没被生活揉搓过的好奇与莽撞。

你告诉他说，别往这条路走啦，前面会有大灰狼。

他很可能会说“有什么狼，这么酷”这种话。

不近人情的林鹤也会变得没有原则，会心软，他会劝自己说，沈安慢慢长大就可以，也会沾染和沈安一样的说下次一定的毛病，下次一定叫沈安吃点苦头长长记性。

反正以后还有很漫长的日子，他们可以互相影响。

两人来到省会，先在外面的宾馆住了一夜。

沈安尽管白天在火车上睡了不短的时间，但是坐着睡不怎么解乏。两人出去吃了饭，又买了些日常的生活用品，就回到宾馆休息了。

因为第二天还要早起去报到，两人早早睡了。

第二天去学校报到，林鹤跟他没分到一个宿舍，就让沈安自己先回宿舍了。沈安领完钥匙，到宿舍的时候宿舍已经有人了。

那男生长得挺和气，见到沈安进来先跟沈安打了招呼。沈安也回应了一下，他们是四人寝室，还差两个人没来。

沈安把自己的床先铺了，他们是上床下桌，平心而论，这里环境可比林鹤那小破屋强多了。

最先来的那位室友叫于景，他看见沈安爬上去铺床，铺了得有半小时，在那儿撅着屁股挺费劲的样子，一看就是在家里没怎么干过活，被罩套得歪七扭八的，来回拉扯了半晌才套正。

沈安弄好了爬下来，热得流了一脑门子汗。

于景给他抛了一瓶矿泉水，笑道："你也是自己来的？没让家里人送你？"

沈安含糊地"嗯"了一声，接过水，道了句谢谢。

已经到了晌午，沈安把东西整理了一下，去卫生间洗了把脸。

他掏出手机给林鹤打了电话，不知道林鹤收拾好了没有，他们中午好一块儿吃饭。

结果打过去却没人接，沈安又紧接着发了几条消息。

"在哪儿呢？我去找你。"

"我们中午去食堂吃吗，我刚才路过食堂了，这学校食堂好大！"

"你室友人都到了吗？我这儿算上我，才来了两人。"

结果那边却迟迟没有回消息，沈安有点儿坐不住了，想去找又不知道林鹤到底在哪个宿舍。

于景看见已经到了这个点，沈安还在那儿坐着，便热情地叫沈安一起去吃饭。

沈安拒绝了："你先去吧，我等我朋友呢。"

于景也没多劝，自己去了。

就在于景走了之后十分钟，他们的第三位室友来了。

他是自己拎着行李箱进来的，人长得挺高挑，相貌也不错，进来的时候看见捧着脸坐在那儿的沈安。他没有讲话，沈安也不是那种主动跟人家打招呼的性格。

好在那人把行李箱放下就走了，没多说一句话。

沈安又捧着手机在那跟林鹤发消息："又来了一位，看着挺不好相处的呢。"

"也不知道最后一位室友什么样，还没有来。"

停了五分钟，林鹤那边终于回了消息："来了。"

林鹤推门进来，还拎着自己的东西，宿舍里只剩下最后一张空床位，林鹤直接把东西放到了下面的桌子上。

沈安眼都瞪圆了："你……你跟我住一个宿舍？"

林鹤点点头："嗯。"

"怎么做到的？"

"找了辅导员，说想跟老乡住一块儿。"林鹤很简短地回答。

沈安才不信这事这样简单，但是像林鹤这样的分数进来，可能辅导员跟校领导会给他一些薄面，左右是这样无关痛痒的小要求。

林鹤把东西放下也没碰了，叫沈安出去吃饭："走吧，该饿了吧，给我发这么多条消息。"

两人拿着今天刚充了钱的饭卡去食堂，食堂人很多，有好多来送学生的家长。

晚上的时候沈安从卫生间洗完澡出来，林鹤从楼下买了些水果回来。

西瓜分给了于景一小半，于景正在跟家里人视频，看见沈安递过来西瓜，直接把镜头对向了沈安。

"新室友！怎么样！长得俊吧！"

手机里的小女孩叫了声："呀！哥，你室友长得也太好看了吧！"

沈安被夸心里还挺美，又开始在那儿下巴微微扬起来，说："妹妹好。"

林鹤坐在一旁的桌边往一个大碗里挖西瓜瓤。

屋里空调开得很凉快，屋里这会儿氛围也很好，大家刚到一个新的环境里，都有一丝微微的拘谨。

晚上剩下的那位室友到了十点半才回来，回来以后，于景去打招呼，那同学也只是表情淡淡地回应了一下。

沈安凑到林鹤耳朵边跟他讲："这就是中午那个来的看着挺不好相处的那个。"

林鹤抽出来纸巾叫他擦擦下巴上的西瓜汁水，皱着眉："你注意点行不行，滴衣服上不好洗。"

沈安没听到林鹤附和他，还挨了批评，有点儿不高兴，站起来去卫生间洗脸了。

他们明天就要军训了，今晚都没敢熬得太晚。

虽然沈安开始是有点儿兴奋，等到躺到床上，吹着空调盖着薄被，还真有点儿困意上涌。

林鹤在下面收拾了会儿东西，然后爬上了床。

他俩的床对着。

于景已经上床上呼呼大睡有一会儿了，浴室里还传来水声，那位室友还在洗澡。

等他出来关上灯，沈安已经进入梦乡。

第十章

军训之后沈安瘦了一些，但是他其实身体素质不错，全程坚持下来之后还和班里的同学们迅速混熟，交了一堆新朋友。

他们大一的课程其实不少，但是沈安现在少了林鹤在旁边监督他，觉得比高中轻松自由了不止一星半点儿。

沈安在社团招新的时候还去参加了社团，周末有时候会去参加社团活动。

周末的时候沈安大中午从外面回来，动作不算轻地推开宿舍的门，他晒得脸通红，额头上还冒出一些细密的小汗珠。

林鹤正坐在桌边看书，听见声响回头看他。

于景不在宿舍。

郑睿戴着耳麦打游戏，键盘敲得啪啪响。

他们宿舍经过这段时间的相处，对彼此已经不像之前那样陌生了，郑睿虽然不爱搭理人，人倒也没什么大毛病，而且他跟于景还有沈安都是一个班级的。

郑睿没听见沈安进门的声响，他是闻到了一些食物的味道才往他们那里看了一眼。

他来到这个宿舍没两天就知道了他的床铺对面的这两位，关系不是非同一般地好，听说他们俩是老乡。

这一局游戏打完，郑睿把耳麦拿了下来。

他听见沈安跟林鹤说："我今天去食堂打饭，那阿姨说看我长得好看多给我一勺呢！"

郑睿偏过头去瞟了一眼，沈安打回来两份饭，给林鹤带了一份，那盒饭确实鼓鼓囊囊的，都快合不上了。

他们开始上课的第二周，社团联谊时认识的一位女生黏郑睿黏得比较紧。他没什么这方面的意思，但是人家到底是女孩子，他没把话说得太叫人面儿上过不去，但是也在若有若无地保持距离。

后来有次在学校里撞见郑睿，那女孩跟同伴说了一声就朝他跑过来，郑睿没办法，只能跟她走一段路，又在心里斟酌着怎么说一些拒绝的措辞。

最主要是女生并没有表白，搞得他拒绝的话都不知从何说起。

就在郑睿走神儿的时候他被旁边女生很激动地拍了一下胳膊。

她说："你快看，那位是我们班的。"

郑睿朝她所望着的方向看去："嗯？"

女生继续介绍："这是我们医学院录进来的最高分，成绩好长得也好看，班里有女生要加他联系方式他都拒绝了！

"高冷得不行，成天都不怎么理人，他在班里互动最多的人是我们的专业课老师！"

郑睿看着手里拿着两本书，在校园里独自走着的林鹤，微微蹙眉："我跟他一个宿舍。"

女生好像更惊喜了："真的假的！那他真有女朋友吗？"

郑睿摇摇头："没见过。"

女生明显是不信："那他在宿舍没有跟他女朋友打过电话吗？"

"没有。"郑睿回答道。

何止是没见过林鹤在宿舍跟女朋友联系，甚至他那个手机，在郑睿印象里除了闹钟声几乎就没有响过。

女生一脸恍然大悟的模样：“我就知道他肯定是找借口搪塞我们班女生。”

郑睿对于林鹤有没有谈恋爱其实并没有多么好奇，他对他们这屋子室友里最满意的其实就数林鹤了。

足够安静，也能在处理自己的事情的时候不打扰别人。

于景有时候过于热络，郑睿有时会疲于应对。

而沈安非常聒噪，经常让郑睿会想起他爷爷家喂的名贵鸟雀，总叽叽喳喳个没完。

郑睿其实觉得林鹤跟他应该是一类人，他们性格相似。

郑睿是有点儿睡眠障碍的人，他不像于景那么容易入眠，他要在一个非常安静的环境里才能睡着。

但是不知道为什么高冷的林鹤会在熄灯之后跟沈安两个人说小话。

这其实不怪林鹤，是沈安总是控制不住自己说两句的习惯。

大多时候都是沈安自以为声音很细小地跟林鹤说一小串，林鹤回应“嗯”“好”，或者“不行”。

然后两个人才能很安静地睡下，郑睿也才能跟着入睡。

沈安发现他的室友郑睿自某一天开始变得有些不对劲，总是用一种怪异的目光看着他。

在沈安看过去的时候他都在忙别的事情，导致沈安也不是很确定他是不是在偷偷看自己，观察着什么。

大一开学还没多久，林鹤就已经又找好了兼职。

他在周末的时候会外出去打工，下午五六点钟的时候回来。

郑睿跟班里几位朋友外出聚餐，回来的时候宿舍亮着灯，屋里又没人。

他听到卫生间传来水声，没多一会儿，林鹤端着盆就出来了。

郑睿又刚好眼尖地看见了盆里有沈安的衣服。

林鹤越过他去阳台挂衣服了。

“哟，给你老乡洗衣服呢。”郑睿突然不冷不热地开口了。

林鹤正在把衣服往晾衣架上挂，没看见郑睿什么表情，也没听出来语气里有什么不对，只当作是普通的打趣。

已经共同相处了这么一段时间，饶是林鹤不太会与人相处，与室友相处也会很有礼貌。

于是林鹤也简单应了一声：“嗯，顺手一起洗了。”

夏天衣服薄，换得也勤，林鹤三天两头就要洗一次。

话音刚落，沈安就在下一刻推门进来了。

郑睿看见他的样子骤然一惊。

沈安竟然穿着一条粉色蓬蓬裙，头上还顶着银灰色的假发，戴着两个猫耳。

他脸上还化着妆，这会儿简直像一个动漫里走出来的卡通少女，巴掌脸杏眼，两腮泛红。

郑睿简直没敢认，多看了几眼才确定是他，吃惊得结巴起来：“你……你……怎么回事！”

沈安走过去坐到凳子上，一副很累的样子：“社团cosplay（角色扮演）的宣传啊，那群学姐给我化的，不让弄她们还不乐意了，结束的时候说这套衣服送给我，我一点儿也不想要！”

林鹤这时候从阳台出来了，看见沈安的样子也是一愣。

沈安洗脸上那些东西的时候可遭了大罪。

自己揉搓半晌儿，还是洗不干净，林鹤也去卫生间帮他洗。

结果眼皮上那小红心分外顽强，怎么揉也不掉。

沈安眼皮被搓红了一大块儿，他哭丧着脸，一点儿没刚才那得意扬扬的模样了。

最后没办法，沈安在社团群里发消息求助。

那群女生这才想起来，又在群里噼里啪啦安抚他，今天帮沈安化妆的女生连忙跑到了他们宿舍楼底下给他送卸妆水。

林鹤下去帮他拿的。

沈安脸洗完出来，看见社团群里又已经沸腾了，都是在叫他给林鹤的联系方式的。

沈安脸都揉搓疼了，泛着红，看见这些消息更烦了，委屈得不行，想退出社团了。

于景泡图书馆到很晚才回来，回来的时候宿舍已经熄灯了。

但是大家周末都没睡着，床铺上都亮着手机屏幕的光。

等到都要睡了，沈安又很习惯性地想跟林鹤睡前说两句。

结果他才张嘴说一句，对面就传来了郑睿冷冷的声音："你们能不能不要在大家都睡觉的时候发出声音。"

沈安刚要回嘴，就被林鹤制止了。

他说："我们大二搬出去住。"

睡前小话的活动取消后，沈安很是闷闷不乐了两天。

他不高兴地缩在床头抱着林鹤给他买的手机跟林鹤发消息，说郑睿真烦人。

从郑睿那样讲了之后，宿舍里熄灯之后也不再有人讲话了，沈安从说个没完改为给林鹤啪啪啪发一长串消息，林鹤再跟老师审批生活汇报似的回复上一两个字。

从那之后郑睿就明显察觉到了沈安对他的不喜，沈安原本就不是一个善于掩饰自己情绪的人，而沈安这一次却还是幼稚到了令郑睿吃惊的程度。

沈安竟然在第二天回宿舍的时候买了一兜小番茄，洗好了之后在其他人的桌上都放了五个，只有郑睿桌上没有放！

沈安在学期过半的时候接到了沈绮的电话。

沈绮的声音从电话里传来，一如既往地显得有些冰冷。

她问沈安大学生活怎么样。

沈安懒洋洋地躺在床上："都挺好的。"

沈绮接着又说："我给你的卡里的钱够你们大学生活的，不用再想别的事，你们要学习享受大学生活才是。"

提及此，沈安也有些无奈："我也这样讲了，可是林鹤却还是坚持要出去打工，我一说让他花你的钱，他就跟我板着脸，可怪唬人呢。"

沈绮就猜到了，嘴里却还是冷哼一声："本事不大，脾气不小。"

沈安忍不住反驳："还不是因为你那时候惹他！"

沈绮听他这样胳膊肘往外拐，用恨铁不成钢的语气道："我惹他？我当时说的有错吗？他一变脸你就害怕了，你自己就不能长点儿心眼，有点儿出息。"

沈安被自己姑妈堵得说不出话来，感觉在沈绮心里自己现在就是在任由林鹤拿捏，觉得不服气又讲不出什么有力的逞强的话。

他跟林鹤的相处模式毕竟不是一朝一夕就养成的，这么久以来养成的习惯他怎么就能轻易地改变呢。

更何况林鹤这样主意大的人，只有沈安听从他的份，哪有林鹤去听沈安的话的道理。

跟沈绮结束对话的时候沈安还很挫败。

因为他有些后知后觉地想起来，林鹤的生活好像跟高中时没什么区别，有课上课，没课打工。

只有沈安的生活变得不一样了，他有更多的自由了，不必被林鹤看着管着学习了，还参加了一些社团活动，没事儿还跟别人聚个会。

他也不想林鹤这么辛苦，也不是没有试图说服过林鹤和他一起花他姑妈的钱，可是林鹤面上无所谓风轻云淡的，其实骨子里傲得很，他不管沈安花他姑妈的钱，但是自己却不可能会去主动花沈绮的钱。

还是除了上课之外，把自己的时间排得满满的，好像已经适应了这样的生存方式，便觉得只要轻松一点松一口气，就会很没有安全感。

已经到了期末，沈安在准备期末考，他一到考试就会有些神经紧张，也会习惯性地想要去求助林鹤。

但是这时候，林鹤已经跟他学的不是一个专业，最后被沈安哼哼唧唧缠得没办法，只能去先抓了沈安的书看，再去给沈安讲。

郑睿那时候看见林鹤一个学医的，桌面上居然堆着那些金融专业的书籍，有些不可置信，最后觉得沈安简直无可救药，而林鹤这样看起来冷面心硬的人竟然会这么由着他的性子。

于是当郑睿在卫生间撞上沈安把换掉的衣服跟林鹤的泡在一起的时候，还是没忍住张嘴说了句："你这么大人了，衣服不会自己洗？"

沈安听见这话哪能乐意，他直接弯腰把那一盆衣服端了起来，重重地往洗手池上一放："谁说我不会洗了！你干吗老盯着我啊！关你什么事啊！"

卫生间里空间本就不大，沈安的音量忍不住提高，跟炮仗似的在郑睿耳边炸开，他动作不轻，盆里的水溅到了郑睿身上。

郑睿本来就够烦了，又被沈安吵到，衣服还湿了，忍不住开始上火，伸手推了沈安一下："你不能小心点？"

他当时是真的没觉得使了多大劲，但是沈安竟然被很轻易地推开，踉跄了几步撞到了身后的架子上，装满衣服的盆从洗手台上一个不稳掉了下来。

沈安身上湿了大半，气得眼都红了，瞪着郑睿，在那儿喘着粗气："欺人太甚！"

卫生间里一片狼藉，水不仅把沈安的衣服打湿了，郑睿的裤脚也湿了不少。他看着沈安那气红了眼的样子，一时间竟然有些不知所措，还以为沈安下一秒就要哭了。

郑睿心想自己没干什么，在沈安嘴里就欺人太甚了，推一下，沈安就要跌倒了，看起来还要哭了……

郑睿头皮发麻，嘴里磕磕巴巴，不是很顺畅地说："谁……谁欺负你啦，你自己……你自己没端稳……你怪谁……"

沈安一听他还在说自己，彻底憋不住火了。

于景进门的时候听见卫生间里的声响大惊失色，赶紧跑过去，看见沈安跟郑睿竟然扭打在了一起。

他赶紧去把两人拉开，沈安还不愿意罢休的样子。于景一来郑睿倒是跟找到什么挡箭牌似的，有点刻意地往于景身后躲，嘴里还说着："你快把他拉走……"

事情发生十多分钟，郑睿脸上还有一道印子，沈安身上倒是没什么事，胳膊肘上掉了块皮，也不是郑睿打的，自己动手的时候撞的。

两个人一个气得脸通红在那儿还瞪着眼，另一个表情怪异地戳在那儿。

林鹤回来的路上就收到了消息，看到消息的时候还有些不敢相信沈安跟郑睿能打起来。

林鹤回来之后先叫了沈安出去，两人在宿舍门外不知道聊了些什么。沈安回来的时候看起来比跟郑睿打架的时候还委屈呢，跟郑睿打架的时候还没哭，跟林鹤谈完话回来脸上挂着泪珠。

林鹤这时候又站在宿舍门外，看向郑睿："出来聊聊。"

于景看着林鹤那脸色，忍不住咽了口口水，劝道："哎，大家都是室友好同学……多大点儿事啊……"

郑睿一点儿没带怕的，他稍微直了直腰，往外走。

有什么了，又不是自己把人弄哭的，那不是他自己训哭的吗，这会儿来找麻烦，自己那也叫跟沈安动手？那只是想把沈安从身边扒拉开。

但是话虽如此，单独跟林鹤站在一起郑睿还是感觉十分有压迫感。

两人虽然平常都是很平静的人，但是郑睿是属于爱端着，林鹤却是真凉薄。

林鹤眼皮抬起来，对上郑睿的视线："你对我们俩有点意见是不是？"

郑睿愣了一下，然后点了点头，没有否认。

他不知道沈安是怎么跟林鹤描述的卫生间里发生的争执，但是林鹤好像没有要找自己麻烦，替自己朋友出气的意思。

难道沈安没有添油加醋地跟他告状？

林鹤在他点头之后沉默了片刻，似乎是在思索着什么，然后又做了某种决定。

他说："我知道了，我们下学期不回来住了，这学期还剩几天，希望你能忍耐。"

郑睿皱着眉，然后说道："我没有别的意思……我只是觉得他性格不太好，你又总是护着他。我知道你们是老乡，但是在宿舍里抱团成这样……"他说这些话的时候几次停顿，觉得似乎有些不好意思，跟他要把他们俩赶走似的："其实也没有什么妨碍，大家都是同学……"他开始搬出刚才于景打圆场的话。

而没想到林鹤听完他这些话之后竟然有些莫名其妙地看了他一眼，然后说道："他也不是不会洗衣服，但是他一般难过的时候才会去洗。"

郑睿顺着宿舍半敞开的门，看见卫生间里，沈安竟然一边在盆边搓衣服，一边流泪，脸上的泪一滴一滴砸向水盆里。

林鹤跟郑睿结束对话之后，两人前后脚回到了宿舍。

郑睿回了自己座位，而林鹤进来之后就拐进了卫生间。

于景非常不自在，甚至有些战战兢兢的模样，他原本是听见沈安小声哭想要去拿抽纸进去安慰他。

但是他还没有走到，卫生间的门就在他面前被林鹤关上了。

他迫不得已也只能回了自己座位，还没搞清楚自己的室友之间到底发生了什么事情，张张嘴想问郑睿，郑睿脸色也非常难看。

郑睿这天晚上躺到床上冷静下来之后，心里有点儿说不出的滋味，因为今天也确实是他先动的手，跟沈安那样的人对上，跟他欺负沈安似的。

但是就像于景说的，他们都是室友，真把他们俩赶出宿舍，也不见得心里就舒坦。况且他跟林鹤一样，他们是很相似的优秀的人，对沈安这样娇气的人多一点宽容也很正常。

他最后决定跟沈安发消息道个歉。

“不好意思，今天是我不对。”

消息发过去之后，郑睿不知为何竟然有些紧张，这样的情绪没能持续两秒，就又被一种羞恼占据了。

因为他看到了他发过去的消息左边出现了红色的感叹号。

沈安竟然把他拉黑了！

郑睿最后烦躁地翻了个身，闭上眼睛，强迫自己不要再想这件事，睡下了。

这段时间期末考，大家都在紧张地准备考试。

于景泡图书馆的时间更多了。

郑睿最后还是没憋住，在宿舍里只有他跟沈安的时候当面跟沈安道了歉。

沈安好像勉勉强强地接受了。

郑睿又问他能不能把自己从黑名单里放出来。

沈安有些疑惑地看他：“早就放出来了呀。”

郑睿知道了，虽然沈安有点儿小脾气不经说，但不是很记仇的人。

那个暑假开始的时候，于景跟郑睿都回了老家。

林鹤在这里租了房子，跟沈安从宿舍里搬了出来。

这里的工资高一点儿，他没有带沈安回去，而且他租的房子也确实比老家旧城区那破屋好一些。

林鹤在大一的下学期就开始跟着老师进实验室做实验，他的时间被压缩不少，打工的时间逐渐减少。

在他们大三那一年，老家的房子拆迁了。

沈安也临近毕业，林鹤是准备说说他，让他心思往学习上放，继续考研。

但是沈安一点儿也不愿意，林鹤又不能时时刻刻都辅导他，等到沈安大四毕业，两人吵了好几次，最后林鹤让步，因为沈安好像是真的吃够了学习的苦，不想再继续读。

沈安在省会找了工作，那时候林鹤还没毕业。

后来林鹤保研去了首都，沈安就跟着他一起过去。

过去之后他们的生活压力就变得更大了，似乎是以前生活经历给他造成的影响，林鹤是对金钱特别没有安全感的人。

有时候他还会跟沈安过分计较，自己不想用沈绮的钱也不想让沈安用。

林鹤是很习惯规划长远生活计划的人，他决定把拆迁款用于购房，于是这笔钱就不能随意动了。现在他还没有毕业，平时拿的奖学金加上补助在首都根本顾不了正常开销，更何况虽然沈安已经开始挣钱了，他自己经常性月月花光，甚至会花超，然后再去用沈绮的钱。

两人大大小小的矛盾摩擦虽然不断，但是也会很快和好。

后来发生的最大的一次争吵是在他们来首都的第三年。

那一年林鹤决定在首都买房，掏空了自己的家底又借了沈安的微薄积蓄，最后还是找沈绮借了一部分钱才凑够。

甚至沈绮的钱还占了大头。

但是如果不买房，房价又一直在飞涨，越等越贵。

沈安上班的公司是他在省会的时候就在那儿工作的公司，正好公司的总部在首都，他当时费了好大劲才申请调动了过来。

工作节奏变快，压力也变得有些大，他也适应了一段时间才调整过来。

刚开始的时候还经常加班，因为他的效率不是很高，老是需要他加一点班才能完成。

虽然很累，但是沈安还是坚持下来了。

齐梓阅就是那个时候开始注意到他的。

当司机载着他从公司的地下车库出来的时候，他看见沈安手里还拎着一杯奶茶，从公司里走出来。沈安业务能力算不上出色，算是中规中矩，拖不了后腿，但是也看起来也没什么晋升潜力。

他身上有股很违和的感觉。

他身上的衣服都很普通，价位也不是很高，但是他整个人的状态都让齐梓阅觉得他是半点儿苦头没吃过的人，是被家里娇生惯养的小少爷。

但是其实沈安不是。

父亲入狱，母亲改嫁。

毕业的学校是名校，身上穿很普通的衣服，也会在自己加班的时候奖励自己一杯奶茶，就好像平时是不能轻易喝的，只有加班了才能奖励自己似的。

饱经挫折，被生活揉搓得遍体鳞伤，继而逐渐变得冷漠坚硬，或者为了生活存着一股者咬了牙往上爬的劲头，这些好像和他没有半点关系。

他浑身上上下下都充满了叫齐梓阅好奇的违和感。

齐梓阅是公司的董事长的独生子，留美归国。

表面看起来儒雅风流，其实手段强硬，而且领导能力也很强。

他的董事长父亲把他安排在了一个中高层的职位，看起来好像是要历练他，但是他出入有豪车接送，还配了专职司机，又没有半点儿要隐瞒他身份的意思。

沈安那块工作其实原本不属于齐梓阅负责，中间公司进行了一次人事调动，后来齐梓阅就变成了沈安的上级的上级。

沈安在齐梓阅加他联系方式的时候也没有多想，他对别人戒心不强。

当时他有些诚惶诚恐，因为那段时间工作压力太大了，他还以为齐梓阅加他是自己工作哪里出了差错。

沈安讨厌学习，也讨厌工作，讨厌压力。

但是他又不可能一直不长大。

林鹤的房子上个月装修完毕，是他在还装修的贷款。他有时候也会想，那时候催林鹤下手买房是不是做错了，他的一时冲动，搞得现在压力这么大。

他们宿舍的几位，于景去了上海，郑睿去英国读研了，上个假期回来，带了个外国女朋友。那时候几个人聚在一起吃火锅，沈安还跟他们吹牛，说下次他们回来带他们参观林鹤的新房。

沈安那时候被工作折磨得一点风吹草动就足够让他精神紧张了，而且他又不能轻易失去这份工作。

毕竟林鹤之前说过要自食其力，不能这么大了还要依靠别人生活，于是为了两人不再吵架，他总要做出一些牺牲。

做出了一些牺牲的沈安被公司压榨得奄奄一息。

大周末难得有空窝在被窝里想睡个自然醒的懒觉，一个电话沈安又被领导叫去，送文件去公司。

结果到了之后他又没能走掉，还加了个班，中午都没能回去吃饭。

其实那天沈安走出门的时候就看到了天色阴沉，是个阴天，但是看起来也不像是一时半会儿就会下起雨的样子，于是已经出门的沈安没有再拐回去拿伞，毕竟他只是去送个文件，送完就能早早回来。

等到他下午五点半走出公司大门，看着门外的瓢泼大雨，也是一阵精神恍惚。

他拿出手机，看见手机只剩下百分之一的电量。

因为今天是周末，所以沈安在前一天晚上没有刻意地给手机充电，早上走的时候还有百分之六十多的电，他觉得应该够用，也没有拿充电器。

他用那只有百分之一电量的手机给林鹤打电话，想叫他来送一把伞来。

手机在接通响了一声之后就黑屏了。

虽然只响了一声，但是到底是接通了，沈安想，林鹤很聪明，他应该能从自己的未接来电，还有窗外的大雨中明白自己的意思，自己应该不会等太久。

但是等到他拒绝了几位同事共撑一把伞的邀请之后又过了半个小时，林鹤还是没有来。

大周末的，公司的人差不多已经走得七七八八了，别的还在公司的人沈安还不太熟悉，他们组的人都已经离开了。

沈安在公司门口望眼欲穿，最后很沮丧地想要去公司找个陌生人借一下手机。

他是在往回走的时候撞见的齐梓阅。

齐梓阅单手插着兜，身上是银灰色的高级定制西装，显得他整个人气质不凡。他看见沈安，脸上泛起一个柔和友好的笑，他说："是不是没带伞？我送你回去？"

沈安其实想拒绝，因为他并不想和领导走得太近。

但是沈安太想赶紧回去了，原本他和林鹤计划今晚出去看个电影然后吃顿大餐的。

但是这么大的雨，或许他们只能在家里看了，希望林鹤也已经做好饭。

沈安纠结的表情就摆在脸上，齐梓阅一眼看出了他的犹豫。

一点儿也没有因为他是沈安的上级的上级，沈安就表现出讨好的样子。

齐梓阅越发觉得他好玩，于是又说道："本来今天就是你的休息日又把你叫过来开会送文件，送你回去也算不上什么。"

沈安开始觉得齐梓阅说得有道理了。

他最后点了点头，想着领导送员工回家也不算什么，算是领导对被压榨的员工的一点关心。

他看见齐梓阅跟他身后的助理手里都没有拿伞，最后有些失望地说："那麻烦了。"

齐梓阅很绅士地笑笑说："不麻烦。"

那天沈安离开家之后，林鹤也在半下午被导师一个电话叫走了，在实验室待到晚上六点多才出来。

他注意力高度集中的时候很容易忽略时间的流逝，当他出来看见豆大的雨珠，又看见手机上沈安的未接来电的时候，已经距离沈安拨打电话的时间过去了四十分钟。

林鹤往沈安的公司赶去，中途给他打电话，传来的是关机的声音。

地上的水被鞋带起来，溅起一些泥点落到他的裤腿上。正赶上周末的人流高峰，林鹤挤地铁挤得很艰难。

等转了两次地铁赶到沈安的公司的时候，他拿着伞过去，看见沈安和一位穿着看起来价值不菲的西装的男人坐进了车里。

那车是一辆银灰色的保时捷。

车门关上，林鹤站在那里看着那辆车驶入车流，他沉默地站在雨里，垂下眼皮，看见自己湿了半截的裤腿。

雨在此刻确实下得有些大了，风吹过来，林鹤脸上也被雨水沾湿。

等到那辆车的影子都消失不见了，林鹤才挪动了脚步。

林鹤的速度已经够慢，但是等到林鹤回到家的时候，沈安还没有回来。

或许正在这样的高峰期，更会堵车。

林鹤有些漫无边际地想着，最后坐到沙发上，一时间有了一些失重感。

沈安会去干什么？

说起来好像很奇怪，但是细细思考起来似乎也不足为奇，毕竟那是一辆好车，沈安向来喜欢一些好的、昂贵的东西，林鹤消费不起的东西。

从沈安毕业之后，他们俩之间在毕业的时候就产生了一次很大的分歧，在日常的相处中林鹤对沈安的一次次心软导致了他话语权的削弱。

沈安不再对他那么言听计从。

而他那时候也觉得，好吧，沈安也不需要这么努力，只要他过得开心就好了。

但是哪怕沈安的成长节奏看起来比同龄人慢了一拍，他也是在慢慢变得成熟，变得懂事起来。

从来到这个城市之后，沈安就变得忙碌起来。

而且沈安也比他提早步入了社会，开始工作了，他能够挣钱了，完全可以养活自己，林鹤的帮助对于沈安来说变得不再那么不可或缺。

他脑海里不断闪过沈安坐上那辆保时捷车的身影，好像他原本就应该是过那样的生活的。

虽然挤地铁的自己先回来了，沈安还堵在路上，但是沈安是坐着保时捷，不用在雨天溅一身的水，挤上人挨人带着点潮气和汗味的地铁。

他当时在报考志愿之后有很多人问他有没有后悔过，但是他其实有时候也想问沈安有没有后悔过。

他原本不必跟林鹤一样过这样的生活。

林鹤越长大越在后来的日子里觉出自己的渺小，他现在觉得沈绮当时把话还是说得好听了，真给林鹤十年十五年，林鹤就真的百分之百能达到沈绮那样吗？

那么现在再来看，到底是沈安在拖着林鹤，还是林鹤在拖着沈安呢？

林鹤会想起当时给沈绮的那个故意写错的号码，他好像在保留唯一一个朋友的事情上做过许多小动作。

在他们填报完志愿一切尘埃落定的那一天晚上，他帮沈安把旧卡换到新手机上时，看到了顾钦然给沈安发的消息。

顾钦然跟沈安说："你有没有想过，或许林鹤也不是真的多么在乎小时候的情谊，他只是需要一个人来肯定自己？"

林鹤把这条消息删除了。

他并不觉得在乎小时候和沈安的情谊与需要沈安肯定自己这两件事情有什么冲突。

他只是需要一些筹码。或许只是因为他是个什么都没有的穷小子，沈安身边的人才会这样以一种很大的恶意去揣测他。

但是事实真的是这样吗？

林鹤忍不住自问，他做的一些事情是不是也真的印证了沈安那些朋友对他的评价呢？

什么自私冷漠、利己主义……

林鹤闷下去一口酒，他看到墙上挂着的挂钟的时间，时间已经过去了两个小时，沈安还没有回来。

沈安坐上齐梓阅的车之后，两人都在车后排坐，中间隔着一个人的距离。

车里的香氛味道很清雅，就是空调温度打得有些低，又是雨天，沈安觉得有些凉。

他抿抿嘴，微微吸了一下鼻子，虽然是很细微的动作，但是齐梓阅竟然还是察觉到了。

他问沈安："有点冷？"

沈安点了点头。

齐梓阅便跟司机说："把温度调高一点。"

沈安看着车窗外拥堵的车流，手伸进兜里不自觉地抠起关机的手机。天色已经完全黑下来，他觉得催促有点没礼貌，但是耐不住心中焦急："要是可以的话，麻烦快一点。"

齐梓阅这时候也顺着他的话说："这里太堵，他有点着急回去，不如就绕路吧。"

司机应声，然后车头到了路口调转方向。

沈安看到司机换了路线之后明显地速度快了起来，心里刚松了一口气，就又渐渐发现路线有点越来越偏了。

他忍不住皱眉："这是不是绕太远了？"他转头又跟齐梓阅说："要不然把我放在地铁口也是可以的，我可以坐地铁回去。"

齐梓阅拒绝了："那不行，今天本来就是临时安排才让你送文件来，这么晚的雨天你都在车里了，当然要把你好好送回去。"

沈安听他这样讲话，也没好再多说什么。

结果又等了很久，车却驶入了一处环境优美，看起来房价就不菲的小区。里面都是独立的庭院设计，独门独院，黑色的铁栅栏处有很多探出来的名贵花朵。

沈安的脸色渐渐变了，他又问齐梓阅："这是哪里？"

齐梓阅说："我家。"他朝沈安笑了一下，那是一个没什么攻击性，稍显柔和的笑容，跟他在工作时开会的时候很不一样。

沈安有点儿不高兴了。

齐梓阅想请沈安来家里吃饭，顺便谈谈以后的工作，半强制地邀请沈安去了家里吃饭。

什么吃饭谈工作，这不是变相加班嘛。

结果等沈安走进了这栋房子里，被齐梓阅带着坐到桌前，才后知后觉，又不可置信地察觉到了一丝不对。

什么工作要搞这么隆重的阵仗才能谈？

搞这么昏暗的环境？这么大的客厅就亮着桌上的几盏烛光。

沈安有些头昏脑涨了。

他有些傻愣愣地看着齐梓阅。

烛光打在齐梓阅的侧脸上，他皮相上乘的脸色有些晦暗不明。

沈安一时间没敢贸然开口。

齐梓阅看着他呆愣的样子，声音放轻了点，像是怕吓到他，他说："没想到偶然的机会来得这么快，准备得有些匆忙。"

他推着沈安的肩膀，让他坐下。

窗外下着淅淅沥沥的雨，房子里环境很昏暗，这客厅估计极为宽敞，在只亮着几盏烛灯的情况下，沈安一时间无法完全窥探出客厅的全貌。

他只看到厚重的暗色花纹的窗帘被紧紧地拉上，此刻没有人出声，只有一曲沈安无法辨别的钢琴曲在播放。

很熟悉的曲调，但是曲子具体叫什么名字，沈安却记不清楚了。

他有些僵硬地坐在齐梓阅为他拉开的椅子上，然后缓慢地抬起头，视线停留在齐梓阅脸上，他说："这是什么意思？"

齐梓阅也没有拐弯抹角："你是我们部门总监的亲戚吗？她工作能力挺强的，把你弄进来没少费工夫吧？"他把红酒瓶拿起来，往沈安面前的高脚杯里倒红酒。

沈安好像用了极大的定力才没有立马起身走人，他看着对面齐梓阅那张气定神闲游刃有余的脸，默念了好几遍，这是董事长的儿子，是他上级的上级……

他最后吐出一口气，然后说："不好意思，我并不明白你到底在说什么。"

齐梓阅好像并不相信，觉得这是沈安不配合的态度，他看起来十分耐心大度："不是亲戚？那看样子是小男友？"

沈安："……"

齐梓阅看着沈安那张脸，从眼皮上那颗若隐若现的小红痣，到挺翘的鼻梁，过分白皙的皮肤，形状好看的唇形，或许现在有一部分女性就是比较喜欢这种类型，容易让人产生保护欲。

"不是亲戚，也不是她男朋友，我和她没有除了上下级之外的任何关系。"

沈安这么回答完，坐在他对面的齐梓阅脸上的表情却还是充满了不信任。

沈安有些困惑，又觉得齐梓阅今天的举动十分可疑，他不由问道："你为什么要在意我和总监到底是什么关系？"

饶是迟钝如沈安这时候也察觉到了什么不对，他抬起眼皮望着自己面前的董事长儿子，语调控制不住地扬起来："你喜欢我们部门总监？"

"嗯。"齐梓阅神色闪过那么一丝不自然，"你真的跟她没什么关系？"

"真的啊！"沈安斩钉截铁，心里一阵唏嘘后怕，差点儿要被齐梓阅当成了竞争对手。

"不过我觉得她平时对你很照顾的……"齐梓阅语气淡淡的，目光落到沈安身上，"那既然如此你不介意帮我个小忙吧？"

齐梓阅看起来气定神闲，一点儿也没有误会了沈安之后应有的歉意和不自在，反而顺着话要求沈安："我会额外给你一笔奖金或者适时的一个晋升机会，只要你帮我注意观察她一下，随时和我汇报一下她的动向，比如跟部门里谁最亲近，她下班的时候有没有人来接过她，在部门里的时候是否收到过男人送的花之类的。"

沈安越听越是眉头紧皱："不行。"

齐梓阅被他这样利落地拒绝，脸色变得有些不好："真的不再考虑一下？以你现在的能力，如果没有我的帮助，你要晋升估计还要好几年……只是观察一下她在部门工作时候的动向，又不是让你跟踪她探取她的隐私……这对于你来说并不困难。”他循循善诱，像是真的很为沈安而考虑。

沈安的耐心告罄了，他起身站了起来：“时间很晚了，我该走了。”

齐梓阅表情变了一下，他没想到沈安竟然真的一点儿都不为所动，他抬起眼睛看沈安：“真不考虑？”

沈安不耐烦了：“真不！”

齐梓阅可能鲜少听到公司的人跟他用这样的语气讲话，他沉默了一下。

沈安觉得时间已经很晚了，他掏出手机说道：“你这儿有充电器吗？我手机关机了，要是你不方便的话我就让我朋友来接我了。”

齐梓阅回答沈安说：“没有适合你手机的充电器。”

沈安听完好像还对齐梓阅很失望。

齐梓阅被他这样摆在脸上的情绪都要气笑了，他抱起来手臂然后望着沈安：“你就这么拒绝我，不怕得罪我？”

瞧着沈安挺乖巧的，说起来话竟然这么一点不带拐弯的。

沈安也回望他的眼睛：“那我得罪你了吗？”

他好像在很真诚地发问，齐梓阅一时间跟他这样干净的眼神对上，愣了一下神。

沈安后知后觉地想起来了什么，说道：“那你……那你最好不要把私人感情带到工作上。”这话听起来像是要教齐梓阅做事，“这很不专业。”

有点儿批评的意思了。

齐梓阅看着沈安的脸，他的嘴唇有些不自觉地紧抿着。

沈安脸上没什么表情，哪怕是很漂亮乖巧的一张脸，这样看上去也是有些冷漠。

他又在重复：“我该回去了。”

外面的雨还未停，甚至有越下越大的趋势。

齐梓阅很轻地说："哦？"他偏偏脑袋，故意要欺负人一样："那怎么办？下这么大雨，我已经让司机先走了。"他眼睛看着沈安："你要自己走回去吗？"

他看到沈安下颌线突地收紧了。

沈安攥了一下拳头，然后转身就走到了客厅的门前，推开了门。

他推开门的瞬间，狂风夹杂着大雨就扑到了他脸上。

他正要一口气扎进雨里，离开这里的时候，齐梓阅从后面冒出来一把拽住了他的胳膊。

沈安额头前的发丝被吹过来的雨打湿了，他扭头看齐梓阅，语气又急又气："你干吗！"

齐梓阅没想到他这么禁不起逗，受不住激，性子还很倔。

"干吗？这么大雨你就往外跑，想把自己淋发烧明天好请假？"齐梓阅从玄关处的架子上拿下来一把伞，塞到沈安手里，"拿着，我去开车送你！"

齐梓阅拿了车钥匙去了车库。

这里已经远在郊区了，沈安坐在车的后排，看着齐梓阅开车，有点气愤地从镜子里观察他。

齐梓阅显然有些被沈安的眼神刺到，雨下得太大，前方视线不是很好，他没敢开太快，而且行驶到一半还堵了车。

车里没有放音乐，只有雨滴敲打车窗玻璃的声响，气氛有些低沉。

齐梓阅最后吐出来一口气说："我今天是有些唐突了。"他从后视镜里看沈安，然后解释一样说："我以为你跟你们部门总监有些什么的。"

沈安有些惊讶："什么？"他的印象里他跟他们部门总监之间除了工作应该没有别的多余的交集了才对。

齐梓阅说："你送上来的工作汇报里，还有做出来的数据处理，经常会犯一些很小的错误。"

他的手在方向盘上敲了两下："她每次交到我这里之前都会为你先做一些修改。"

车里突然一阵静默。

这是沈安所不知道的，如今被齐梓阅说出来，他不由也有些惊讶，他没有再问，为什么总监替他修改一些小错误还是会被齐梓阅发现，只是后知后觉地明白自己的业务能力并不是自己所以为的那样。

沈安有些羞愤，张张嘴想讲出一些什么反驳的话来，却又否认不了齐梓阅所说的这些事实。

车终于缓慢地移动起来了，雨刷器扫过前面的玻璃。估计再有二十分钟就可以到达沈安所说的地方。

齐梓阅再次开口："那你跟我说让我不要把私人情感带到工作上，那么你也不要，好吗？"

沈安明白了齐梓阅的意思，沉默了片刻又再次开口："好的，我以后会努力提高自己的业务能力的。"

既然齐梓阅这边给了台阶，沈安也很珍惜这份工作。

彼此点到为止，今天就当作什么都没发生。

明天他们还是普通的上下级。

沈安在十一点四十的时候到了家。

他推开门的时候就被扑面而来的酒味冲了一下。

他看着沙发上林鹤垂着脑袋稍显颓唐的模样，不由得有些心虚，林鹤对面茶几上的那些站着的、倒着的空酒瓶更是叫他心惊。

他换了拖鞋往里走，到林鹤面前，边走边说："哎，雨下太大啦，我手机还没电了，回来晚啦。"他讪笑着："哎呀，是不是看见我给你打的电话去公司等我了？"他伸出手想拍拍林鹤，嘴里说着："对不起呀，我坐了车，人家给我拉错方向了，路上太堵啦，弄这么晚才回来。"

“对不起？对不起我什么啊。”林鹤缓缓抬起垂着的头，视线停留在沈安那张脸上。

沈安这才看见林鹤冰冷的眼神，像是突地被刺了一下，而无论什么时候，沈安总是很容易被林鹤生气时候的模样吓到。

他伸出去的手有些不自觉地收了回来，又自知理亏地放软了语气，有点小心翼翼的意思：“怎么啦，等了多久啊，气成这样。我也不想呀，没想到下这么大雨，凑巧我的手机给你打完最后一个电话之后就关机了。”

他抬起眼皮看林鹤，讲这句话的时候还觉得自己也有点委屈。他本来大周末去加班，又赶上暴雨，折腾到现在才回来，自己也很不高兴呢。

可是林鹤现在看起来比他还要不高兴，他就不敢不高兴了。

沈安脸上的笑容维持得很勉强了，但是林鹤却并不买账。

他这个时候表现出一种很强的攻击性，嘴角勾起来，语气也很讽刺：“还在撒谎，你以为我没看见？把我当傻子哄？”

他毫不留情地戳穿沈安。

沈安愣了一下，还没反应过来：“什么？你看见什么了？”

“我看见什么你自己心里清楚！”林鹤提及此，声音都忍不住拔高，眼睛也变得有些赤红。

沈安眼睛眨动，然后有些不可置信地看着林鹤：“什么意思，你去公司看见我上别人的车了？”

林鹤没有讲话。

沈安情绪也被激起：“你去了，看见我之后没有叫住我，就等着晚上回来在这儿等着我发泄？！”

“我叫住你？！他挟持你上去的吗，你难道不是自己也想上那辆车吗！”

“我自己想上那辆车！我难道不是想早点回家吗，我等你那么久你都没来！”

“但是你明明知道我看见了肯定会去，你为什么就不能在那儿等我！到了快十二点才回来……”林鹤说到这里，胸口剧烈起伏起来，他有些说不下去了。

他最后闭了一下眼睛，像是在强行克制自己的情绪：“我知道你现在和以前不一样了，不需要我的帮助了，你现在自己能够挣钱，也能重新与那些有钱人做朋友了，我就算拿了把破伞去，你说不定也不会回来。”

沈安听到林鹤这样讲话，难以置信地望着他。

他在此时俨然被林鹤话里的意思彻底激怒，更多的是伤心。

他忍不住动手去拽林鹤的衣服：“你说这样的话是什么意思？！林鹤！你怎么会这么想我！”

“我说的难道不是事实吗！”林鹤去攥住他的手腕，两个红了眼的人眼看着就要不分轻重地撕扯起来。

沈安跟林鹤的眼神对上，瞬间意识到，他跟林鹤说不通的，林鹤只会听他自己的，以为他自己所以为的。

沈安的工作是沈安毕业之后自己投简历，经过考试筛选，又经过面试才入职的，这对沈安来说不仅是单纯的一份工作，还是沈安独立完成的第一件事情。

这并不容易。

这份工作是沈安摆脱事事依赖林鹤的一份证明。

沈安不自觉地喃喃出声：“我受够了……我受够了……”多年以来，那些被林鹤训斥、掌控的记忆不断涌现出来。

“你说什么就是什么！就永远只能听你自己的，就不能听一次我的，你就永远什么都对？！每一次！每一次吵架，都是我先低头，你甩脸子吓唬我，你生气了我就要低三下四的，就永远都是我错？

“你从头到尾，你都没有给我过一点信任，因为在你心里，你和别人一样，觉得我就是一个没脑子的蠢货，觉得我爱慕虚荣，贪图享乐。”沈安不再哭了，但是他脸上的泪痕还没干，他偏了偏脑袋，望着林鹤，语气几乎可以称得上是平静，他问林鹤：“你是这样想我吗？”

林鹤对上沈安依然清澈的眼睛，喉咙似乎被什么堵住，他很想摇头反驳说，不是的，不是这样的……

“你让我觉得我很差劲。”沈安逐渐与林鹤拉开了距离，“你也从来都不认为我会很坚定地选择我现在的生活，哪怕当初我没有跟我姑妈去国外。但是只有你做出的牺牲才是牺牲，而因为我不懂事，所以我不假思索的选择，我所放弃的另一种生活，那都不是一种牺牲。”

窗外的雨下得很急，闷雷炸响在天边，空气很潮湿，弥漫着一股散不去的酒精的气息。

两人在此刻看起来已经都很平静，没有在急赤白脸地冲对方吼，或者失去理智地撕扯。

但是气氛叫人窒息，还不如像从前那样，他们为一点儿小矛盾争吵，双方发泄出自己的委屈之后再和好，每次都是雷声大雨点小。

现在，他们一个精神恍惚，被酒精麻醉无法思考，陷入自我怀疑，另一个用一种绝望平静的语气进行指责。

没人低头的场面变得有些不可控制。

沈安最后闭了闭眼，他用很悲伤的眼神望着林鹤。

那眼神让林鹤直觉不妙。

在沈安说出“或许……”的时候，林鹤在这样的时刻抬手制止了沈安接下来要说的话。

这是沈安和林鹤认识的这些年里，两人第一次冷战。

沈安睡在卧室里，后半夜忍不住压抑地哭出声，他觉得很难过，不知道为什么事情会变成这样。明明两个人看起来已经度过了很艰难的时刻了，他们都长大了，有了比当年老家那旧城区的破屋好了好多倍的住所，他也有了工作，林鹤兜兜转转五年，最后还是到了他本就应该就读的学校里读研。

沈安啜泣出声，在这样的时刻他甚至有些怀念当年在小破屋的日子。

那个时候沈安面对的困难还很简单，他只需要吃饱穿暖，好好学习就好了。

沈安一个人蒙着头哭到后半夜。

第二天沈安听到关门的声音。

林鹤走了。

沈安在林鹤离开二十分钟之后起了床。

他在洗手台上的镜子里看到自己红肿的双眼，他吸了吸鼻子，然后伸手接了冷水洗脸。

沈安去上班的时候有些心不在焉，夜里根本没有睡几个小时，中午去接咖啡的时候还不小心弄洒了一杯。

而沈安不知道，其实林鹤在早上关门之后并没有离开，他藏在家的附近，看着沈安走远去上班他才又回了家，像是在避免跟沈安打上照面。

他在抗拒跟沈安碰面，也拒绝交流。

他昨天晚上喝了太多酒，又几乎一夜未眠，这会儿太阳穴到后脑勺都有些疼。

但是他却无时无刻不在回忆着沈安昨晚说的那些话。

他应该是忍自己很久了，也在借昨晚的争吵说出了自己压抑许久的心里话。

“受不了了。”沈安把这句话重复了好几遍。

外人都觉得先说出来这句话的应该是林鹤，因为他们觉得沈安骄纵任性，不懂事，林鹤终有一天会受不了沈安。

但是只有林鹤知道，不是这样的，他在包容沈安的时候，沈安也在包容他。

大多时候沈安都很听他的，即使有些事情沈安不愿意做，最后也会在林鹤的要求下不情愿地同意。

林鹤以身体不舒服为由，请了一天假。

他把家里的每个角落都清理了一遍，用抹布一遍一遍地擦。

去收拾衣柜，把每件衣服都叠得板正。

把厨房里的碗按大小排列，将台面用清洁剂擦了一遍。

最后把衣服放进洗衣机里洗。

在他把最后一件衣服晾上后，他好像有点不知道自己能做什么了。

“不知道，他可能觉得我是想要搬出去跟他绝交吧。”沈安气喘吁吁挤进地铁，整个人都快被挤得上不来气儿了。

他举着胳膊跟顾钦然打着越洋电话，姿势不是很舒服，地铁里信号不好，讨论的又是叫沈安情绪不好的话题，沈安有些心浮气躁。

顾钦然那边似乎是笑了一下：“那你到底是不是想绝交？”

“我没有想要绝交！我只是想让我们双方都冷静一下，他整个就是一妄想狂魔，我一个动作他那边就在脑海里演起来了，他只是看见我上了别人的车，就想象出一出我趋炎附势结交有钱人的画面……”沈安吸了一口气，“你根本不知道他昨天的样子多恐怖，他本来板着脸的时候就够给人压迫感了，结果昨天我刚到家他就冲我各种冷笑，朝我发火，我买了那么多酒本来准备跟他一起喝的，他直接昨晚自己干完了，一瓶都没剩下！”

“我还要提跟他绝交，我要是真提了他指定得觉得我果然就是那样的人呢！”沈安只是稍微提起来就开始头皮发麻。

顾钦然沉默了一阵突然说：“你有没有觉得林鹤这个人跟普通人不太一样？”

沈安不假思索地认同道：“是的，他特别优秀，很厉害。”

顾钦然：“……”

数秒的停顿后，顾钦然又说：“我不是这个意思，我是说他这个人的性格，你看你还有我这个朋友，没事还能谈谈心，抱怨抱怨生活。你认识他很久，他有跟别人交过朋友吗？”

沈安回应道：“是……他从不抱怨生活，跟我也没有过，没有跟我讲过他很辛苦，或者有别的什么烦心事之类的。”

“人又不是机器，他也有情绪的，他那样的性子说不定比你压力还大，只是闷在心里不说。我记得高中的时候咱俩玩，他对我都很有敌意。你想一想，他只有你一个朋友，而你有这么多朋友，还有亲人，他生活里的朋友亲人的角色全部都由你来担任，他觉得不公平的话肯定要做出点什么事来抢夺你的注意力。”

顾钦然说：“他可能很没有安全感，你给他一些安全感就好了。”

沈安吐出来一口气：“我已经够顺着他了……”

顾钦然忍不住调笑他：“哟，咱们沈安这么苦啊。”

“可不是吗。”沈安跟着人流从地铁上下来，他也笑了一下。

顾钦然最后说：“行了，好好谈谈吧，林鹤当年那志愿报的，在咱们一中到现在还被当反面教材呢。好好一准状元，为了帮你，都让学校失望了。你们要是真最后恩断义绝，那可是反面教材中的反面教材啦！”

第十一章

沈安从地铁口出来，地铁口距离他们家还有近一公里的路程。

天色将暗，他的脑子很乱，他把手揣在兜里在路上走着，穿过人行道，看见闪烁的车灯将地面照亮，对面迎面走来了一群学生，身上穿着统一的校服，三三两两并排走着，嬉笑着说着什么。

很青涩的年纪，他们笑容灿烂，眼神明澈。

那样的一个个笑容直直撞入沈安的瞳孔。

其实是很普通的开怀的笑容，在他们这个年纪应该很常见。

可是沈安却突然一滞——只是稍微回忆一下，他就很清楚地记忆起，林鹤从来没有这样笑过。

林鹤看起来孤傲，很执拗，还冷漠无情，早熟得过分，不与任何人亲近，做事也很不讲情面。

他脑子聪明，理智又精明。

但是沈安认识他越久越了解他就越明白，林鹤其实骨子里自卑又敏感，心思里有很多沈安看不懂的弯弯绕绕，多疑还多虑。

他一直活得很紧绷，未曾有过片刻的放松。

这似乎已经变成了他生活的一种常态，把得到的东西都攥得很紧，像是只要他放松一点儿，手里的东西就会消失不见。以至于沈安这么多年来，连一个肆意开怀的笑都没能从林鹤脸上见到过。

沈安有些透不过气地难过，他又想：是我这个朋友不合格吗？

哪怕是以前他们在一起，林鹤就已经过早地承担起一个大人的角色，那些生活的重担压力全都在他一个人身上。但是现在不一样了啊，他为什么还要这样？

他不应该这么没有安全感，患得患失，对自己做一些伤人的猜忌。

这样没道理。

但沈安转念一想，真的没道理吗？只要再往前回顾林鹤的成长经历，就可以发现问题。

林鹤的二伯也曾把林鹤领回家过，承诺过他们以后就是家人，但是后来呢，坚持了几年呢，就又不要他，把他赶出来了。

是林鹤做得不够好吗？林鹤在离开那个家之后还去给他那弟弟免费补习。

但是就算这样又怎么样呢？

沈安一阵鼻酸，他又想起顾钦然说过的话，林鹤只有他一个朋友，除了他，没有人会心疼会理解林鹤。

不会有人理解林鹤为什么不能像别人一样也交交朋友，为什么要活得这么冷漠自私，又为什么总是板着一张脸不讨喜，像个不会哭也不会笑的木头人。

沈安二十多年以来第一次体会到这种像是心脏被密密麻麻的针刺痛的情绪。

他的视线逐渐模糊不清，这次不再是为了自己的委屈与怨愤而流泪。

他不断往前走着，在擦眼泪的时候，像是做了某种决定。

沈安的脚步最后在一家商店门口停了下来。

当他再次出来的时候已经很晚了，他加快脚步往家里去，动作大了点，那块刚文了文身的皮肤就变得很疼。

他一直不是很坚强，文身师傅估计碰见他这样的顾客也很无奈。

从进门沈安就红着眼，文图案的时候还很挑剔，文的过程中疼得一直哭，师傅下手慢一点，他又开始催促。

等把他送走，文身师傅也满头是汗。

在他乘坐电梯的时候好好整理了一下自己，又拍拍脸，像要自己的表情和平常一样，最好风轻云淡一点，就像什么都没有发生那样。

结果沈安进门的时候吓了一跳，客厅里没开灯，黑漆漆一片，他抬手打开灯，发现地板干净得似要反光了，屋里昨天那股酒味还有憋闷潮湿的味道已经全然散去，现在飘散的是清洁剂还有薰衣草洗衣液混合在一起的味道。

家里的边边角角都干净明亮得过分了。

沈安往阳台看了一眼，发现自己的衣服洗了。

但是那根本就是刚洗完的衣服！

他的胸口涌上一股怪异的感觉，他放轻了脚步，往卧室走去，把卧室的灯打开，发现林鹤果然在墙角那里窝着。

他低着头，沈安看不清他的表情。

沈安又开始觉得头疼了，不知道林鹤的脑海里现在又在上演什么悲剧苦情戏码。

他吸了一口气，决定先开口。

他在心中一直认为林鹤很成熟，完全忽略了林鹤其实和他是同龄人，甚至比他还小近两个月的事实。

结果没想到沈安靠近林鹤的时候，林鹤竟然还往里又偏了偏脑袋，表现出一种很抗拒的姿态，甚至这种抗拒都迫使他先开了口。

林鹤说：“我现在不想跟你讲话。”

他好像还依然觉得沈安会说出他不想听的话。

沈安蹲下身子，在林鹤面前，像是岔开话题一样：“你怎么把家里又打扫了一遍？”

提及此，林鹤却突然抬起了头，他的视线跟沈安对上了，然后很突兀地“嗯”了一声。

他还在看着沈安的表情，似乎是想要沈安再说一些话，甚至又莫名其妙地补充了一句：“很干净。”

很干净……嗯……是很干净……

但是……

难道说林鹤也是没话找话想要打破这个僵局？但是他的目光却还停留在沈安脸上，而且两人距离很近，沈安甚至能明显看到林鹤的唇角都在慢慢抿紧。

沈安紧蹙着眉，于电光石火之间想到了什么，他像是试探一样：“很厉害，我都不会干家务。”

就在沈安说完这句话的时候，他看见林鹤的唇角开始放松下来，他又像是有些轻飘飘地说：“嗯。”

他微微垂了垂眼皮，复又将视线停留在沈安脸上，他说：“本来一直以来也都是我做，这很麻烦，你也弄不干净，最好不要做。”

沈安看着他，觉得难以置信，但是事实就这样摆在眼前了。

他又想问自己：沈安，你都做了些什么？你让林鹤这样的人，需要用洗衣服来确定自己做你朋友的价值，以确保你不会轻易地离开。

沈安能够独立挣钱，逐渐变得不再像以前那样幼稚，他在慢慢成长。

可是这样的独立对于林鹤而言，并未让他觉得欣慰或者松了一口气，他在觉得沈安能独立的同时，也不再需要他这个朋友。

毕竟沈安当时靠近他，是建立在需要的基础上的。

他与沈安相处这么久，是最期盼沈安能成长起来的人，怕他被人欺负，但也是在更大的程度上抗拒沈安成长的人。

沈安情绪几乎有些失控了，他忍不住上手去攥住林鹤肩膀上的衣服：“不是的，不是这样的，你不用这样，我也不会跟你绝交。”

林鹤的眼睫颤动了一下，似乎很惊讶沈安会突然说出这种话。

沈安轻轻拍了拍他的脊背，发现那里竟然一直都是紧绷着的。

林鹤的身子僵硬住了，因为他感觉到了沈安在哭。

虽然沈安在哭，但是沈安还在安慰林鹤，他告诉林鹤：“因为你在我人生最低谷的时候拉了我一把，一直帮助我成长，我记得这些的。

“你已经做得很好了。”

林鹤似乎还有些不确定：“真的做得很好了？”

沈安回答他：“真的，你总是擅长做很多事情。”

他感觉到林鹤的背在慢慢放松了。

沈安吐出一口气，竭力平复自己的情绪，然后对上林鹤的视线。

林鹤沉默了一下，然后说：“我们是不是和好了？”

“你跟我道歉我就原谅你。”

于是林鹤说了：“对不起，沈安。”

沈安看着林鹤，尽管这张脸已经褪去了青涩，但是这样望着沈安的神情与当年那个在午休时去买了小蛋糕，推到沈安手边希望沈安收下的神情如出一辙。

他说：“沈安，不要生气。”

沈安看着林鹤，又做了和那时一样的回答：“好的吧，你下次不要再这样了。”

林鹤很喜欢这样的回答，他知道沈安是很柔软的人，每次林鹤惹了他，沈安都会这样讲，不会真的跟林鹤记仇。

这种感觉就好像是在沈安这里获得了无数次被原谅的权利。

原谅林鹤的那些敏感脆弱，那些难以自控的尖锐的坏脾气，那些做出来的所有伤害沈安的动作还有语言。

沈安这时候微微起身，然后背对着林鹤，告诉林鹤说：“我今天去商店买了一只公仔。”他从一旁的购物袋里拿出那只白乎乎的动物公仔。

他递给林鹤说："是只白鹤呢。"沈安听他迟迟不说话，又不自觉地回头看他，以为是他不喜欢，不由说道："怎么啦，你摸摸啊，手感很柔软的。"

话音刚落，林鹤很沙哑的声音从喉咙里发出来。

他说："这什么白鹤啊，这不是一只大白鹅吗？"

End

番外一 幸运的眷顾

沈父出狱那一年，林鹤和沈安一起回了老家。

这原本是沈安和林鹤从小长大的地方，时隔数年再回来，这小城市已经发生了翻天覆地的变化，沈安险些认不出来。

“这不会是咱俩住的那老房子吧。”沈安站在一栋商业楼的旁边，险些控制不住地张大了嘴，他瞧着高大的楼房玻璃上，映照出来的自己的身影。

“可不是呢。”林鹤抬眼瞧了一眼，像是也没想到这里短短几年，楼盖得这么快。

沈安突然笑了起来，又转头对林鹤说：“班长，你还在这块给我赶过蚊子呢。”

林鹤瞧着他回眸展露的笑颜，一声班长，仿佛又把他拉回十年前，那沈安和他相依为命的少年时期，沈安落了灰尘的会变形的灯，破旧的蒲扇，发黄的二手空调……

好像时间过去了很久，但是又仿佛这一切近在昨天。

林鹤有这样的错觉，这可能是因为十年前遇到的沈安，一如往昔地陪伴在自己身边的缘故。

沈父是在傍晚出来的。林鹤和沈安将车停在路边，沈安看着铁门走出来拿着简单行李的沈父，小老头头发已经露出来零星的灰白，沈安忍不住眼眶子一热。

他强忍住流泪的冲动，用手揉了揉眼睛，平复了一下自己的心情，然后走到了沈父面前。

“这是……这是我朋友……来跟我一起接你呢，他也是在这里长大的，正好回来看看。”

饭桌上，沈安给沈父夹菜，听到他问有关林鹤的事情。

话音落下，林鹤看了沈安一眼，没有说话。

“哦，这样啊。”沈父显然是没有想到沈安后来发展还不错，原本以为他那被自己娇惯坏了的性子，要吃很多苦头，都不一定能考上大学，没想到他毕业的院校还不错，交的朋友更是优秀。

沈父看着沈安这些年过得不错，原本笼在心头的阴影散开了一些，在餐桌上问了问沈安现在的工作情况，又问他交女朋友了没。

过了一会儿沈父又跟林鹤碰酒杯，赞他是青年才俊。

青年才俊在回首都的路上给好不容易团聚的爷俩当司机。

一路上基本都是沈父在问，沈安在答。沈安成长了不少，向沈父报喜不报忧，言谈中还掺杂着一些和事实有些小出入的浮夸。

沈父似乎是因为沈安过得很好，很是欣慰，一路上精神头还不错。

沈安接他回来家里，整理出来一间客房。

沈父看着一路跟着回来的林鹤，又瞧瞧这房子，问沈安是不是他俩合租。

“嗯，这里房价贵，房租高，可不得找个人分担一下。”沈安顺势答道。

等晚上把沈父安顿好，他回到卧室，长出了一口气。林鹤拿着自己的衣服进了浴室。

第二天早上，吃早餐的饭桌上，沈父却总觉得哪里不对。

他现在急需确认一下，确认他的儿子这些年来过得还不错的缘由。是因为幸运老天爷格外眷顾，还是因为性情大变以至于奋发图强起来有了如今的工作？

当晚沈安下班回来就把他叫进了房间。

“怎么了，爸？”沈安下了班手里还拎着一个六寸大小的蛋糕。

他进来客房，把手里的蛋糕先放在了桌子上。

“你说说这些年你都怎么过来的。”沈父沉着脸说道。

沈安不由皱眉：“还能是怎么过来的，全靠林鹤的帮忙呗。”他打量着他爹沉下来的脸，顿了顿继续道，“你也知道林鹤吧，我跟他从小就认识，你……你后来进去之后都是他收留我，我没学费上学，都是他打工供我读的书，要不是他我早就流落街头饿死了，这多大的恩情啊，我这辈子都要好好感谢他！”

沈父听到这里，愣怔住，看他这看起来没吃过苦头的儿子。

对啊，他离开之后，还有追债的，他是进去了，人家够不着，那他的儿子呢，这些年是怎么过来的？

沈父原本以为林鹤有钱，沈安是靠着他的救济才过上了这安稳日子，没想到那林鹤也是穷苦孩子。

沈安说到动情处，眼泪一大把，其间又在那儿跟自己亲爹叫苦，说这些年怎么过的啊。

沈父听到最后越听越不对，沈安叫的苦是真苦，就是这苦跟沈安没什么关系。

苦都叫人家林鹤吃了，打三份工挣钱是谁干的？什么一顿饭自己花五块给他花八块，卖了书给他拉回来二手空调……

你这在人家贫困生家里赖着，人家能不苦嘛。

听说自己小孩过得好的时候沈父还能理直气壮训斥他两句，等知晓这么些年俩小孩这么一路走过来有多不容易，又了解了沈安在高中时期因为自己的缺席经历过生活的种种，沈父突然就感觉胸口闷闷的。

林鹤进门的时候刚好赶上沈安和他父亲谈话的尾声，那番声泪俱下的心声表露正好被他赶个正着。

等沈安从沈父房间里出来，哭红了眼，一抬头就看见了林鹤。

林鹤被沈安父亲叫进屋了。

沈安不放心，他恨不得将整个身子都贴在门上偷听。

结果他爹也没跟林鹤说什么，就问问林鹤在哪所学校读的研，又问有没有打算继续深造，会不会读博，以后出国吗，还有些什么今后的打算，像是一位长辈对后辈的普通关心问候。

十来分钟林鹤就出来了。

到了夜晚，沈安眼圈的红还没消，瞧见林鹤坐在那儿的那副样子，沈安忍了又忍，最后还是说："啧，你想笑就笑，脸都憋得快变形了，瞧着怪可怜的。"

林鹤终于忍不住笑了。

"我听到你说，这辈子要好好感激我。"林鹤低着头，声音有些发闷。

"你怎么也偷听呀！"沈安气得伸手推他。

林鹤被他推开了一些距离。

"我也是。"林鹤又说。

沈安愣了一下："是什么？"

林鹤耐心又认真地重复了一遍："我也是，这辈子很感谢你。"

一周过后，沈父飞去了国外。

沈绮给他订的机票，要他过去休养一阵。

沈父离开之后，房子里又剩下了沈安和林鹤两个人。

林鹤研究生毕业之后，沈安买了两部新手机，一人一部，那是跟沈安生活在一起之后林鹤第一次用新手机。

以前有很多人觉得林鹤性格孤僻、冷心冷肺，除了自己谁都不在乎，只有沈安自己知道，林鹤固执又念旧。

番外二 新来的蜜蜂

老街拐角处有一家花店开了许多年了，店主夫妇去世之后，他们的独子从大城市回来接手了这家花店。

花店生意不温不火，每逢节日生意会好一些。

花店每天上午九点开门，容貌清俊的年轻店主会将袖子卷到手肘处，用漂亮的纸还有蕾丝带将花束捆绑好。

他又长又密的睫毛垂下来，在下眼睑的位置留下一片阴影，捆绑花束的工作做得耐心又细致。

秋冬时节，天气越来越冷了。

一只蜜蜂在半空中飞着，飞的时候看出点垂头丧气摇摇欲坠的沮丧模样。

再仔细看看，原来是只熊蜂，圆滚滚毛茸茸的身子看起来使他那单薄的翅膀有些不堪重负。他应该还是一路从很远的地方飞来，从公园飞过，又落到一处庭院的花圃里，被浇水的工作人员驱赶开来。

暮色降临的时候，渐渐起了风，温度也骤然降下来，熊蜂这时候已经飞了许久了，还没能安稳地采上花蜜。

风给他的飞行增加了一些阻力，他的飞行速度肉眼可见地慢了下来，经过人群的时候，惹来一些扇着风的巴掌，路过一群女孩的时候惊起一阵尖叫。

熊蜂十分惊恐地左飞右撞，最后拐进老街的时候，看见已经熄了灯的街道上，只有一家花店还亮着光。

熊蜂飞了过去，一头撞进了门口那朵开得正艳的玫瑰里。

筋疲力尽的熊蜂在饱餐一顿之后昏昏欲睡，最后真的窝在花蕊里睡着了。

店主林鹤在十点钟关门的时候，把门口附近的花搬进店里，在搬到最后一盆玫瑰的时候，垂下眼，看见玫瑰花蕊里一个毛茸茸的屁股。

倒是一只不是很常见的熊蜂，林鹤将玫瑰搬进来放好，没有理会那只贪吃又贪睡的蜜蜂。

没有想到熊蜂在花店里没有遭受驱赶。在吃饱睡足之后，他醒来发现自己已经随着玫瑰进到了花店里面，他扑扇着翅膀飞起来，看见琳琅满目、密密实实摆放着的花束，就连空气里都是沁人心脾的芬芳花香。

熊蜂如入天堂一般，扇着翅膀绕了花店里飞了两圈。

太富有了，这个人类竟然有这么多花。

熊蜂此刻已经打定主意要赖在这里，他开始挑选一株开得最好最艳丽的花，当作自己的栖息地。

他挑得眼花缭乱，直到再次感到饥饿，才又随便降落在一朵花上，一头扎进花蕊里。

熊蜂在外飞行的时候因为遭受过人类的多次驱赶，知晓自己是很不受人类欢迎的，心里对人类也很警惕和惧怕。

虽然弱小，但是他又止不住对人类的生活感到好奇。

店主和沈安遇到的其他人类不一样，他跟自己打上照面的时候没有驱赶他，大多时间都无视他，可是这也等于默认了沈安能生活在花店里了。

天哪，允许沈安生活在这样花团锦簇的天堂里，这对沈安而言是莫大的恩赐了。

熊蜂生活在店里有段时间了，林鹤不知道为什么他一直没有飞出去，反倒看起来在他店里生活得很安逸。

林鹤开花店的，当然见过不少叮过他家花朵的蜜蜂，但是这种生物通常很快就会在他靠近的时候飞走，机警又敏感。

只有这只熊蜂赖在这里快一个星期了，最近还有些得寸进尺地顶着满头的花粉，绕着忙碌的林鹤嗡嗡转着圈飞。

熊蜂觉得这位人类身上的气味很好闻，不知道是否是长期生活在花丛中的缘故，林鹤身上总是飘散着若有若无的花香。

熊蜂随着住在花店里的时间越来越长，逐渐放松了警惕。

不再掩饰对富有人类的欣赏与喜爱，时常落在林鹤的肩膀上，一动不动，看着他捆花。

林鹤在两周之后发现事情有些不对头，店里前几天有位女顾客赠送给他的手工饼干不翼而飞了，桌面上只有一些饼干碎屑。

再然后是抽屉里的零钱也消失不见了。

原本觉得没有必要装监控的林鹤为了避免灵异事件屡次发生，在店里的墙角高处安装上了摄像头。

趴在他上衣口袋处的熊蜂绕着摄像头飞了几圈，像是在好奇那是什么。

林鹤又买了一盒曲奇饼干放在了花店柜台的桌面上，然后落锁离开了。

当天晚上，没想到为了避免灵异事件发生的摄像头却真的拍到了灵异事件。

原本在林鹤离开之后空无一人的花店里，突然上演大变活人，一位脸颊白皙、发丝柔软的男孩凭空出现在花店里，或许是因为花店里没有旁人的缘故，他变得有些肆无忌惮起来，动作很利索地拆开曲奇饼干的包装盒，只吃了两个，然后又把剩下的塞回包装盒里面，将包装盒原封不动地放回原来的位置。

做完这些，他又用手摸摸碰碰店里的花朵，好像心情很好。

林鹤看着屏幕里的陌生男孩，眼也忘了眨，等到最后男孩又消失的时候，林鹤眼睛控制不住睁大了，他开始紧紧盯着屏幕，看见男孩消失的位置，那只赖在他店里不走的，身子看起来又胖了一圈的熊蜂扑扇着翅膀又慢悠悠飞了起来。

熊蜂精？！

林鹤不可置信地蹙眉，没想到这样的不切实际的场面就这么发生在自己眼前。

沈安还不知道自己熊蜂精的身份已经暴露了，在他埋在花蕊里睡得香甜的时候发现自己被手指捏了起来。

他看见花店店主那张在自己面前无限放大的脸，这视觉冲击效果太强了，沈安还未来得及反应，就被一指头弹了出去。

沈安不知为何被赶出了安乐窝，仗着身子小，几次想要趁着人多蒙混过关，躲在哪朵花里再次潜入花店。

几次三番之后，可算是惹恼了林鹤。

在这天晚上，林鹤用手捏着再次被他抓到的熊蜂，另一只手拿着一个小镊子。

他的脸沉下来，声音听起来严肃非常，气势迫人：“我知道你会变成人对不对？为什么要赖在我这里，还偷吃东西，拿走我的零钱？”

熊蜂沈安内心惶恐非常，他故意留下饼干碎屑，还以为可以嫁祸给老鼠。

他的翅膀也不扑扇了，一副要被捏死的模样。

林鹤手下留有分寸，总还不至于直接把这小玩意儿捏死了。

“变成人，跟我聊聊。”林鹤再次开口。

沈安继续装死，希望林鹤以为他真的已经死了，把他丢出去，等他找机会躲在哪朵半开未开的花蕊里潜藏进来。

林鹤看着眼前敬酒不吃吃罚酒的蜜蜂，叹了一口气：“你要是这样，我只能拔掉你的翅膀了。”他用镊子夹在那透明的翅膀上，心里很疑惑，这样的翅膀怎么能够载得动下面这圆滚滚毛茸茸的身子的。

沈安几乎被吓破了胆，也不装死了，翅膀扇得那叫一个起劲，拼死挣扎着想从林鹤手指间逃出。

一个断了翅膀的蜜蜂还有什么活路呢，会飞不起来，被路人用脚底碾死。

但是沈安的力量太微弱了，不管怎么拼尽全力，都没有办法从林鹤手心里逃出来。

林鹤却是一点都不怕他会蜇自己，总觉得这样厚脸皮赖在他花店里的熊蜂应该是不会有跟自己拼死一搏的勇气的。

果然，最后在林鹤喉咙里发出一声轻喝的时候，他微微感觉到手指间的熊蜂的身体在变大，翅膀震出更大的声响。

男孩哭丧着脸坐在柜台上，林鹤眼皮抽动，抽出沙发上的毯子甩到了男孩身上。

“你是谁？”饶是林鹤再有心理准备，这件事情也过于超出常理，他一颗心受到极大的震惊，哪怕对方看起来非常没有攻击性，他还是戒心极强地退后了一步。

“沈安。”男孩的一只眼的眼皮上有一颗小红痣，双眼皮叠起来的时候会消失不见，他眼皮耷拉下来的时候才能够看见。

“你到底是人还是……”林鹤吸了一口气。

沈安看着他那副样子，似乎是有些受伤，他裹紧了身上的毛毯：“我是一只小蜜蜂。”

“那你为什么会变成人？”

沈安声音不自觉变小，听起来底气很不足：“我也不知道，很久之前就可以变了。”

他解释一样讲：“这很正常，我有同族的人，以人类的身份生活好久了，都有了自己的家庭了。”

这真的很正常吗？林鹤眼皮直跳，他这样说出去，别人怕是要把他当成神经病吧。

林鹤狐疑地看着他，眼神是明显的不信任：“那你为什么白天的时候还是蜜蜂，只是夜晚才变成人来偷吃？”

沈安像是有些难为情，但是最后还是老老实实讲了：“因为当人压力太大了，所以我只好继续当蜜蜂了，我的同族里只有很优秀的才能够以人的身份在人类社会生存的，人类的社会规则很复杂，我还没有学会。”

“那你既然是蜜蜂，蜜蜂难道不是群居生物吗，你为什么不回你的蜂巢，要赖在我的花店里？”

这番盘问是在沈安的伤口上反复碾压，他最后承受不了一样，流下眼泪：“因为我不是很勤劳。”

一只不勤劳的蜜蜂，没有蜜蜂应有的美好品质，于是被蜂群驱赶了。

林鹤看着他哭，一阵头皮发麻。

沈安这时候又抬起眼睛望着林鹤：“或许我可以居住在你这里，我也不占地方，只有一丁点儿大。”

林鹤迟迟不说话，沈安又哭起来：“我再也不沾着花粉撞到你身上了……”

林鹤重点抓得古怪：“所以之前你是故意的？”

“我只是想和你玩。”沈安不由解释，他还绕着林鹤飞很多圈，林鹤都不理睬他。

在春天的时候，因为一位女生偷拍了一张年轻店主包装花束的照片并写了这个故事，上传到了网上，网上一阵疯传，老街花店门庭若市。

林鹤的生意越来越好，一些老顾客发现，或许是因为生意太好，店主一个人忙不过来，店里招了一位小学徒，是个长相白净的男孩，虽然动作不是很利索，可是好像很爱惜花朵。

图书在版编目（CIP）数据

蜉蝣 / 冷山就木著. — 武汉：长江出版社，2023.5
ISBN 978-7-5492-8738-3

Ⅰ. ①蜉… Ⅱ. ①冷… Ⅲ. ①长篇小说－中国－当代
Ⅳ. ①I247.5

中国国家版本馆CIP数据核字(2023)第045333号

蜉蝣 / 冷山就木 著

出　　版　长江出版社
　　　　　（武汉市解放大道1863号 邮政编码：430010）
策　　划　力潮文创-白鲸工作室
市场发行　长江出版社发行部
网　　址　http://www.cjpress.com.cn
责任编辑　李剑月
特约编辑　唐　婷　南　亭
封面设计　Semerl
封面绘制　河野尾
插图绘制　河野尾　客小北　简时絮　饼干　清松　揪一把秋葵　吧吭
印　　刷　北京盛通印刷股份有限公司
版　　次　2023年5月第1版
印　　次　2023年5月第1次印刷
开　　本　880mm × 1230mm　1/32
印　　张　10.25
字　　数　292千字
书　　号　ISBN 978-7-5492-8738-3
定　　价　49.80元

电话：027-82926557（总编室）027-82926806（市场营销部）